文學研究叢書・現代詩學叢刊

新世紀新詩社觀察
（一）

蕭蕭、劉正偉主編

總序

獨學而無友，則孤陋而寡聞。

——《禮記‧學記》

一　前言

　　《新世紀新詩社觀察》是蕭蕭教授與國文天地雜誌社共同催生的一本二十一世紀新詩社觀察專著，先在《國文天地》各期展示再集結成書，便於閱讀與集中觀察，兼顧典藏和期許，用心偉哉。

　　中華民族號稱以詩立國的民族，從《詩經》、《楚辭》開始到古詩、漢賦、唐詩、宋詞、元曲到現代詩，詩一直以各種形式變異與存在；從屈原、李白、杜甫、蘇軾、胡適、余光中到余秀華，詩人的精神一直以各種形式堅持與傳承，彷彿勇士般的犧牲奉獻、勇往直前、至死不渝。

　　《新世紀新詩社觀察》總計收入吹鼓吹論壇、野薑花、風球、好燙、歪仔歪、臺客、人間魚等七個詩社的成立觀察與詩人詩刊表現等成果，呈現繼往開來的意義。胡適在一九一七年一月在《新青年》第二卷第五號發表的〈文學改良芻議〉，是宣導文學革命的第一篇文章；接著二月他在該刊發表首批八首白話詩，新詩發展至今已滿百年，當時也影響著臺灣的新文學運動與新詩的發展。

　　新詩發展百年，如果以臺灣詩壇的發展概略來說，第一階段是萌芽期，以風車詩社、銀鈴會為代表。第二階段是戰後現代主義運動

期，主要以現代詩社、藍星詩社、創世紀詩社、笠詩社為代表。第三階段為鄉土文學運動多元發展時期，主要有葡萄園、秋水、龍族、陽光小集、臺灣詩學季刊社為代表。第四階段是網絡世代發展期，主要以本書討論的七個詩社為主，因為新世紀新詩社主要都是以網路來串連、組織與發展。亦即第一、二階段詩社主要以書信通信聯繫；第三階段詩社主要以電話聯繫；第四階段詩社主要以網路通信方式聯繫，這是極有趣的聯繫與發展型態的觀察。

《新世紀新詩社觀察》一書關於各詩社的發展沿革、詩人風格、詩作特色與詩社定位，在本書各輯都有。各詩社的特色與導言，詩人蕭蕭院長也都備有七帖「藥引」在各輯之前，讀者服用後當可暢快無比。筆者擬就本書的總和做個綜合的觀察報告。

二　新世紀臺灣詩壇詩社綜合觀察

二十世紀在臺灣詩壇有長期影響力的老牌詩社，主要有現代詩、藍星、創世紀三大詩社，後來陸續加入的笠、葡萄園、秋水、龍族、掌門、臺灣詩學等詩社的影響力也不容小覷。然而能夠跨世紀生存下來，持續出刊與活動的詩社，只剩下創世紀、笠、葡萄園、秋水、掌門、臺灣詩學等詩社、詩刊，持續堅守文學傳承的崗位。

新世紀新詩社除了本書收入的吹鼓吹論壇、野薑花、風球、好燙、歪仔歪、臺客、人間魚七個詩社外，還有默默耕耘尚未收入本書專輯的，有二〇〇五年三月二十五日創刊由蔡秀菊主編的《臺灣現代詩》；二〇一五年十二月創刊由方明主辦的兩岸詩人學者團隊精心編輯（總編輯：楊小濱、黃梵），特色為詩刊內容兩岸各占一半的《兩岸詩》；二〇一四年五月由文史哲出版社老闆彭正雄主導發行的《華文現代詩》；以及剛剛誕生不久目前正要出版第三期，二〇二〇年十

一月創刊，由陳去非主導的《子午線詩刊》，都是詩社組織與性質不明顯，但卻出版詩刊奉獻於詩壇的新世紀新詩刊物，不得不記。

　　《兩岸詩》為方明獨資創辦，其它多有詩社同仁組織，或募款或申請政府文化單位補助出版。但是沒有詩社組織，對刊物與團隊的凝聚力與前途發展或許不利，例如由文史哲出版社老闆彭正雄主導的《華文現代詩》刊，就是只有由彭正雄、林錫嘉、陳寧貴、莫渝、曾美霞、陳福成、劉正偉等人組成的編輯委員會，沒有詩社組織不利新血的培養，在仍有二個單位補助下仍然因主事者年邁，後繼無力下於二〇一九年五月辦完五週年慶與詩獎後，宣布停刊。詩壇少了一份優質的發表園地，殊為可惜。

　　新世紀新詩社脫離不了網路社群媒體帶來的連結與便利，尤其是臉書（FB）的免費平臺，仍是目前詩社詩刊最方便使用的平臺，網路詩社也因此蓬勃發展。除了本書七個詩社與老詩社詩刊都各有自己經營的網路社群外，其它如每天為你讀一首詩、這一代詩歌、喜菡文學網、有荷文學雜誌、新詩路、新詩報、俳句社團等新詩相關網站平臺，都各有其粉絲與擁護者。而且因網路串聯的便利性，不只是紙本詩刊，馬來西亞、新加坡、香港等海外詩人也非常喜歡參與臺灣的網路詩刊發表、交流與活動。

　　鑒於新世紀網路世代的風潮，大陸已經連續六年發行《中國微信詩歌年鑑》，筆者忝為編委，每年積極組織臺灣詩人參與。去年也由筆者主持的臺客詩社、詩人俱樂部網站和詩人林廣主導的新詩路網路平臺合作，創辦電子版《2019年網路年度詩選》。因為推出後普獲好評，今年擴大為《2020年全球華人網路詩選》，廣邀全球十三個國家地區的華文詩人參與，共同推廣詩運、促進交流，將以電子書和實體書同時出版的形式推出，為一個年度的網路詩界做一回顧。詩選目前正在編印中，預計年中出版，選稿以邀請資深詩人，以及由網路詩人

自我推薦並參與初選複選，兼顧傳承、品質與入選資格機會的相對公平性。或許網路傳播無遠弗屆，紙本的耐讀也讓人欣喜，新世紀新詩界新思路，我們都希望愛詩人共同的千秋大業能永續發展下去。

三　新世紀新詩社觀察

《新世紀新詩社觀察》收入七個詩社的成員、刊物與歷史都堪稱龐雜，筆者特意請各詩社要角提供資料協助製作下表，方便後續觀察討論：

表一　新世紀新詩社觀察綜合統計表

詩社名稱	1.社　長 2.總編輯 3.主　編	主要成員	1.期刊名 2.期刊別	正式成立時間	活動網站名稱
吹鼓吹論壇	1.李瑞騰 2.無 3.學刊： 解昆樺	學刊：丁旭輝、尹　玲、白　靈、向　明、李瑞騰、蕭　蕭、蘇紹連、解昆樺、楊宗翰、李翠瑛、陳政彥、陳徽蔚、陳鴻逸、李癸雲、方　群、鄭慧如、徐培晃、朱　天	1.臺灣詩學學刊 2.半年刊	學刊：一九九二年十二月創刊《臺灣詩學季刊》二〇〇三年五月改為《臺灣詩學學刊》	臺灣詩學・吹鼓吹詩論壇
	3.論壇： 陳政彥 李桂媚	論壇：葉子鳥、黃　里、靈　歌、王羅蜜多、姚時晴、陳牧宏、陳靜容、莊仁傑、黃羊川、曾美玲、葉　莎、季　閒、李桂媚、寧靜海、劉曉頤、卡　夫、王　婷、蘇家立、曼　殊、離畢華、郭至卿、	1.臺灣詩學論壇 2.季刊	論壇：二〇〇五年九月	fackbook詩論壇

詩社名稱	1. 社　長 2. 總編輯 3. 主　編	主要成員	1. 期刊名 2. 期刊別	正式成立時間	活動網站名稱
		漫　漁			
歪仔歪	1. 黃智溶 2. 社員輪流編輯	黃智溶、劉三變、張繼琳、曹　尼、一　靈、詹明杰、何立翔、楊書軒、吳緯婷、鍾宜芬 顧　問：黃春明、零　雨、楊　澤、趙衛民、章健行	1. 歪仔歪詩刊 2. 一年刊	二〇〇五年	歪仔歪詩社（FB）
風球	1. 廖亮羽 2. 何佳軒、陳明綮 3. 劉原菘、葉相君、郭逸軒、林宏憲、蕭宇翔、黃宣榕	廖亮羽、曾貴麟、劉原菘、康瑋翔、林奇瑩、蔡振文、謝　銘、王士堅、何佳軒、方大宇、蘇楷婷、吳浩瑋、郭逸軒、林德維、易采潔、吳昕洳、林宏憲、黃惇鈺、蕭宇翔、葉相君、呂佩郁、王信益、陳　琳、王群越、周駿安、洪國恩、施傑原、蔡維哲、鄭守志	1. 風球詩雜誌季刊（停刊） 2. 二〇一八年起改為年度詩選	二〇〇八年	風球詩社／風球詩雜誌（FB）
好燙	1. 鶇　鶇 2. 3. 煮雪的人	煮雪的人、鶇　鶇、李東霖、Tabasco、不離蕉、若斯諾·孟、小令、賀婕、宋玉文	1. 好燙詩刊 2. 半年刊（紙本停刊，轉型為podcast詩刊）	二〇一〇年七月	好燙詩刊（FB） 好燙詩刊：Poemcast（IG）
野薑花	1. 許勝奇 2. 千　朔	江明樹、許勝奇、靈　歌、千　朔、曼殊沙華、王　婷、林瑞麟、漫　漁、劉曉頤、張家齊、迦納三味、陳明裕、蘇家立、寧靜海、至　卿、朱名慧、黃木擇、魯爾德、夏慕尼、邱逸華、林家淇、陳昊星、林瑄明、江文姈、陳福氣、張育銓	1. 野薑花詩刊 2. 季刊	二〇一二年六月	野薑花雅集（FB）

詩社名稱	1. 社 長 2. 總編輯 3. 主 編	主要成員	1. 期刊名 2. 期刊別	正式成立時間	活動網站名稱
臺客	1. 吳錡亮 2. 劉正偉 3. 邱逸華	劉正偉、莊華堂、張捷明、吳錡亮、鍾林英、賴貴珍、黃碧清、王興寶、曾耀德、賴思方、鍾又禎、陳 毅、黃詠琳、蔡俊妤、洪錦坤、張瑞欣、羅貴月、黃珠廉、杜文賢、慧行曄、邱逸華、朱名慧、吳麗玲、紀麗慧、蔡尚宏、若小曼、鄭如絜、力麗珍、陳秀枝、廖聖芳、王倩慧	1. 臺客詩刊 2. 季刊	二〇一四年六月	臺客詩社粉絲團（FB） 詩人俱樂部（FB）
人間魚	1. 綠 蒂 2. 石秀淨名 3. 朱名慧、 呂振嘉、 吳添楷 （輪流）	石秀淨名、黃 觀、呂振嘉、吳添楷、袁丞修、程冠培、施傑原、Chamonix Lin	1. 人間魚詩刊 2. 季刊	二〇一八年七月	人間魚詩社（FB） 人間魚詩社粉絲頁

上述表一，新世紀新詩社觀察綜合統計表，幾乎將各詩社主要成員與發展史表列清晰。由上表可知，「吹鼓吹論壇」是這七個詩社中最早成立的，由「臺灣詩學季刊社」為適應網路時代的潮流而發展的網路社群媒體，再進而發展成詩社、詩刊形式的組織。《臺灣詩學學刊》曾為核心期刊，多為詩壇老將菁英與學者；而fackbook詩論壇部分則為活躍於網路社群媒體為主的中青年世代詩人，兼具老幹新枝、承先啟後的傳承與宣傳發展的雙重重大意義。

歪仔歪詩社近乎低調的主要在宜蘭地區發展；風球詩社主要成員為大專院校學生或畢業生，主要發展方向為提升自我詩社的力量與發展高中生進入詩的領域，每年全島串聯高中詩展，成果可觀；野薑花詩社從高雄旗山的讀書會起家，發展成著名的詩刊詩社，未來可期；而臺客詩刊應該是僅有提倡閩南語和客語詩專輯的詩刊，每期固定的

地誌詩、與詩人對話專輯也是特色之一。好燙、人間魚詩社的狀態與發展，仍須大家多支持、關注與鼓舞。

由上表我們觀察詩社主要成員明顯有老少詩人兼具的有：吹鼓吹論壇、野薑花、臺客詩社三個詩社。詩社主要成員明顯大部分為年輕詩人的有：歪仔歪、風球、好燙、人間魚詩社四個詩社。我們可以從中發現幾個詩社間存在的綜合觀察與差異：

（一）詩社詩刊經營穩定度的差異

詩社主要成員明顯有老少詩人兼具的有：吹鼓吹論壇、野薑花、臺客詩社三個詩社，都能透過社費、募款或申請政府文化單位補助，以維持正常的紙本詩刊為季刊發行，堪稱能持續穩健經營。

詩社主要成員明顯大部分為年輕詩人的有：歪仔歪、風球、好燙、人間魚詩社（僅石秀淨名較老）四個詩社，詩社成員較年輕的除了有企業支持的人間魚詩社維持季刊發行，其餘歪仔歪、風球詩社為年刊，好燙詩社紙本停刊轉為網路詩社。

或許這也是年輕詩人為主要成員的詩社，所面臨的經費問題、經營經驗與社會歷練的問題！因為年輕詩人多初入社會，需更多時間花在職場與家庭上面，經濟狀況也較中老詩人稍弱，而或許詩社詩刊能維持穩健持續的永續經營與發展，是社團長期經營所首要考量的問題。

（二）詩人跨社的現象

觀察上表一各詩社主要成員名單，我們可以發現老少詩人混雜的詩社：吹鼓吹論壇、野薑花、臺客詩社三個詩社，其成員許多有跨社的現象，如靈歌、千朔、曼殊沙華、王婷、劉曉頤、漫漁、至卿、寧靜海、蘇家立，同時是吹鼓吹論壇、野薑花詩社的成員。

成員大多為年輕詩人的詩社，除了人間魚詩社掛名的綠蒂外，幾

乎沒有跨社的現象，這或許是年輕詩人收入有限、時間有限，更大的可能是否是他們對團體認知與支持理解？這有趣的對比和現象，值得大家多持續討論與觀察。

當然，在尊重、包容、理解的後現代主義社會情境，能者多勞，有能力多繳幾個社費、多支持幾個刊物的出版發行，我們都非常樂見與鼓勵。但是否有同質性的影響，仍是值得思考的議題。

（三）網路經營之必要

從上表可知，新世紀新詩社幾乎都是靠網路社群媒體興起、串聯與整合，網路平臺發表方便與聯繫迅速所帶來的便利性，讓新世紀網路詩社蓬勃發展，功不可沒。這是與上個世紀老詩社經營與聯繫上，最大的不同，這個世代已經離不開網路的連結。

每個新詩社的網路社群媒體平臺的經營成本是最低的，基本除了人力時間精力的付出外，經費大多是免費，本書七個詩社至少都有一到二個自己社團經營的粉絲專頁或網路社群，提供了作者與讀者互動的即時性與方便性，也提供社員和詩人間相濡以沫的情感交流場域。

（四）紙本詩刊之必要

新世紀新詩社上表中七個詩社除了網路社群媒體經營，都曾經出版紙本詩刊，目前還有五家詩社出版季刊、二家年刊（年選）一家停刊，在新舊世紀與網路世代新舊交替的風口，紙本的溫度似乎仍是詩人無法忘情的寄託。他們想方設法去爭取經費資源，提供同仁與詩人發表的園地。

詩刊的出版與否，似乎還是標誌著一個詩社是否存續與永續經營的觀察途徑，至少目前如此。畢竟網路仍有關網的風險，例如上世紀的重要的新詩網站「詩路」、「Pc home online明日報」等平臺，關網

後幾乎所有詩人的努力都瞬間消失，至少紙本詩刊還可收入圖書館，藏諸名山。

四　期許

《新世紀新詩社觀察》一書能夠成輯付梓，要特別感謝蕭蕭教授和國文天地雜誌社的美意與促成，能夠花時間與精力在關注新世紀新詩社的誕生與發展上面，督促與鼓舞新詩社，也提供未來學者研究新詩社提供資料與便利，相信世紀末回顧與未來的新詩史定會記上一筆。

本書收入新世紀的七個新詩社，最老的是二〇〇五年成立的吹鼓吹論壇，不過只有十六歲；最年輕的是二〇一八年成立的人間魚詩社，不過三歲，以人類年齡來說都屬幼兒到青少年階段，要談成就可能太早，尚有無限發展的可能。

或許每個詩社都有自己的風格或正在成形。如同詩的形式是可以教的，風格是無法學的。因為形式、框架是可以從學習模仿而來；但是風格與才氣，是無法交換或模仿的，因為每個人、每個詩社在世界上都是獨一無二的存在，都有各自的想法與才情，這方面是無法經由學習而來。在紀弦提倡的多元的「大植物園主義」百花齊放的原則與理想中，我們期盼各詩社合縱連橫外也良性競爭，為美麗的世界詩園開出更多的奇花異果。

因此，我們期許新世紀的詩人們一本初衷、不忘初心，將新詩社詩刊永續經營下去，繼續將時間、金錢與詩作，奉獻給詩人們鍾愛的繆斯女神，至死無悔。因為，惟有詩能與永恆對壘。

 敬識

二〇二一年四月二十二日

目次

風球詩社專輯

好燙詩社專輯

野薑花詩社專輯

野薑花一直秉持著成立初衷：我們一如野地的野薑花，從不單株成長，香就要全部馨香，開就要全部綻放。看到別人的好才能顯現出自己的價值，這一直是野薑花秉持的經營理念。

野薑花詩社專輯前言

蕭　蕭

明道大學退休講座教授

　　《文訊雜誌》從二〇一七年一月開始以十一期的篇幅，以「風起雲湧的七〇年代——臺灣現代詩社與詩刊」為標目，以專題報導的方式，逐月介紹當年興盛、活躍的青年詩社，首篇是四十五頁的篇幅，綜論與回顧「《龍族》詩魄再現」（《文訊》375期，2017年1月），依次報導《風燈》、《長廊》、《秋水》、《陽光小集》、《草根》、《後浪》、《月光光》、《漢廣》、《掌門》、《曼陀羅》、最末一篇是「原泉滾滾：《噴泉》詩刊（《文訊》385期，2017年11月），由楊宗翰策畫、執行，為現代詩的發展史留下珍貴的史料。第二年，繼續瞄準《春風》、《四度空間》、《新陸》、《地平線》、《薪火》等八〇年代興起的詩刊，舉辦座談，留存紀錄。

　　《國文天地》有鑑於小眾傳播不廣，新詩資料保存不易，特邀請我們以論述、散記等不同形式的文字，為新世紀新興的臺灣現代詩社，匯存相關資訊，因而開闢「新世紀新詩社觀察」此一專輯，逐一檢視二十一世紀後活躍的詩社、詩刊，備陳史料，見證青年詩人的心跳、熱血。

　　因此，我們選擇以「野薑花詩社」為首篇。

　　「野薑花詩社」原來只是臺灣南部一個社區的讀書會，因為江明

樹的熱心，糾集了高雄旗山地區喜愛文學的朋友，從一九九八年發起，每月定期聚會一次，分享讀書心得，交換創作過程，宣說創作理念，甚至於朗誦或表演自己的詩歌。新世紀以後，因為facebook的盛行，二〇一一年三月他們特別成立全臺性的愛詩族群，又一年正式成立「野薑花雅集詩社」，設立社長、總編輯、編委會制度，發行紙本詩刊，以迄於今。

野薑花因為地下莖長得像薑，因而得名，花色白而清香，臺灣各地低海拔地區、田野間、溪畔，都可見到野薑花蹤跡，是具叢生性的強勢物種，容易繁殖、蔓延，這樣的特質，彷彿也映現在「野薑花詩社」的社性上，野薑花詩社社長許勝奇說：「我們一如野地的野薑花，從不單株成長，香就要全部馨香，開就要全部綻放。」

他們是「野」，野得任性而又有韌性。

他們是「薑」，為二十一世紀的詩壇帶來活血通脈的功效。

他們是「花」，堅持詩的各種展示的美與高妙，語言、音樂、繪畫與表演的多方向。

野薑花詩社緣起與展望

許勝奇

野薑花詩社社長

「野薑花詩社」原為高雄市旗山區一個社區的讀書會，原由江明樹先生於一九九九年所發起，定名「野薑花小集讀書會」，成員每月定期聚會一次，分享讀書（詩）心得或創作過程及理念。二〇一一年三月更擴大讀書會活動，在旗山古蹟或歷史建築內分別朗誦成員自己的詩歌創作，同年在會議中通過於臉書中招募讀書會新會員，會員不限制地域。二〇一一年六月「野薑花小集讀書會」正式在臉書成立不公開社團的「野薑花小集」，同仁開始在小集內po詩並且討論詩作，由於在臉書上集結了不少愛好現代詩的夥伴，於二〇一一年十二月開始在臉書討論成立實體詩社，並於二〇一二年三月正式成立「野薑花雅集詩社」，同時決定以季刊形式對外發行詩刊；在大家共同推舉下，許勝奇先生（浮塵子）為第一任社長，同年六月《野薑花雅集詩刊創刊號》正式出刊；直至詩刊第六期。經蕭蕭老師建議詩社正式更名為「野薑花詩社」，詩刊亦從第七期更名為《野薑花詩集・季刊》。目前已發行至三十期。

二〇一二年十月野薑花詩社又於臉書成立公開型社團──野薑花雅集，目前成員已近七百人，旨在推廣現代詩的閱讀與創作，期能建構一個寫詩創作學習成長的平臺；並且分享現代詩的社團訊息，定期

舉辦專題詩作的創作，以期培養更多現代詩的創作者及閱讀群。

　　野薑花詩社在當今詩壇是一個新詩社，我們跟其他民間團體一樣，在經營上面臨一樣的困難，尤其是以一個純現代詩的社團。但承蒙詩壇前輩的愛護、指導和持續不斷的支持，野薑花詩社正穩健逐步向前，我們更企圖在詩社內營造一個現代詩的大家庭，期待同仁們能共同學習成長，且不止在詩藝上成長，更是全人的成長，所以野薑花每期定期聚會成為同仁之間溝通、學習的重要橋梁。野薑花一直秉持著成立初衷：我們一如野地的野薑花，從不單株成長，香就要全部馨香，開就要全部綻放。看到別人的好才能顯現出自己的價值，這一直是野薑花秉持的經營理念。

　　未來我們希望野薑花能舉辦以現代詩創作比賽的文學獎，期能鼓勵更多喜愛現代詩的人們及莘莘學子，投入現代詩的創作，將寫作培養成一種現代人的休閒興趣及自我人生的志業，也會在詩社運作更穩健後，舉辦現代詩創作的講座，邀請詩壇前輩開講，為現代詩壇盡一點綿薄之力。並且希望將詩人帶進臺灣社區，二〇一八年我們已經成功將野薑花同仁帶進偏遠的「成龍社區」，關心當地社區發展的現況，並且與詩結合，同仁也寫了一系列〈成龍溼地〉的現代詩作，野薑花來自土地更要扎根於土地，詩更不能自絕於土地之外，二〇一九年我們希望可以關心臺灣社區老人現況，詩寫社區老人以及社區長照工作者。

《野薑花詩集・季刊》第二十九期封

輕流淡雅的詩書之香

——淺談觀察野薑花詩社的流變與發展

曾丹群

高雄師範大學中國文學系碩士

　　臺灣現代詩已走過百年,現代詩的流變站在文學發展史裡,若以文學市場而言,處於是叫好卻不叫座的文類,因而依文學的發展來說,現代詩一直是屬小眾文學。就如詩人莫渝所說:「詩的讀者群畢竟少數、弱勢。在文學長河裡,詩刊的社會責任不易凸顯,似乎也比不上詩集散發的迷媚。可能『詩社』的發言大於『詩刊』,因為『詩刊是一期一期的散兵,『詩社』是一股勁力。詩社詩刊的集結與出版,是『人』的匯聚,也是『人氣』的廣散。人氣,是理念行動的大同小異。」[1]故即便再小眾,卻有一群愛好者,從高雄旗山這個鄉下之地,從一個鄉鎮推廣閱讀文學,於一九九九年所成立的「野薑花讀書會」,在二〇一二年三月轉型為「野薑花雅集詩社」,其詩社刊物從二〇一二年六月開始《野薑花詩集‧季刊》創刊號。

　　「野薑花詩社」的成立,大部分借力於網路科技的發達,以及當Facebook(下文簡稱臉書)快速發展,成為文學寫手易寫易發表和易

1　莫渝:〈從紙本跨入網路再焊接紙本的編輯視野〉,網址:http://poeticleap.moc.gov.tw/index.php/component/k2/item/download/212_ca91d32ff8f859d466299d7777c50c65。

閱讀的界面，借於此方便，同時也讓「野薑花詩社」從一個少少幾人的實體詩社，與整個臺灣文藝詩壇，慢慢有所接軌。

「野薑花詩社」能夠成立的推手，首要歸功的是擔任總召集人的江明樹先生。他在旗山於一九九九年以推廣社區閱讀發展，先成立了「野薑花小集讀書會」，江明樹先生除了愛好各類文學寫作，本身亦是現代詩創作的詩人，故他也將此寫作的愛好推廣到讀書會的成員裡，教導有此興趣者如何寫作現代詩，而他本身也不遺餘力的繼續寫作現代詩，除了出版過散文、小說、評論、報導文學等著作，亦曾經出版過《歪打樂》、《蕉城歲月》等詩集，並且是繼葉石濤、鍾鐵民之後得高雄縣鳳邑文學貢獻獎；而他本人更在社區各項發展推動上不遺餘力。

「野薑花詩社」，由江明樹先生的推動，結合現任社長許勝奇（網名：浮塵子）與成立初期的總編輯陳皓先生，為了讓詩社能有實名的作用，於二〇一二年一月九日在臉書成立不公開社團「野薑花小集」，並討論成立實體詩社相關事項。二〇一二年三月三十日「野薑花讀書會」在旗山區內門鄉三〇八高地正式成立實體詩社，並將詩社暫名為「野薑花雅集詩社」，推舉第一任社長許勝奇（現任）、總編輯陳皓（第一任）、召集人江明樹（永久）。而於二〇一二年五月三十一日將「野薑花雅集詩社」，於臉書成立公開的詩社社團「野薑花雅集網路詩社」，於此也正式開啟了野薑花詩社在募集實體詩社的同仁外，同時也成為網路現代詩之寫詩、論詩的另一個新發表的平臺。

就像一個新生家庭，一個新詩社的成立，也是在大家有志一同卻各有抱負之中磨合，因而「野薑花詩社」雖成立時間才短短八年，卻依然可分幾個階段來談：

一　草創之初

　　每個社團的成立都必須經歷這個陣痛的草創時期,「野薑花詩社」也不能免俗,在此一時期可以說是詩社的同仁少、經費少;雖然同仁彼此之間情感好得快,但也亦流於志同但道不同,而相互磨合。故在詩社的名稱上,亦是更改了幾次,「野薑花詩社」的主名稱「野薑花」三字,乃沿用江明樹先生所成立的「野薑花小集讀書會」之名,詩社初期在臉書成立,為與讀書會連結,取名為「野薑花小

《野薑花雅集》創刊號

集」,之後討論實體詩社的成立又名為「野薑花雅集詩社」,此時又為與網路有所區別,而另取網路臉書之社團名稱為「野薑花雅集」,然而考量到實體詩社同仁發表詩作的需求,又因詩社每三個月發表詩刊的運作,另取名為《野薑花詩集・季刊》,詩社名稱同時也改為「野薑花詩集詩社」,然則於詩社之名唸來拗口,故又於二○一三年經蕭蕭老師建議,正式更名為「野薑花詩社」。

　　野薑花詩社成立後,詩刊的經費是非常捉襟見肘的,於是在二○一六年為了申請經費補助,便又成立了「野薑花詩學出版社」,此一名稱的設立,也埋下日後「野薑花叢書」出版的另一伏筆。

二　風雨之際

　　「野薑花詩社」在草創之期除了定名的磨合之外，在擔任詩社的總編輯上，亦因第一任總編輯陳皓先生，另有生涯規劃的考量，於二〇一三年四月辭總編輯一職，由同仁千朔經社長委託暫代編輯詩刊；因此詩刊的風格此時有青黃不接的狀況出現。前五期的詩刊刊登較多同仁的詩作，第六期至第七期開始收入較多社外詩人作品，第八期詩人靈歌加入詩社同仁，並建議於第九期改版擴大版面。第九期靈歌加入編輯委員會，詩刊內容亦做了較大改變。第十期經由全體同仁聚會中，通過請靈歌擔任副社長，除了負責對外邀稿，並協助暫代主編的千朔策畫部分專輯。詩刊的五分之二是名詩人的邀約，五分之二是投稿，另外五分之一為詩人訪談與詩作，及同仁的個人詩作。此時詩刊的選詩是由編輯委員共同擔任選詩的工作，（其編輯委員由詩社主要幹部擔任——江明樹、許勝奇、靈歌、千朔，及一名臨時邀請的詩人或同仁，每期更換，由主要幹部邀請。）此時詩刊的頁數厚薄與出刊時間經常更動，出版至第八期（2014年3月）後，又於二〇一四年六月第九期擴大詩刊的版面尺寸，由菊十六開尺寸改為四六版的十二開版面，詩刊內的風格此時多了臺灣各詩社同仁的詩作及各大學內詩社團與青少年詩人的介紹。此時同仁靈歌，除了擔任詩社的副社長外，並接下詩社對外的相關活動與公關事宜，野薑花詩社也於此開始讓全臺詩壇更多人看見。二〇一五年六月，同仁千朔正式接任總編輯，此時詩刊的編輯風格與出版時間，在編輯委員會磨琢後逐漸穩定。

　　此一時期較為特別的寫作狀況，為野薑花同仁組成仨人相互合作共同集創的專欄寫作，其中又以千朔、坦雅（入社期間3-16期）、靈歌三人的「千雅歌交響詩」的集創更是鮮明，不但以「樂、畫、舞」三個單元為主題，三個人每個單元各寫九首——每人總共書寫二十七

首詩，合為八十一首詩外，每單元並邀請
三位詩人——江明樹、葉子鳥、洪春峰等
為三位作者的作品寫評論，並在二○一八
年年底邀請詩人學者丁威仁寫總序，於二
○一九年六月由斑馬線正式出版三人合集
《千雅歌》，並在出版後，於臺北紀州庵
舉行新書發表會。

　　另外當時詩社的同仁——葉莎（入社
期間2-18期）、季閒（入社期間3-20期）、
雪赫（入社期間4-15期）三人於離開詩社
後，另創立網路詩社「季之莎」，並創刊

《千雅歌》封面

《新詩報》網路詩報，葉莎為發行人（現今又擔任《乾坤詩刊》總編
輯），由雪赫擔任總編輯，季閒為總主筆，至今該詩詩報已發行第七
百八十九號。[2]

　　同仁得獎十分密集豐碩：總編輯千朔，獲得二○一四年第四屆喜
菡文學網新詩獎首獎；副社長靈歌獲得二○一七年吳濁流文學獎新詩
正獎；林瑞麟獲得二○一九年鍾肇政文學獎新詩正獎、二○一九年飲
冰室茶集新詩大賞優選、二○一五年林語堂文學獎。曼殊獲得二○一
七年全球華文文學星雲獎禪詩佳作；閑芷（翁繪棻，入社期間9-12
期）於入社期間獲得二○一五年鍾肇政文學獎新詩貳獎；劉曉頤獲得
二○一九年中國文藝獎章新詩類、創世紀詩刊開卷詩獎、二○一八年
新北市文學獎新詩首獎、二○一七年喜菡文學網新詩獎、二○一六年
葉紅女性詩獎、二○○六年飲冰室「我心中住著一個詩人」徵文首

2　《新詩報》網路詩報第七百八十九號，發行日為二○一九年十二月二十四日，資料
　　來源取自臉書新詩報社團，網址：https://www.facebook.com/poem20160301/。

獎。邱逸華獲得二〇一九年全球華文文學星雲獎禪詩佳作。王婷則在美術上頗有斬獲，在二〇一八及二〇一九年間入選十個美展，包括全臺最著名的臺陽美展。

　　雖然「野薑花詩社」的詩人們在寫作上表現出色，但詩刊的風格走向，是詩社受詩壇肯定的另一因素，誠如〈從紙本跨入網路再焊接紙本的編輯視野〉所說：「一個詩刊風格的形成和主編個人喜好極為有關，如《創世紀》早期由洛夫主編時走向超現實主義，之後張默主編改走親土性的民族風格，再之後由辛牧、李進文等主編，則偏向創新和略帶實驗性詩風的特色。故詩刊的風格特色和主編的詩觀有絕對關係，其次才是詩社同仁和投稿詩人。」詩刊如期發刊，其內容編輯是主因外，另外詩刊本身的美術編輯風格亦是另一主因；《野薑花詩刊》採每期的主題詩徵稿為封面的設計主軸，使得詩刊紙媒的呈現與《創世紀》、《笠詩刊》、《臺灣詩學吹鼓吹》、《乾坤詩刊》等傳統詩刊有著極大不同，加上其美術編輯的設計風格大膽，也使得詩刊的走向，得到詩壇與網路寫詩群的肯定與讚賞。

　　然則正如網路文章〈從紙本跨入網路再焊接紙本的編輯視野〉所言：「不是因為上了網就得寫詩，不是因為寫了詩就得上網；寫詩和上網劃不上等號！只是──上網成為生活的一部分，寫詩也成為生活的一部分；只是──兩者不小心碰在一起，所以就有了網路詩人。」網路詩人的成形，也造就了所謂的「網路詩社」，「野薑花詩社」雖有實體詩社成立於旗山，但因地域關係，其實際活動則是靠著網路的連結與連繫，使詩社得以快速成長，讓詩社的活動能夠與詩壇接軌，並得以受詩壇前人的提攜，這是「野薑花詩社」雖發跡較晚，但在短短幾年便活躍於詩壇的可能原因之一。

三　學步之實

　　野薑花詩社的成立可說是經由網路而站穩腳根，詩社的成員從成立之初就與其他已成立的詩社略有不同，一般詩社的成立，同仁大部分為詩人，且其詩人的寫作穩定度也有其個人特有的風格或其寫作的水平，但野薑花詩社同仁的組合，除總召集人江明樹、副社長靈歌二人外，連同社長許勝奇幾可說是網路新的詩寫人（野薑花詩社的實體同仁，亦多數是經由網路認識後，再經由介紹加入），也因而社長給詩社的口號是「做中學、學中做」，故詩社透過其網路臉書社團連結的活動是重要的。

　　然而，網路的紛雜與不確定性，為詩社結合共識的另一類隱憂；因此，二〇一六年野薑花詩社成立活動組，由二〇一三年底加入的詩人同仁曼殊擔任此組長，並籌備各項詩的活動與展覽，如二〇一六年「六月戳詩」、二〇一七年與吹鼓吹詩論壇合辦「詩的方城市——詩的夏日饗宴」、二〇一七至二〇一八年與喜菡文學網合辦「詩微影展」；二〇一九年野薑花詩社於臺中文學館申請聯合詩展的申請書內寫：「野薑花詩學詩社繼二〇一六年『六月戳詩』、二〇一七年『詩的方城市』於臺中文學館成功詩展後，二〇一九年再次受其邀請舉辦『詩的恆河』詩展，同時推動南北巡迴展，以期推廣民眾對現代詩的賞讀與創作。參與詩人有野薑花詩社的詩人及現代詩人蕭蕭、蘇紹連、白靈、汪啟疆、嚴忠政、丁威仁、李長青、岩上、喜菡、紀小樣、顏艾琳、離畢華、林廣、龍青、王羅蜜多、廖亮羽……等多位名家詩人。」並於二〇一八年起發起「臺南・野薑花雅集・煉詩會」實地詩會，集聚一群網路青年詩寫手共同評論創作的詩，並舉辦「臺南・野薑花雅集・詩人講座」，以及「詩寫成龍（濕地）」等一系列活動，以達到野薑花詩社的創社理念——「做中學、學中做」，從日常

生活中真真實實的落實為生活詩人。

　　除從詩社於活動的規劃外，「野薑花詩社」的編輯室於二〇一八年初開始規劃野薑花叢書系列，此系列由社長與同仁相互討論後，先出版許勝奇《飛過》、曼殊《曼梳三千》為攝影詩集，陳明裕《嗜讀‧詩》和卡夫《凌遲》是詩與詩評論集，以及迦納三味《夢見旋轉木馬的可能》、千朔《摩訶月光》詩集，以這六位詩人的出版，期能帶動同仁也能出版詩集，讓野薑花詩集叢書能更加在詩壇持久芬芳與遠播。

　　歸論「野薑花詩社」的流變與發展，可結論：

（一）詩社的成立可能是一時興之所為，但詩社的發展與持續，則必須有心人堅持與謀思，尤其是經費的來源，是詩社發行詩刊的主因，經費不足則易造成詩刊發行斷刊或停刊，因而申請政府單位的補助，是實體詩社發展的另一走向；若補助申請過於困難或複雜，詩社的經費來源有限，也將是詩社成立實體的經營之難。

（二）網路詩社的經營雖易於實體詩社，但也常因詩人生活的流變：如工作變更或身體健康等因素，而使網路詩社易於解散；但實體詩社則會因活動的舉辦，使得人與人之間能相互交流，得其理念的共識之後，更易於長久經營。

　　「野薑花詩社」因社長許勝奇從社區經營的理念來經營詩社，在創作與人際關係更講求自然與和諧，因此也更希望詩社的經營能夠更似野薑花一樣——群生群長，他認為詩社非一人力所能，詩社的推廣是朝大眾文學的方向推動，詩的閱讀是由社區走向國際化；因此，走這條文學之路，更需要大家的和諧與團結，希望能將此文學之心在群眾的內心深入扎根，這才是真正野薑花詩社所希望發展的文學的能量。

附錄　野薑花詩社歷年大事記[3]

一九九九年

江明樹在旗山成立「野薑花小集讀書會」。

二〇一一年

三　月，野薑花讀書會首次在旗山歷史建築「旗山火車站」舉辦詩歌
　　朗誦。

二〇一二年

一　月，九日，野薑花讀書會在臉書成立不公開社團「野薑花小
　　集」，同時討論成立實體詩社相關事項。

三　月，三十日，野薑花讀書會在旗山內門三〇八高地正式成立實體
　　詩社並將詩社暫名為「野薑花雅集詩社」，並推舉第一任社
　　長許勝奇、總編輯陳皓、召集人江明樹。

五　月，三十一日，「野薑花雅集詩社」於臉書成立公開社團「野薑
　　花雅集網路詩社」，同時開啟網路論詩。

六　月，二十四日，野薑花雅集詩社創刊號出版，並於旗山火車站舉
　　行創刊號發表，同時舉行詩歌朗誦大會。

二〇一三年

一　月，四日，野薑花雅集詩社於高雄佛光山參加兩岸詩人高峰論壇。

五　月，總編輯陳皓因個人生涯規劃退社。

3　作者按：由野薑花詩社社長許勝奇整理提供。

六　月，三十日，野薑花雅集詩社組成野薑花編輯室（編輯委員）擔
　　　任詩刊主編，由千朔暫代詩刊美術編輯。

十二月，三十日，野薑花雅集詩社經蕭蕭老師建議正式更名為「野薑
　　　花詩社」，詩刊亦更名為《野薑花詩集季刊》。

二〇一四年

六　月，經野薑花詩社同仁會議，同仁共同推舉靈歌為「野薑花詩
　　　社」副社長。

　　　三十日，野薑花詩集季刊（第九期）正式改版，將原
　　　「14X20」改版為「19X20」。

二〇一五年

六　月，經野薑花詩社同仁會議決定，千朔正式接任總編輯，野薑花
　　　編輯室繼續運作。

九　月，二十日，野薑花詩社參與南方的風秋日演詩活動。

二〇一六年

四　月，八日，野薑花詩社登記成立「野薑花詩學出版社」。

六　月，二十五日，野薑花詩社於臺中文學館舉辦四週年慶「六月戳
　　　詩」相關活動。

八　月，一日，總獎金高達三十萬臺幣「第一屆野薑花新詩獎」開始
　　　收件。

十二月，一日，《野薑花詩集‧季刊》第十九期發行，《野薑花詩集‧
　　　季刊》並正式於此期起，在博客來、金石堂等網路書店上架。

二〇一七年

一 月，二十二日，「第一屆野薑花新詩獎」，於臺中無為草堂裡順利舉行決審會議。會議由詩獎決選委員總召人蘇紹連召開與主持，另四位決審委員蕭蕭、喜菡、嚴忠政、丁威仁，經歷三小時的討論從入圍決審的二十四件參賽作品中，評選出七位得獎人。

二 月，十一日，野薑花詩社於臺北國軍英雄館舉行五週年慶，全臺詩人匯集一堂，並舉行「第一屆野薑花新詩獎」頒獎典禮，同時出版《野薑花五周年詩選》。

六 月，二十五日，野薑花詩社與臺灣詩學吹鼓吹詩論壇以「詩的方城市‧夏日饗宴」在臺中文學館聯合舉辦靜態詩展及詩讀劇相關活動。

九 月，六日，野薑花詩社與臺灣詩學合辦的詩展「詩的方城市‧夏的饗宴」第二場，在臺南市北門高中詩展。

十六日，野薑花詩社參與喜菡文學網南方的風「第一屆詩微影展」。

十一月，一日，野薑花詩社與臺灣詩學合辦的詩展「詩的方城市‧夏的饗宴」第三場，在臺北大學展出。

二〇一八年

二 月，六日，野薑花詩社受風球詩社邀請於三餘書店與年輕學子論詩。

三 月，野薑花詩社與臺灣詩學合辦的詩展「詩的方城市‧夏的饗宴」第四場，在臺北教育大學展出。

四日，野薑花詩社第一次於臺南召開「煉詩會」詩論會活動。

四　月，九日，野薑花詩社擔任林佛兒第一屆文學獎評審。另，野薑
　　　花詩社參與風球詩社舉辦二〇一八第十八屆高中巡迴詩展。

五　月，二日，野薑花詩社開始走進臺灣社區以「詩寫成龍濕地」關
　　　心臺灣社區發展現況。
　　　十一日，野薑花詩社與臺灣詩學合辦的詩展「詩的方城市‧
　　　夏的饗宴」第五場，在彰化文化中心展出。

七　月，二十九日，野薑花詩社首次舉辦大型現代詩創作演講，講師
　　　丁威仁教授。

九　月，二日，野薑花詩社第二次於臺南召開「煉詩會」詩論會活
　　　動。主評老師為詩人靈歌。
　　　十五日，野薑花詩社與南方的風喜菡文學網、掌門詩社、港
　　　都文藝學會合辦「第二屆詩微影展」。
　　　二十二日，野薑花雅集第一場直播談詩論詩（每週六晚上九
　　　點由雅集版主輪值）。

二〇一九年

一　月，二十日，野薑花詩社第三次於臺南召開「煉詩會」詩論會活
　　　動，主評老師為詩人龍青。

三　月，十日，「野薑花詩社水岸風起～南方，詩相挺——野薑花叢
　　　書新書發表會」（高雄三餘書店場）主持人喜菡老師。
　　　十七日，「水岸風起‧野薑花叢書新書發表會」臺中場臺中
　　　文學館，主持人嚴忠政老師，引言人浮塵子。
　　　三十一日，「水岸風起‧野薑花叢書新書發表會」臺南場政
　　　大書局，主持人離碧華老師，引言人江明樹先生。

四　月，四日，野薑花叢書作者群與詩人顏艾琳老師於臺南政大書局
　　　談「生命如何成為一首詩」。

十七日，詩社受邀擔任第二屆林佛兒現代詩文學獎評審。

二十一日，「水岸風起・野薑花叢書新書發表會」臺北場紀州庵大廣間，主持人詩人王婷，引言人詩人靈歌。館長封德屏老師蒞臨致詞，並且包括創世紀、藍星、乾坤、臺灣詩學等詩壇前輩幾乎集結了臺灣當代的詩人於一室。

六　月，二日，野薑花詩社舉辦詩人作家演講系列，邀請演講者離畢華老師，「字裡行間的旅行」於臺南政大書局。

九日，野薑花詩社三位詩人——千朔、坦雅、靈歌於紀州庵文學森林舉辦《千雅歌》三人合集新書分享會。

七　月，十四日，野薑花七週年慶於臺中文學館舉行野薑花詩社與臺中詩人聯合詩展——「詩的恆河」開幕及相關活動。詩展期間二〇一九年七月十四日至八月四日，詩展活動佳評不斷，館方延展至二〇一九年十月二十七日。

九　月，二十一日，野薑花詩社參與協辦第三屆南方的風詩微影展，當天在高雄文化中心進行詩微影發表會及詩展。

十　月，十八日，野薑花詩社新加坡同仁卡夫因病辭世。

《野薑花詩集・季刊》一至三十集合拍（許勝奇攝影）

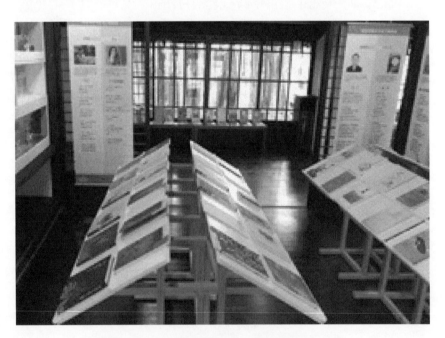

第三屆南方的風詩微影展詩展展區一景

獵奇與沉吟

——讀浮塵子的詩

陳　謙

臺北教育大學語文與創作學系助理教授

一　戒嚴解除世代的的舊與新

　　許勝奇，筆名浮塵子，一九六四年生，一九八〇年代開始投入自然書寫創作，以觀察自然體驗環境素材為主，兼或於報紙副刊發表短篇小說，之後投身於社區工作，同一時間也致力於自然田野調查及記錄至今。二〇一一年六月開始現代詩的創作，二〇一二年三月與一群網路上喜愛現代詩的朋友共組「野薑花詩社」，定期出版《野薑花詩集刊》季刊，並為「野薑花詩社」社長。二〇一九年二月出版有詩集《飛過》。

　　四十六歲才重拾詩筆的浮塵子，隸屬戰後第二代詩人，這一世代出生的詩人有其共同的成長環境，童年唱著蔣公紀念歌，稍長也淚眼送走一代偉人到慈湖以及頭寮暫厝，像是一個蛹蛻的過程，心靈的自由也在不經意間隨之啟程。一九八〇年代在歷經民主的震盪，言論自由被視為可貴的天賦權力，為了奪回發言權，不少人以激烈行為表達不滿，但更多人則是溫和地啟開一己的心智，去接納更多的雨露與陽

光。所以這個世代是一個繼承的世代，腦袋的底層是半封建的黨國一
體的教育包袱，而眼睛張開時又有著言論重新詮釋的發言機會，說是
矛盾世代或三明治世代一點也不為過。

　　從臺灣文學創作的發展來看，一九八○年代標示著多元的開展，
不論是書寫的是女性議題、同性戀或情色詩的大膽描述、自然環境觀
察，都開始於一九八七年戒嚴令解除前後。文字能量瀰漫在各式新舊
紙媒，民間探索氛圍的能量極為強大，文本的多元探索成為一種時
尚。對許勝奇而言，探索身處的環境，自然是更具積極追求的背景與
動力。過去被管制的山海風景逐一解套，感官終於可能大量啟動。成
長於一九七○年代臺灣經濟勇往直前的時代巨輪下，臺灣人被金錢蒙
蔽雙眼，只注重經濟成長的數字，從不知道雲豹即將成為二十一世紀
臺灣人的嘆息和回憶。在不惑之年重啟詩筆，歷經多番生態浩劫或個
人內在的洗禮，從筆觸的厚重沈澱，自然可以一窺其對自然獨特的詩
觀與個人風格之文字表現。如果再加上早年即投入對環境的觀察，對
社會的注視由來甚深，對人情信美的關懷自然有其獨特的看法。

二　情詩浮塵子

　　詩人投身文學創作，理性之外自然不離感性。浮塵子被讀者先入
為主的定位成為一位自然觀察作家的刻板印象前，不要忘記其感性的
觸發，才是支持其創作的源頭活水，因此情詩的位置上詩人自然不可
能缺席。

　　情詩寫作大體分作親情、愛情兩類。許勝奇投身田野工作，其子
嗣隱約受其感召亦步亦趨以行動在生活中實踐，詩中的關懷與親子間
血脈的匯流湧盪於詩句間，從小時候說起，總因為「時間」：

時間會隨一隻橙帶藍尺蛾飛起／沿著你稚

嫩臉頰飛成我鼻樑上／一隻模糊又無力

的褐樹蛙／我們都經歷過荒野的風塵

…………

風，在我們的體內翻攪成綠色的血肉

綠的太濃，背影就夠冷

冷的讓你沉重的後腳跟可以長出薄雪草

我們的身上也都有很重的泥土味

（以上節錄自〈清晨的風冷，記得披上早晨的陽光——給在南

橫做自然調查的兒子〉）

泥土味成為身上共有的氣味，辛勤的工作意志抵禦著寒冷的天候，人雖在大自然面前卑微，但也該挺立姿態遙望明日，因為「清晨的風冷，記得披上早晨的陽光」，就是這樣的溫柔的詩情，令詩人詩語鍍上一層深情的外衣，浮塵子慣用意象語，這使得他的用字儘管平淺，也顯珠圓玉潤，例如：「總在機槍掃射聲中我們各自尋找掩蔽的戰壕／一片楓葉帶著思念緩緩飄落於胸前」，文字不單止於陳述，往往在意象包裹下另有影射，成為風格獨具的文字基調。由後記裡我們知道：南橫公路因莫拉克風災影響嚴重受創，其子隨學校的生態調查隊困於山崩塌嚴重的災區，最後有感於該路段的工程單位幫忙而安然下山乃得此詩，於是現實的事件成為溫情的悵觸，詩的筆端呈現人間真善的性情之美。

　　浮塵子就連寫作愛情，也擁有豐厚的環境觀察意象。語言意象稠密飽滿，情感充沛的動能之下，就如同自然的呼吸般，那樣舒緩卻節制著語言的使用，充分體現了作品流動的情思，且能夠召喚現實情境。〈雨夜書〉除首段說明性過多，增加閱讀的緊張感外，餘皆呈現

情景裡情境自然轉換，讓刻意的意象不經意的留住讀者心中，用著他
那舒緩而節制的詩文寫下：

　　　　夜雨，想你……
　　　　如果你還讓燈繼續照亮昨夜的夢
　　　　我一夜翻攪的思念
　　　　與旋不緊的水龍頭
　　　　一起滴滴答答了起來

　　　　寂寞順著牆角爬
　　　　有一百隻壁虎的眼睛在凝視
　　　　如果你依然擁著
　　　　思帝若斯、喜療妥追逐太陽
　　　　每當夜幕低垂
　　　　面對明滅的熒熒燈火
　　　　妳垂下的清淚
　　　　竟淹沒了陽光下的掌聲……

　　　　初秋，漠然的夜色
　　　　該有人依著窗前聽雨
　　　　冰涼的窗，雨模糊了彼此臉容
　　　　因著這夜雨　　壁虎
　　　　總要把心情都叫冷了

　　　寂寞與失眠並存的夜晚，夢與思念都令詩人牽掛著那人的清淚。
本名許勝奇的浮塵子，筆名令我想起「人生寄一世，奄忽若飆塵。」

古詩十九首，對人生如寄的輕喟，而「浮塵」本為空氣中之可見之顆粒，當在陽光照拂中輕舞飛揚時總引人讚嘆，但事實上其本體一直存在我們周圍的生活現場，或歌哭或歡笑，浮塵都以其自身型態存在，但卻鮮被提及、發現。對浮塵微粒我們多半視而不見存而不論，這是你我經常忽略的視角與景觀，以此筆名明志，多少可探求其見人所不見的深刻觀察與視野。

三　以詩心標示環境燈號的綠紅號誌

　　許勝奇多以賦體行文，但其直陳的事項不會是單純的散文分行，而是近似散文詩的意象語，藉由實際所見描述心中的不安與驚喜，結合實與虛，像太極的兩儀，黑與白互相增強彼此的文字張力。其間對自然景物的觀照，乃是他的強項，詩行其間總有不斷發現的神奇，如〈五色鳥〉：

　　　　那時春綠濃稠
　　　　鳥鳴緩緩塞在空中廊道
　　　　修行者聽聞蟬聲在枝頭禪坐
　　　　山徑蜿蜒擠向樹的懷抱
　　　　每一座山頭都是綠色宮殿

　　　　後來我們信仰死亡
　　　　讓黃色泥巴塞滿欲望之口
　　　　你在崖邊枯木鑿出一個圓洞
　　　　填滿曠野寧靜，冷冷斜觀
　　　　十五度之春三百四十五度之秋

所有腐朽來自所有繁盛

在死亡中編織五彩袈裟

聾了之後山林被複製成精美

的月曆，翻閱你飛過的三月

我們是慈悲的修行者

面對冰冷牆壁敲打木魚

中年之後眼瞼淺薄，不堪三月雨濛

死去的詩人，在清晨的梵唄中醒來

你黝黑嘴喙四十五度仰角，含著

飽滿雨水橙紅的果實像一口入土的棺木

你從不輕盈，且穿過日漸枯瘦的山林

由眼眶向外擴散一片憂鬱

與蒼穹相望

　　這是一首絕佳的生態素描，寫的不只是五色鳥的形影，更是對日漸枯瘦山林環境做出無聲的批判，也許無能的我們真的只能在被複製成精美月曆中去遙想曾經山林的美好。浮塵子的詩行用語平淺，意象的嵌入也在有意與無意之間自然而然，是其特色之一，但有時裝飾性太過，說明性太強，例如〈一隻離群索居的鴨子〉（節錄）一、二節，不經意間還是不吐不快，造成讀者閱讀空間受到剝奪，這是我還原到一個讀者時的閱讀經驗感受：

　　（一）

季風中斷禾倒稗隱喻

盛夏時節狂蜂浪蝶的迷醉

愛過的，溫暖一池寒波於岸邊

曠野恆常挑動孤寂的靈魂

曙光穿不透霧霾，灰暗漸層地展開

向一隻離群索居的雁鴨而去

（二）

春江在遙遙之北，夏蟬屍魂於柳岸

你溫存一禾，款擺與倒影共舞

沿著濕地的意象尋覓鴛鴦情事

想望拉著風的裙襬下降雪線的高度

孤寂正豐了羽翼，虛偽包裹

自我，紛雜多舛已成倒影

　　畫面的流動是其長處，但把畫面的感受留給讀者可否？這是我在文本閱讀時進一步的奢求。另外則是長句化問題，現代詩發展至今一直要打破格律的生成以及形式上的牢籠，無奈坊間文學獎對於行數的限制，出現了寫作上的跟風，詩句向行數擠壓的問題一直成為評審時或詩刊作品發表時另一種常態，我不知道浮塵子是否受其影響，但個人以為寫作發表，可以搭配內在感受盡情發揮，得意而忘形也許比較適切。長句化以〈六腳行跡〉一、二節為例，我們稍做統計可看出：

如同那時孤寂的身影，在驚蟄的季節中

　　　　　　　　　　　　　　　　——十七字

金花蟲沿著盒果藤的狹翼，以跗節在光影的刻度

　　　　　　　　　　　　　　　　——二十一字

踱步。輕輕的嚙咬在藤葉上，依稀的溫柔

　　　　　　　　　　　　　　　　——十八字

在頸間、在背上。潛葉蟲以康丁斯基的筆觸在烏柑仔

——二十三字

的單葉上勾勒江山，通往綠色的甬道，曲折、蜿蜒

——二十二字

交纏著暗黑的宿命，總有沉默的燈光指引死亡的腳步

——二十三字

臺灣大蝗輕易一躍，脛節像滑鼠輕點五節芒

——十九字

徐徐的風翻開另一個介面，純粹的綠總有些哀傷

——二十一字

所以想逃，虛擬黑暗中夢幻的星斗在柏油路上

——二十字

抹不去唐吉訶德式的哀傷，存在的意義？感性的堅持？

——二十四字

所以路殺是必然的？除非我們可以看到

——十七字

「當心！有蟲出沒」或「小心！夢想使人死亡」的警告標誌

——二十六字

　　以上統計數字為筆者所加，可發現最長達二十六字，最少也有十七字。這樣的長句在閱讀心理上易造成負擔與閱讀的疲憊，其實不宜。我在教學上也經常在學生習作上遭遇到這個問題，通常我會建議限制在每行十五字內，標點符號每行不超過二個為練習上的規範與建議。內容主旨如能在有效的心理形式上相互照顧，必能有更完善的閱讀效益，但更重要的，則是前面提及的：得意而忘形。

四 詩人情懷與荒野獵奇

　　綜觀浮塵子所帶給我們的文字印象，不外獵奇與沉吟。但為君故沉吟至今，浮塵子的預設讀者有時家人有時戀人，但更多的，是他透過外在意象一己反射而出，攬鏡自照的心象。那是他的關懷所在，那是他鍾情的自然生態。

　　意象是他所皈依的唯一信仰，透過意象的陳述，浮塵子在詩中獲得溫柔的救贖以及生活中前進的力量，這不就是文學該賦予的正面能量嗎？微塵眾生，在時空中邂逅，互放光亮的詩行，儘管微弱，詩人們依然逆風行走，一如浮塵子所帶給我們的閱讀感受。

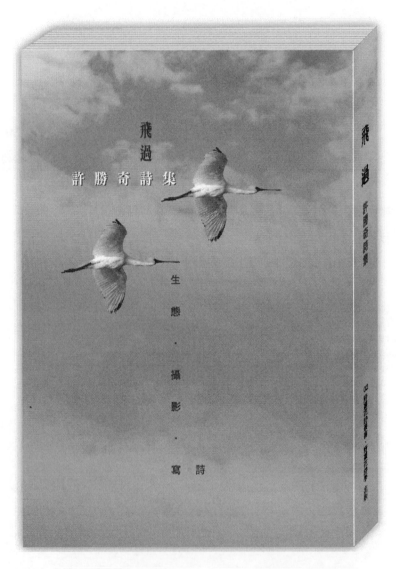

許勝奇詩集《飛過詩集》，為第一批野薑花叢詩集

誰能看見破碎後的那一片完整?

——為靈歌詩集《破碎的完整》破題而且求其完整

蕭　蕭

明道大學退休講座教授

零與靈、靈

　　這裡的「靈」指著白靈(莊祖煌,1951-)與靈歌(林智敏,1951-)的靈。

　　很少人會將靈歌與白靈並列討論,總覺得白靈是緊接在向明(董平,1928-)之後的第三世代,靈歌則是新興詩群「野薑花」的新生代詩人代表。

　　其實兩人都出生於一九五一年的臺北市,二十出頭時都曾參加耕莘青年寫作班;白靈參加葡萄園詩社,靈歌則是秋水詩刊同仁;特別是兩人的筆名中都選用了一個「靈」字,都有意在活靈、神靈的語言與神思中捕捉詩意。只是一九七九至二〇一一年靈歌轉去編採生命的另一種繽紛、另一種風貌,少唱了幾個音符。但在二〇一一年之後,靈歌萌生六十五歲(2016)退休的念頭,又開始瘋迷寫詩,狂追在白靈之後,目前已出版詩集,早期的《雪色森林》[1]、《靈歌短詩選》[2];

1　靈歌:《雪色森林》(臺北市:漢藝色研文化事業公司,2000年)。

《夢在飛翔》[3]、近期的《漂流的透明書》[4]、《靈歌截句》[5]等。前輩詩人張默（張德中，1928-）曾從青少年看著靈歌茁壯為中壯輩，他認為靈歌的詩「遍佈一種出奇的冷靜與怫鬱的氣息」（《漂流的透明書》序言）。

退休後，白靈與靈歌會從「零」出發，跑出不同的賽程嗎？「靈」會分割、區別為心靈、還是神靈的「靈」？

壹與伊、依

這裡的「伊」指著千朔。

千朔是靈歌第二階段創作——「野薑花」時期的重要同仁。她在為靈歌的《漂流的透明書》寫序時，已經發現靈歌詩集裡，每輯都有組詩作品，她認為組詩的寫作「就像開墾一座花園那樣，每首小詩就是一種花，不同的花朵引發人們不同的季節心情，和不同的香氛療癒。」這種「各花入各眼」的寫作與編輯，在這本詩集中依然累見不絕，或許受到前一本「截句」寫作的影響，各首詩裡的組詩改以編號標記，而且幾乎都在截句的既定範疇——四行以內，譬如：〈有情〉、〈縫補與黏貼〉、〈無法遺忘的〉、〈寂寞風暴〉、〈你不懂黑夜〉、〈無以言說的波焰〉、〈我這個人〉、〈我不是這個人〉、〈我沒有說〉。可見千朔讀詩仔細，看到靈歌詩形式的某種堅持，我們讀靈歌，何妨從這個桃源口進入。

其次的「依」指著各首組詩裡的標號，依依相連，詩思依續不絕。

2　靈歌：《靈歌短詩選》（香港：銀河出版社，2003年），中英對照本。
3　靈歌：《夢在飛翔》（臺北市：漢藝色研文化事業公司，2011年）。
4　靈歌：《漂流的透明書》（臺北市：秀威資訊科技公司，2014年）。
5　靈歌：《靈歌截句》（臺北市：秀威資訊科技公司，2017年）。

靈歌《破碎的完整》裡，依依要你認識「我這個人」嗎？

他先是寫了一首詩〈我這個人〉，彷彿真心要你認識「我」這個人，結果又續寫了一首〈我不是這個人〉。撇清嗎？否認嗎？接著又來一首〈我沒有說〉，說了還是沒說？如此翻來覆去，一往一來，讀者是很容易、也很值得從這三首詩中認識靈歌，這三首詩各自獨立，都以組詩的形態出現，依依相連的詩思，來回尋思。

千朔在《漂流的透明書》中看到的是靈歌詩集中一再出現「組詩」，好像是詩形式的考量，可是等到《破碎的完整》出版，其實，靈歌反覆思考的可能是人生板塊的破碎與完整的辯證，是生命內容、詩歌內容的思考。

譬如：「〔1〕＋〔2〕＋〔3〕＋〔4〕＋〔5〕＋……＝1」時，「1」是完整，但何嘗不是破碎？〈我不是這個人〉沒出現時，〈我這個人〉是完整的，但當〈我不是這個人〉出現，〈我這個人〉就不是完整的。如此續推到〈我沒有說〉，「我的存在」的辯證，不是繼續在辯證中嗎？

譬如：〔1〕、〔2〕、〔3〕、〔4〕、〔5〕等組詩連續出現，他們彷彿是破碎的，但獨立、專注來看〔1〕的存在，〔1〕不是一個整片的呈現？如〈我這個人〉的第〔1〕則：

「不斷嘗試進入，閉合的裂縫／指紋，虹膜／甚至縫合後的整張臉／都在接受與拒絕的辨識中，反反覆覆」

　　　　　　　　　　　　　　　　　　——〈我這個人〉〔1〕

完整來看，這不就是靈歌這部詩集的主題詩？在不完整的人生片段、人生階段，體悟生命的完美組合。

或者，我們隨意擷取第二首詩的中間兩則〔5〕與〔6〕：

「日出時往西，日落後向東／在世事日黯中行旅／背負冷暖，
學習調溫／在翻轉處與光明相逢」

——〈我不是這個人〉〔5〕

「不想被喧囂的陰影轟炸／必須至高處，還以靜默的顏色」

——〈我不是這個人〉〔6〕

這兩則，或從方向、光暗、冷暖，或從音聲分貝、位階、色差，交互
詰問，尋找適切而合裡的場域。此類組詩都在透露：兩極各自完整，
合觀則見其缺憾。當然也在跟世俗的「合則完善、分則碎離」做著某
種程度的哲理思辨。

　　靈歌這時期的作品經得起理性分析，但不是以理性在書寫。譬
如，我們正在分析的這三首詩〈我這個人〉、〈我不是這個人〉、〈我沒
有說〉，事後分析可以說他們是更大型的「組詩」，符合「正反合」的
三段論述，但真正進入微觀分析，每一則都獨自成林，各據一方。前
引「不想被喧囂的陰影轟炸／必須至高處，還以靜默的顏色」這一則
作品，語言純淨，卻不冷酷，讀者要在「陰影」的喧囂下思考，要在
轟炸裡認同，而後逆向思考到「陰影」的反方向竟是高處——太陽的
所在，純粹的白，唯一的光，巨大的靜默。這些意象的組合是正常的
詩的意象的美。

　　最後，我們再以這三首詩的最後一首〈我沒有說〉的最後一則
來看：

「不想被輕易認出／就成為森林的樹／收束枝葉的伸張／留住
枯黃／就留下自己的春天」

——〈我沒有說〉〔9〕

相對於枯葉，樹是完整；相對於樹，森林是完整；相對於森林，春天是完整。

但這首詩最後告訴我們的，「留住枯黃，就留下自己的春天」，破碎的、枯黃的落葉，是自己的春天的完整。

貳與無二

放大整部詩集《破碎的完整》來思考，這部詩集分為四輯。一般詩集分為四輯，就是將詩分為四個區塊、四個進階，是四個「破碎」。但靈歌的《破碎的完整》，卻呈現出有機的「完整」。試看他的四個輯名與說詞：

輯一　前往退路──前進，前進，其實是沒有退路
輯二　由大而小──追求最大，擁有更多，心，越來越小
輯三　破碎──玻璃的穿透，源自於易碎
輯四　完整進行中──無法抵達的夢，繼續黑夜

輯一是從「前往退路」開始，而「前進，前進，其實是沒有退路」卻又在趕著前進中有著「沒有退路」的決志；就方向而言，前往的方向是「退路」之所在，一進一退，一正一反，所以循環無盡。更進一步，輯一「前往退路」→輯二「由大而小」→輯三「破碎」→輯四「完整進中」。到了輯四「完整進行中」，應該是趨近完美、圓滿，仔細看說詞：「無法抵達的夢，繼續黑夜」，黑夜中繼續向著「無法抵達的夢」，沒有退路的前進吧！

《周易》式的前進吧！

《周易》從第一卦的〔乾〕，天行健，君子以自強不息，邁開大

步，前往第二卦、第三卦……直到最後一卦、六十四卦的〔未濟〕，未濟的字面意義是還沒有渡過河流，還沒有抵達彼岸，所以繼續出發吧！要從〔乾〕卦的勁健有力繼續開始。這種循環不息的生命活力就是東方哲學《周易》所給我們的啟發，也正是靈歌《破碎的完整》所要傳達的循環四輯的詩思所在。

《序卦傳》中說：「物不可窮也，故受之以未濟。終焉。」很清楚的點出，所有的事物不可能在一般人所認為的終點完結，因為在一般人所未看見的事物中，新的契機已經開始運行了！

或許，靈歌的詩也一樣要我們思考「完整進行中——無法抵達的夢，繼續黑夜」，繼續夢，繼續「完整」進行中。

零與靈、靈

回到零，歸回零。

零，才是最靈妙的開始，最靈妙的起點。

渾沌是道的源頭，渾沌是白。白而後靈，靈而後歌。

我們聽歌去。

《野薑花詩集》季刊第三十一期封底，為靈歌新詩集

迷霧之後，是否依舊迷悟

——千朔詩的三種讀法

丁威仁

清華大學華文文學研究所副教授

　　首先，我必須承認，千朔的詩難解，也因為難解，所以對於不同的讀者，就會產生相異的閱讀經驗，其中許多無法直觀感受的詩句，必須要經過反覆的閱讀與拆解，才能撥開詩作裡重重的迷霧，或許這可以稱為是「晦澀」，但我們無須去斤斤計較字與字、句與句之間的各種構成與聯繫，無需執著在這個意象為何連接那個意象，這個畫面為何跳接到那個畫面等問題。反而在反覆閱讀中，似乎可以感受到自身的靈魂與詩句相互共振的感覺，那樣的感覺就算縹緲，也確實存在，你可能無法以言語說出來那是什麼樣的感覺，對某首詩也似懂非懂，但就是有一種感覺，一種難以言喻的情緒流動，就像是〈借物天使〉裡所寫的：

　　　　一切皆在混沌中：
　　　　而我又究竟學走了多久
　　　　你回覆得像一場雨季，斷續裡
　　　　我聽得模糊得似夢——一座城

　　空無得讓寧靜不敢

　　再寧靜

　　千朔的詩，往往會讓你在大量轉換的意象中，感到一種混沌、一種模糊、一種斷續、甚且是一種空無之感，經常還會出現寧靜的聲音（雖然她的詩有許多的動詞與意象），你說不出來那是什麼，又彷彿感覺到那是什麼，然後就會發現在她大量的長句運用中，你掉進了文字的迷宮，陷進了意象的流沙，卻不會想要掙扎，會任由這些難解似乎又無需執著於讀解的詩作，把你滅頂。而我作為一篇評論的書寫者，必須強作解人，帶著閱讀這一篇的你，靠近那些如積木般堆棧的字句，以及意象轉換中產生的繁複畫面，然後走出這座迷宮的城。

一　從哲學思辨進入自我叩問的小徑

　　千朔的詩最大的特色就是有著高度的哲學性，她喜歡在詩中援用老莊或是佛學作為給予讀者思維的線索，希望藉此在詩中產生一種辯證性的自我叩問與對話，譬如〈昨夜你又莊周了，親愛的〉：

　　什麼時候杯子裡

　　的甜愈來愈海洋了，親愛的

　　我們不停加水直到心情飽滿地撐

　　成一粒氣球

　　不爆，卻也不能再加一點點

　　一點點的

　　氣。親愛的

　　什麼時候詩就鹹得不能再下嚥了

過與不及的調味
都是不合格的廚師就像
魚煎得太老就不能洄溯到湖裡
清澈。陽光。寧靜
而我走走停停做路人甲很久
久到成為了路人天涯
偶爾當一只入夜後巡曳的蝙蝠
誤入了你的畫，成為你
夢裡的那首詩，而你說這就是：
莊子說蝶，親愛的

蝴蝶不寫詩，我也不
行過守夜的路口監視器寫了許久
卻不成文，今夜
我抖落幾十本詩集裡的字終於
找到了子，找到了家
卻沒有莊

　整首詩讀來像是情詩，透過把「你（親愛的）／我（路人甲）」、「過
／不及」、「甜／海洋（加水稀釋了甜）」、「巡弋的蝙蝠／你的畫」等
二元對立的模式進行愛情的辯證，一段淡化的愛情，就是從熱戀的
「過」到彼此熟悉卻逐漸陌生的「不及」，往往一段關係老了，原先
的甜就會被稀釋成無邊的海洋，愛人逐漸變成路人，兩人之間的對
應，竟變成了「莊子說蝶」。詩人藉由「莊周夢蝶」的典故，告訴我
們所有的相對，走到最後都將變成各自的絕對，所有的絕對，也是因
為各執對立的某一面而起。人生似乎就在走走停停之中，逐漸不成

文，到底愛情是否如「莊周夢蝶」的寓言（預言）一般，詩人並未給出答案，但最後兩句「找到了子，找到了家／卻沒有莊」，卻給讀著帶來了一種撼動的餘韻。

　　「子」可以是「孩子」但更可能指涉「與子偕老」的那個「子」，也就是愛人，有了愛人、有了家，卻失去了「莊」，這裡的「莊」讀來難解，卻似乎隱約象徵著「愛」的失去與空虛，「莊」是真實的主體，是可見的本體，沒有了「莊」，真實與虛幻的界線不明，一切都不再是可見的真實，而是一場「大夢」，愛如是，人生如是，生命就在這樣的「折」與「返」中，不斷循環，難以成文。

　　千朔在此類型的詩中，無論任何主題或題材，都是流動的表象，她往往呈現的是內在的哲思，所以讀者就必須透過她所引述或暗示的哲學方向，進行深度的思考。就像這一首詩，如果能夠掌握「莊周夢蝶」的思想底蘊，詩中所出現的莊周就不會令人感覺突兀，反而是詩人透過對愛情的辯證，指向人生一如大夢，想以無執打破二元對立面，消解我們人生的痛楚與荒謬。這是千朔詩作的重要特色，你多半可以在她的詩中，找到二元對立式的意象或句法，但她卻又要以道家或佛學的角度，藉由某一種人生的主題（譬如愛情），或是生活的片段作為詩中的面紗，你必須先靠近這片面紗，然後透過線索揭開之後，才能讀懂這首詩的真正意圖，進行對立面的消解與辯證。

二　在色彩的流動與拼接中迷途

　　因為千朔在一首詩中所運用的意象，可以說是大量堆疊且流動迅速，因而畫面感極其強烈，但畫面與畫面之間，又不一定是有機或有意識的剪裁。說簡單一點，就是她詩中的意象之間，並不一定會有高度的聯繫，往往像是去中心的拼貼，對於讀者而言，彷彿看一部蒙太奇

的電影，有時候無法抓住意識流動的主軸與邏輯，譬如〈豹女日記〉：

將剩下的日子餵給海
時間是魚
奔馳海哩撰寫自己的創世記
你對浪花無感
對藍的消失很純粹
關於白色文學的說法
我和許多花朵有同樣論點：世界
是色彩的餘溫

把多餘的時間給山吞蝕
歲月是雲朵
飄蕩在高空流傳夢的啟示錄
鳥對風的耳語總是鄉愿
蝴蝶不在意蛹冬眠了
任由鱗片把水寫得生動活躍
跳入井的剎那
風化蜘蛛網上的
我，寂寞是傷痕的斷袖
沉默把一切說明了

我們一直以生命流轉生命
用記憶創造記憶
你曾是蛾曾是蛇曾是我
追隨的步履

　　東方西方北極南極都是傳記裡的一堣

　　我按下破荒的軸點，略過

　　女媧的補天與后羿射日

　　你便開始

　　——山海經的奔馳

在此詩中，可以發現大量顏色意象的運用，鏡頭的不斷遞嬗與剪接，從還可以相互聯繫「海」、「魚」到「浪」，突然轉至「花朵」，到了第二段出現「山」、「雲」、「鳥」、「風」、「蝴蝶」、「蛹」，又突然轉至「鱗片」、「井」、「蜘蛛網」，至第三段則出現「你（蛾）／我（蛇）」卻突然又轉至「東方西方北極南極」、「女媧」、「后羿」，結在「山海經的奔馳」。每一句都是線條，每一個意象都是色塊，但聯繫到題目「豹女日記」，卻又產生了一個難以讀解的詮釋問題，我們不禁產生一個疑問，到底整首詩的意象流動與拼接，要傳達什麼意涵？假設我們再把詩人的動詞提取出來：「餵」、「奔馳」、「消失」、「流傳」、「冬眠」、「流轉」等，在閱讀上都可以看出這一首詩在不斷的思緒轉換中，以詩人自身意識的流轉，印象式的意象堆棧，拼貼情感的色塊與色調。

　　我想詩人未必要給予讀者具象的實指，反而是以「交疊」的意象與動詞，順著自身腦中的畫面進行下意識的書寫，以至於產生一種千朔詩的特色，一種錯置的疊合，表面上每一段的意象有相關性，但是實際上又無法產生聯繫，卻又不能單純以所謂的「無效意象的堆疊」這樣的說法進行批評，那種意象的混亂感，又呈現了一種氛圍，雖然都是具象的意象，但無法讓讀者產生確切的現實感，整首詩讀來更加抽象，我不禁想追問，這樣的表現方式，到底有什麼樣的意義？或者要用什麼方法進行解讀？

　　我曾經在千朔與另外兩位詩人的合集中，提到千朔詩的特色，認為她善於使用顏色意象，進行畫面感的呈現，同時可以呼應她偏愛的後印象派畫家。也就是說，她在詩中雖然以豐富的意象堆疊出想像的空間，但是這樣的拼貼，卻不一定產生實指，反而是在其中反思哲學的命題。在這一首〈豹女日記〉裡，是否「豹女」就是千朔對於自身的譬喻，還是指涉西王母最初「豹尾虎齒」的形象，但這些反而都成了解讀此詩的知識障礙。解讀千朔這類型的詩，我會建議先忽略那些拼接的色塊，反其道而行，找出她較少意象的句子，譬如「我們一直以生命流轉生命／用記憶創造記憶」，以此作為解讀方向，然後將其他難解晦澀的詩句，扣著這個方向進行解讀，往往就能做到部分的破譯。

　　當然，你也可以不要進行細緻的破譯，就把這類型無法讀解，卻又大量堆疊意象的詩作，作為後印象派的繪畫看待，將其視為作者主觀感情透過線條、色塊作為表現主體，這些意象不是模仿客觀世界，不是一種改造後的重現或再現，而是作者主觀意識的流動，透過「簡單化」與「幾何化」的描繪方式，回到人生的基本元素，回到色調的美學與意象本身率直的象徵。她在詩中不採用繁複的方式進行對某個意象的形容，反而透過大量壓縮的意象，集中表現作者流動的感情，那麼對讀者而言，是否也可以先放下各種分析的企圖，改由一種直觀的閱讀方式，讓詩中出現的名詞，透過詩人設計的動詞，在腦中形成想像的組合，或許就能感受到詩的情感張力。換言之，你不必追索意義，因為意義就在詩中的線條、色調、光線與陰影之中。

三　於長句裡和知識一起浮沉

　　長句的使用是千朔詩最明顯的特色，加上標點符號十五個字左右
（或以上），往往是其詩的句子長度，甚且有些詩作的長句高達二十
多字，譬如〈傾聽一朵浪〉（節選）：

　　　　——星星，願我和你一樣恆久睜眼，跟隨往來的風環繞海岸傾聽
　　　　大地的呼息溫柔地召喚陽光和人們，傾聽樹對夜的告白
　　　　霧是精靈，風是使者，波光粼粼的我是眾神賦予世界的喜悅

　　　　〈來自海的深處〉

　　　　——我只讀到：當她穿越太平洋，海鳥叼來一粒星光

　　　　很漫長的冷讓溫暖成為路的引者，一個人的行旅途中，夜色宛如
　　　　是我閉門思過之後的牆，你多次粉刷多次摹擬城市的月亮，煮
　　　　熟一碗
　　　　熱粥給陌生的自己，並與盆栽有默契地接受黑靜的包圍
　　　　那段最美好的時光你傾聽一世紀又一世紀的浪，看貝類張開
　　　　無數個夜的眼睛，回答岸上礁石的話：
　　　　我，只是想家

　　　　默默歷經一場夜雨，憶起自己的身世是來自
　　　　海的深處，與古老的原核生物一起出發
　　　　你不願被稱叫單細胞生物，於是演化成為植物然後
　　　　借陽光的力量使之飛翔。一群群野人將火生起：快樂的晚餐

飯後的神話具有強大隱喻，野豬野鳥野貓野魚在森林中：可吃
島嶼經過自然洗禮後必須文明，你開始象形自己發出聲音

人。牽涉到二十六億萬年時光，藍藻的腦細胞讓你離不開水
生命先以多肉的仙人掌，把土地站成一種捍衛的姿態
暗示生與慾的野性伏流在地表流經所有水域，你說
你和自己的影子共稱我們，複數乘以複數地繁殖成長
將時間重疊入時間之中，日子就張開五感運行接軌的
藍圖，至於中間狀態的雲霧，以蛹做為異化的征途

你從夢中叫醒我，以一夜冷冽的目光指向窗臺的露
水，究竟活了多少歲？我翻查藝術美學多於真實生活的史詩找
到了
我們都是從天而來的。《摩訶婆羅多》的恆河母親，早將故事
以蛾傳鵝，太平洋之鴿我也只讀到：浪陸續叼來遠方流浪的魚
魚，是生之火，是和我們一起被祖靈遺忘的靈魂，而關於海的
深處，你
和我都知道血液的鹹度，從天而降的雨
──沒有

在千朔這首詩裡，多是敘述性、口語性高的長句，最長的一句竟有三
十一字之多，但這首詩很明顯並非散文詩，依舊必須放在分行詩的視
域進行解讀，整首詩透過大量的長句，去尋找、傾聽一朵浪花的身
世，但實際上卻涉入了許多「博物學」的知識，並且依然有著千朔式
的哲學自省。這首詩在長句的運用中，傳遞了詩人對於時間的意識，
以及對於生命的反省，在時間的間隙裡，自己開始與大自然進行對

話，把自己視為浪，思索著與自然合一之後的身世，歷史其實就是時間堆積出來的儀軌，回到二十六億萬年前，所有的水域在演化之中，慢慢地和生物一同繁殖、重疊、成長，一朵浪花見證了河流、海洋，同時也參與了地貌、物種的演化，而到底永恆是什麼？千朔在這首詩中，以不間斷的長句進行鋪敘式的辯證，相對於其他詩作而言，似乎更能開展其綿延不斷的哲思。

　　而「博物學」的知識脈絡，更是千朔長句運用中不可或缺的呈現方式，長句已然可以承載更多詩人主觀的抒情性，但知識的引用與涉入，則可以強化理性辯證的氛圍，同時更多地凝縮作者想要賦予的多重意涵。因此，若要更真確地理解這類型千朔的詩作，讀者就必須膜拜Google大神。也就是說，要理解千朔的詩，讀者必須查詢她在詩作中傳遞的知識，唯有對其知識脈絡與內涵的了解，才有可能進入其詩作的核心。譬如在此詩節選中的《摩訶婆羅多》，如果我們知道這首史詩為世界上第三長的史詩，對於印度的哲學與宗教有相當重要的影響，同時第六章《薄伽梵歌》是印度教經典，成為印度人的生活指南，甚至於這首史詩，曾被用來作為宣導印度獨立運動等相關知識的話，或許對於千朔在此處的書寫，會產生更多義的詮釋。

　　最後，我必須承認，千朔的詩難解，我寫到這裡，也無法對千朔的詩，進行全面性的解讀，在我的閱讀筆記中，反覆不斷出現「晦澀」、「看不懂」、「上下句沒有關係」、「無效意象」、「邏輯不清」、「堆疊」、「隨意拼貼」、「散化的長句」等註記，並非是對詩作的負面批評，一旦將我上述這些詞彙綜合起來，對應這篇文章，反而變成千朔詩作的一種特色。就像本文第一段所言：「許多無法直觀感受的詩句，必須要經過反覆的閱讀與拆解，才能撥開詩作中重重的迷霧。」我們閱讀千朔的詩，可以產生各種讀法：或直觀的感受、或細緻的拆解、或當下的印象，但都無須過於執著讀懂或讀不懂，只要你能抽繹

出一個對你而言有畫面、有哲思的片段，或許就找到了毛線團的線頭，便可以展開抽絲剝繭的旅程，在層層迷霧之後，無論你看到什麼，或是迷霧之後依舊迷霧（迷悟），你都會沉迷於這樣的閱讀經驗，這也反映出詩與其他文類不同的迷人之處。

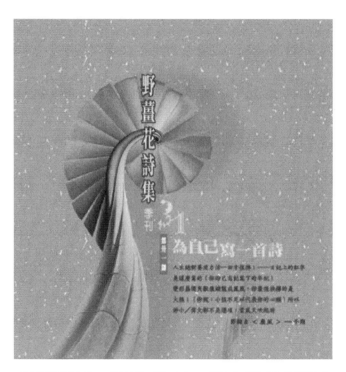

《野薑花詩集・季刊》第三十一期封面節錄千朔詩作

千朔《摩訶月光詩集》

璞玉渾金

——略述野薑花詩社詩人的遞嬗

千　朔

野薑花詩社總編輯

　　《野薑花詩集‧季刊》第三十一期出版了，值此的同時，野薑花詩社也將近成立八年了，雖然這是個新興的詩社，但詩社在這一路走來，有網路新詩寫手、有詩壇長青、也有中生代的詩人，也有青年詩人的崢嶸顯見，故以此文略述在野薑花成立這幾年中，詩社裡詩人的概況，期望借此窺見詩社裡詩人創作的風格與詩社的形勢。

　　野薑花詩社正式成立於二〇一一年，目前詩社主要幹部有詩人江明樹（總召集人，創社）、許勝奇（社長，創社，筆名浮塵子）、陳皓（總編輯，創社，於第4期後離社）、靈歌（第9期入社，第10期擔任副社長）、千朔（創社加入，第5期暫代編輯，第13期接任總編輯）。詩社其他同仁現有：陳福氣（筆名天岸馬）、江文煙、林瑄明、卡夫、曼殊沙華、張家齊、陳昊星、黃文傑、林瑞麟、劉曉頤、王婷、迦納三昧、漫漁、陳明裕、蘇家立、寧靜海、郭至卿、邱逸華、魯爾德、張育銓、林宇軒等人；其中詩人卡夫於二〇一九年十月十八日去逝。而這之中入社後又離社的詩人，臺灣有陳皓、愛羅、廖佳敏、張若茵、陳文奇、祈平、楊國耀、閑芷、葉莎、季閒、雪赫、坦雅、龍

妍、劉菁芬、林炯勛、許寶來、陳予慧等人，國外詩人有陳晞哲、心
閒悠風等人。本文則以現今為野薑花詩社同仁為主，簡述其詩風。

一　江明樹

　　詩人江明樹，一九五〇年生，高雄旗山人。出版《文曲星在臺
灣》、《蕉城人物誌》、《李旺輝傳》等十多冊，對人物採訪極有經驗。
繼葉石濤、鍾鐵民之後獲得「鳳邑文學貢獻獎」。其詩風寫作詼諧又
偏嘲諷，詩句的寫作偏散文化，詩作之中詩句喜寫長句，另外他也喜
歡註解來說明詩中的許多事項，偶爾註解文比詩作文本多，擅詠物
詩、地誌詩、政治詩，近年因關心鄉鎮社區的規劃與生態的環保等問
題，也創作鄉土詩作和生態詩，亦喜寫詩評論與人物專論。故他的詩
作風格我們可從例句中，窺見一二，如〈地圖主義〉：

> 詩人與土地的關係，詩人與時空的關係
> 等值交換一個世俗的世界，融鑄的化學作用
> 背後一段喋喋不休的故事，開始思念微光的螢火蟲
> 惆悵的心情面對複雜思緒卻必須正視詩刊與詩社的存在
> 過度期盼會認為自己遭到背叛，詩人為影射而特別寫一首詩

從詩的文本來看，他幽默了野薑花詩社的詩人，寫詩需要承擔什麼責
任嗎？詩社成立，需要提倡什麼主義嗎？這是由他所觀察詩社後所感
而寫的，將生活中所關心、所觀察的事物，轉化成創作的文字，因而
詩作的寫作也就偏向散文化的字句而偏長。

二　許勝奇（浮塵子）

　　許勝奇，筆名浮塵子，一九六四年三月二十三日生。其自言：「創作始於八〇年代，作品都以自然觀察為素材的自然書寫，同時亦於報紙副刊發表短篇小說，之後投身於社區工作，同一時間也致力於自然田野調查及記錄至今仍然持續不斷，現代詩的創作始於二〇一一年六月」，又言自己的詩觀是：「詩利用字為載體，傳達個人對真、善、美獨到的看法。詩更應該深入土地、關懷人文，並且表現作者內在最深沉的想望。個人透過社區田野調查，讓文字與自己的生命對話，在詩創作的過程中更愛自己，更愛身邊的人，更愛這片土地的生態與人文。」

　　正如他自己所說，許勝奇長期生態的觀察，同時也關心社會的文化與閱讀，進而對土地與地球的的環保意識也高漲，故他多數的詩創作有其根深的著力，所以他的詩作或許在江明樹的引導下，也習慣自己在散文或寫作觀察生態的雜記下，養成偏散文式的中長詩寫作，其句勢亦為偏長，如其作品〈六腳行跡〉：

　　　　臺灣大螳輕易一躍，脛節像滑鼠輕點五節芒
　　　　徐徐的風翻開另一個介面，純粹的綠總有些哀傷
　　　　所以想逃，虛擬黑暗中夢幻的星斗在柏油路上
　　　　抹不去唐吉訶德式的哀傷，存在的意義？
　　　　感性的堅持？
　　　　所以路殺是必然的？除非我們可以看到
　　　　「當心！有蟲出沒」或「小心！夢想使人死亡」的警告標誌。

從文學典故「唐吉訶德」引申至人文思想的「存在的意義」再進而

「『當心！有蟲出沒』或『小心！夢想使人死亡』的警告標誌」，等句子，充分顯示出他長期從思維上與大自然生態的連結，再如他在同首詩作的末段中所提到的：「飛行，其實是一種儀式？關於神聖的愛！／足跡，就是一種生活的態度，在錯綜複雜的叢林中／／一莖細細長長的款擺不定的五節芒。和你們一樣／都有了足跡，只是一腳在荒野，一腳在紅塵」，從詩中所言所看再引發到詩人的身上，誰不是一腳在紅塵？然而紅塵中的你我是否也警覺到生命不僅僅是無常，生命更是在無常之中張牙舞爪的時時提醒我們：生命是短暫的。

三　靈歌

　　靈歌算是詩壇的復出者；早期年輕時即寫詩，並加入秋水詩社，臨近退休之前與臉書的速迅發展，他積極從網路社團重整自己的詩路，先後成為野薑花詩社副社長、吹鼓吹詩論壇副站長，創世紀、臺灣詩學、乾坤詩社同仁。榮獲二○一七年吳濁流文學獎新詩正獎、洪建全兒童文學獎。作品連續四年選入《2015-2018臺灣詩選》。著有《破碎的完整》、《靈歌截句》、《千雅歌》（三人合集）、《漂流的透明書》、《夢在飛翔》、《雪色森林》、《靈歌短詩選》（中英對照）等詩集。他的詩作創作風格也一路從早期偏向抒情的詩風，逐漸修改為明快、清朗和物我一同的風格；就如同自敘詩觀所言：「以素樸的文字，書寫深刻人生，讓詩呈現多種風貌。追求提升後穩定，穩定後突破，再穩定再突破。創作，就是永無止盡的進步，絕不滿足現狀，也不標新立異，腳踏實地讓自己一階階踏穩並往上登高。『不同的人讀，能有多種解讀，且各有邏輯與推論，讀後讚嘆，真是好詩』是我追求的目標！希望自己的作品，能讓讀者想多讀幾遍，每一遍都有更深的體會及留下浩邈的餘韻。」。

　　自從他出版《漂流的透明書》詩集後，他便積極修正自己的風格，如與千朔、坦雅合創《千雅歌》詩集，借由與二位不同風格的詩人一同創作，來提昇自己詩風的轉變，正如他的這首詩〈學習〉：

　　　有用的人
　　　漸漸回來
　　　學習無用之事

　　　摧毀自己
　　　像閃電劈開神木
　　　挖空編撰的神話
　　　赤裸身軀
　　　去見刺眼的人

　　　學習卸下
　　　語言的細肩帶
　　　讓返璞的初心
　　　如過動兒
　　　將時光剪成寸斷
　　　再超前銜接

　　　打破鏡子的回顧
　　　穿越窗，成為光束
　　　在光束中希聲
　　　在光束外無形[1]

1　作者按：大音希聲，大象無形。語出老子《道德經・四十一章》。

在天空圈出投手丘
以暴投的雨讓自己解圍滿壘的困境

像一條船的桅桿
無悔相信
浪濤之後平坦的沙灘

終於穿透
海平線上的落日
不再煩惱
黑夜無止盡的平靜

借用《道德經》的「大音希聲，大象無形」之概念，寫自己學習如何
修正詩風的歷程，如詩中所寫的「有用的人／漸漸回來／學習無用之
事」、「摧毀自己……」、「學習卸下／語言的細肩帶／讓返璞的初
心……將時光剪成寸斷／再超前銜接」，這些詩句不但是一種心得式
的創作，更是將透過語感的改變，也讓他的詩風再更進一步的向前跨
出，讓他走出傳統抒情式的詩人。

四　千朔

　　野薑花詩刊總編輯，是詩社最重的棟梁，審稿、編輯版面，還兼
顧美編，幾乎一手打包整本詩刊。每一期封面與目錄貼上臉書，總贏
得一片驚呼讚嘆。
　　而低調，再低調，是她光滑無波的處世哲學，即使詩社活動，她
也只是默默的在舞臺角落操作電腦滑鼠，以PPT配合投影畫面。大合

照，不是埋進人群中，就是不被拍攝者標註。

她第一本詩集《月光七行》，主題詩集，全部七行小詩。而近年，她竟擘劃出一首首波濤洶湧的長詩，並以〈傾聽一朵浪〉獲得喜菡文學網第四屆新詩獎首獎。

二〇一九年六月與野薑花詩社同仁坦雅和靈歌合作出版《千雅歌》三人合集（以每人筆名中的一字串成書名），書寫「樂」、「畫」、「舞」三個單元的主題詩互文詩集。

二〇一八年十二月出版第二本詩集《摩訶月光》，整本詩集竟是一首組詩，將「南無摩訶般若波羅密陀羅尼」截成五輯名稱，分別為「南無」、「摩訶」、「般若」、「波羅密」、「陀羅尼」。是千朔人生與悟道的開花結果，花了八年時間寫寫修修改改而落定的詩集。

三本詩集都是主題式，真是令人吃驚。主題詩集書寫結集之難度，總令不少詩人卻步，而千朔不僅合集是主題，個人二本詩集也是。

佛理哲學與月光，似乎常在千朔詩創作旅途中不斷發光，試讀這些詩行：「那是被月光隱藏的秘密／一條繫在頭髮的金線，串連兩條生命／母親的手順著線從階梯走來／一階一階地走出我的影子／在亮光裡，從她的身體打開我的身體」，「在亮光裡，從她的身體打開我的身體」這一句，真讓人震撼。以及「我開始順著金線／走上階梯穿起母親的影子／月光穿透影子將她髮上的星星／跌落在我的夢裡」（〈梳著月光的髮〉）。月光的冷調，本身不發光，只反射太陽的光芒，或許深深進入千朔骨子裡的個性。

還有一首月光：「時間真的有點黃了／柳丁汁稀釋過的海洋／我記得魚腥味留在右邊嘴角／畫筆勾勒好幾次才熟練線條的軌跡／日子由東到西」。「月亮出來了！」（〈月亮出來了〉）。

談到千朔第二本詩集整本就是一首組詩，再讀這一首組詩：

〈說故事的花〉

（一）
從第一瓣陽光張開眼
她熟悉這世界的香

每一場雨都有故事發生
每一滴雨都是詩篇
她說

風，好心開啟窗
雲良善地散佈晴朗／想像
路過的貓將天使的翅膀用力
盤旋，像一隻白鴿迷路
之後停泊成一艘船

愈多上岸的浪指定前進的方向
飛行時間的第一瓣
到最後一瓣都是血脈相連的；她
沒有遺忘每隻錯過的飛螢以及
自己：都是故鄉人

（二）
遇見不說話的樹，靜靜
站成一個午后

蟬聲把流水加入傳說
寧夏很悶，文字自動將寂寞
轟炸加班加到爆肝的城市
涼椅的嗓音很迷人
整條和平路沉入安靜的午眠

於是，第三瓣翅膀也出走了
臨走前留戀地翻閱第七頁
左頁註腳以蜈蚣的步伐爬入森林
那些看不完的腳印全以
刪節號代替，最後

再以暈眩的句號提醒天空
雨後要有一道微醺的
羽翼

（三）
入夏後，菩提樹的葉子更加輕嫩
那孩童的模樣宛如初醒陽光。她說

不知何時香氣淡去了
時間正步跨越第九瓣月光
香蕉碼頭岸邊的魚群紛紛圍繞最後一抹波光
彷彿該止而未停的餘音
專業地等待指揮棒上的休止符

旋轉不停的彩舞
在末班的公車號也落幕，她想起
還未鞠躬就下臺的慌張或許
過境候鳥也是如此心情

最後一頁的結局，點煙
就飄飛出一行詩句
忘記簽名便離開的空白頁
保留了想像，她說

故事沒有佚失，但總是要
待續……

陽光是人間，「雨」、「風」、「浪」是地球自然現象，指的也是人間。千朔的詩觀如此寫著：「生活即詩」。簡單四字，人間生活的浪尖突出詩的大海。「她熟悉這世界的香」裡的「她」，不僅僅是「陽光」，同時也是接續上場的「雨」、「風」和「浪」。「每一場雨都有故事發生／每一滴雨都是詩篇」，故事來自生活，生活即是詩篇，明白地透露出詩觀。「風，好心開啟窗／雲良善地散佈晴朗」繼續人與自然的對話，「愈多上岸的浪指定前進的方向／飛行時間的第一瓣／到最後一瓣都是血脈相連的」，「浪」是生活，指定人前進的方向，即使能飛翔，〈說故事的花〉從「第一瓣／到最後一瓣都是血脈相連的」，都是無法脫離生活的指向，從出生到老死，即使「沒有遺忘每隻錯過的飛螢以及／自己：都是故鄉人」，怎麼遠走高飛，都還是被故鄉拴住；人怎麼與命運掙扎，肉身還是紅塵。說過「陽光」和「雨」、「風」、「浪」故事的「花」，轉頭看看「樹」：「遇見不說話的樹，靜靜／站

成一個午后」，不說話的樹，自有蟬代言：「蟬聲把流水加入傳說／寧夏很悶，文字自動將寂寞／轟炸加班加到爆肝的城市」，隱喻到了這裡，就明說了吧，自然現象一一示現人間，寂寞是隱，爆肝是現。「最後」「再以暈眩的句號提醒天空／雨後要有一道微醺的／羽翼」。「刪節號」能代替的，或許只是「看不完的腳印」，人生啊，何必看清？又如何看清？還不如微醺！

最後一則，故事總是要交代結局，然而……「入夏後，菩提樹的葉子更加輕嫩／那孩童的模樣宛如初醒陽光」，循環到開頭的「陽光」，結尾彷彿初生一般；「還未鞠躬就下臺的慌張或許／過境候鳥也是如此心情」，是的，人生到世上一遭，短暫如過境候鳥，總是「還未鞠躬就下臺」，「最後一頁的結局」迫不及待出場且「點煙／就飄飛出一行詩句／忘記簽名便離開的空白頁／保留了想像」，誰忘了簽名？誰簽了名又如何能不離開？誰一生不是空白頁？因為空白才充滿想像，因為空白，營造出「故事沒有佚失，但總是要／待續……」。

是的，第三則循環第一行「陽光」，就是人生的滅與新生，黑暗總是為了光明而到來，如此循環不止，每一個人都只是中途而非終站，故事永遠沒有佚失，因為需要不斷的待續……

這是千朔對於詩即生活的註腳，是她對佛法的參透。

五　陳福氣、曼殊沙華、王婷、張家齊、林瑞麟、劉曉頤

詩人陳福氣網路詩壇常用筆名天岸馬，他不但是一位優秀的攝影師兼調音師，早期便已在喜菡文學網寫詩並擔任詩版的版主，當臉書在臺灣快速成為許多新詩寫手時，他也從臉書的接觸，進而加入野薑花詩社實體的詩人集會，他的創作風格除了有其傳統的美感外，有時

也結合自己攝影作品，成為影像詩，如二〇一六年九月出版的《野薑花詩集・季刊》第十八集的影像詩特輯所刊出的。

曼殊沙華。詩創作以影像詩、禪詩、佛詩居多。著有《曼梳三千》影像詩集，與風細雲飄合著《雲詩曼語》。曾獲二〇一七年第七屆全球華文文學星雲獎禪詩佳作。現擔任野薑花詩社版主、行政秘書及活動組長，吹鼓吹詩論壇小詩版主。

寫詩，除了是自己情感抒發的出口之外，也應該善用來關心和回饋這個世界。對曼殊而言，詩創如佛法的法佈施，二者相映，從中學習接受生命中的不圓滿，而走向內心的圓滿。透過詩作，分享自己的學習與參悟，達到利他的宏願。

曼殊在補教界擔任英語老師多年。除了詩創之外，也喜歡舞臺劇、音樂及攝影，所以，經常將這些元素帶入詩創及朗誦或演詩表演中。由於是三寶弟子，也常在佛教道場參加法會及禪修等課程，擔任筆耕和攝影等義工工作。曾參加三屆的南方詩微營的微電影創作。

二〇一九年二月出版的《曼梳三千》詩集，是到目前為止曼殊的代表作品，也是精緻的攝影與詩合體的詩集。詩集分為三輯，分別是《有情》、《經行》、《日常》。簡潔精煉的二個字，在人間與禪，眾生與佛之間生活呼吸。

第一輯既然取名《有情》，自然是書寫人間情意纏綿。曼殊的詩，用字清淡，她擅長以諧音刻劃弦外之音。如〈午後四點的愛情〉第三節「以一秒鐘之差，眼睛／飄向同一個方向／盡視，若視／看著同樣的細碎／世事」。「盡視，若視」除了諧音之趣，也寫「以一秒鐘之差」夫妻間的心有靈犀。而第二首詩〈我聞，於是〉充滿情慾：

　　貓兒側身，風鑽進樹林
　　掀起片刻前的雲雨

覆在山巒與濕地之間
狂躁氣息
迷戀
肆意這山水的餘味
翻身，再翻身
嗅著魚群與海草廝磨
濃郁如藍紋乳酪的洋流

狂瀾，雨痕滲透
之後

　　第一行寫得精彩：「側身」之後接「風鑽進」，十分精準又創新。「雲雨」、「山巒」、「濕地」、「狂躁」、「迷戀」、「餘味」、「翻身」、「魚群」、「海草廝磨」、「藍紋乳酪」、「狂瀾」、「雨痕滲透」真是集情色詩語詞之大全，也才短短十一行。

　　第一輯也嘗試寫「戲劇詩」，像〈我的妳的，拉拉・芙烈達〉寫同性戀情，還拍成微電影詩。「芙烈達・卡蘿」是墨西哥著名女畫家，也是雙性戀者。詩裡面隱喻同性戀的線索還有「鱷魚櫃子」、「百合」。而〈彌留〉詩題加了（獨白戲劇詩），並在後記中簡述劇情。輯中還有書寫「成龍溼地」地誌詩二首：〈水未央〉、〈等待風平〉，讓這一輯納入不同面貌的詩風。曼殊的詩以小詩占多數，能抓住小詩精華的一閃而逝的慧點，適時反諷。如〈是我在叫你〉第二節中「關於那段淒美傳說／現在看來，是個弄巧成拙／如果真的可以如果／寧可拿這座牌坊／換一隻暗渡陳倉的舟」。後二行的「牌坊」與「暗渡陳倉」的反差，真令人叫絕。〈念念〉中的一句「嘻笑的脆片不時地飄落」，「脆片」二字也是神來之筆。

　　第二輯《經行》的第一首詩〈致，親愛的人身〉，是獲得二〇一七年第七屆全球華文文學星雲獎「人間禪詩佳作」的作品，也是此輯禪詩佛偈的精華縮影：

〈致，親愛的人身〉

從一部經走來，當說
不可思議
這世間最相濡的莫過於
我們，浮沉於恆河一起吐沫
你以消殞自己作為法門，渡化

我。蜷曲在巨石底下，直到
聽見細雨，來自妳
於是，所有芒刺盡蛻
從執迷走向不惑，而知
聽天命，心念在先著地的腳尖

散盤的雙腿懸掛於真空
蒲團上合十坐定波瀾
禪堂不在，你不在

以此供養，然後捨下
最難捨的你
在最後一個吐納，回頭
頂禮問訊
南無，我的肉身菩薩

　　這首詩的禪意，在於文字行進間的停頓、收攝，點到為止。斷句與斷行漂亮的延伸，再接續。如第一節「從一部經走來，當說／不可思議」，「當說」與「不可思議」斷行，在行經中，彷彿頓悟，不可說也不思議。整節的語境層層推衍又環環相扣：「這世間最相濡的莫過於／我們，浮沉於恆河一起吐沫／你以消殞自己作為法門，渡化」。「相濡」在第三行中間，「吐沫」卻跳躍到第四行最後，三、四行之間以「我們」二字連結，跳躍而不斷，斷行也只是轉個彎，語境持續一開始的行經，誦經聲縈繞迴環。「相濡」是「浮沉」，在「恆河」之上。「吐沫」為了「消殞自己」而成為「法門」，終究「渡化」。

　　詩題寫人身，而人身有男有女。第一節中有「我們」、「你」。作者為女身，所以「我們」是一男一女，這個「你」當然是男身。「恆河」如輪迴中的人世，我們於河中相濡以沫，而你已然渡化。

　　在此轉到第二節：因為失去了「你」，日子有如「蜷曲在巨石底下」無法翻轉，「直到／聽見細雨，來自妳／於是，所有芒刺盡蛻」。這個「女」字的「妳」，是初悟，是淋醒的雨，讓自己「芒刺盡蛻」，也「從執迷走向不惑，而知／聽天命」。「執迷」與「不惑」斷句，「而知」「聽天命」斷行，都是上述的技巧，營造起伏心境。

　　第三節寫禪坐的「空」境。靜坐而思緒歸零，真是談何容易，尤其需要持續一段時間。所以禪修，先教數息法，讓思緒歸一於呼吸一念，持一可以持久，再忘掉，放下這一念，就達到空境。所以，首行寫：「散盤的雙腿懸掛於真空」，這真空是靠著「蒲團上合十坐定波瀾」而得，收攝所有思緒歸零而得。在空境裡「禪堂不在，你不在」，此時禪堂不在就罷了，卻出現「你」字，這是作者故意留下的伏筆，隱喻「蒲團上合十坐定」卻還是不定，空不可得，因為還有「你」這個「一」。所以，進入第四節：「以此供養，然後捨下／最難捨的你」。「以此」二字，就是詩題「親愛的人身」。第一節最後一行

「你以消殞自己作為法門」，所以「你」已悟道。而我呢？到此，終於也接近以此身供養。只是，「最難捨的你」依然心魔難斷捨離，還要「在最後一個吐納，回頭／頂禮問訊」，才終於「南無，我的肉身菩薩」圓滿。

　　這首詩，在禪境中處處扣住詩集中首頁的「慢慢梳／煩惱三千，留一絲／勝一絲／以有情換／有情」。人世間，名利當頭，有人為名利而斷情，有人因為情而拋棄名利，以佛而言，都是苦海眾生。

　　第三輯《日常》，第一首詩〈圓滿〉的第一行很有意思，和詩集中其他詩作截然不同的韻味，且有二種解讀：「頭頂上的鉚釘／是故事開端／順著車搖搖晃晃」，頭頂上的鉚釘，如果是出家人的戒疤，用鉚釘意象，很有守戒之意。而順著車搖搖晃晃，則應該是公車，公車車頂上常有鉚釘接合。虛實之間，詩意橫生。

　　曼殊善於自照片中挖出詩意，她長期攝影，累積甚深的功力。這一本個人首部攝影詩集，繞著禪境佛語，充滿智慧法喜與人生哲思。此外她的影像詩常有令人眼睛一亮的作品，如二○一九年六月出版《野薑花詩集・季刊》第二十九集頁一七五的〈你我〉，透過攝影的捕捉，再加上當下心情的觸發，讓畫面呈現另一說詩者，這也成為二位詩人的另一種詩作風格。

　　而詩社之中，除了影像詩的寫作外，亦有另一同仁的也創作影像詩或圖像詩；那就是王婷，擁有非常豐富多元的經歷。貿易公司負責人，就讀於臺師大美術學系研究所，四家詩社同仁，入選臺陽美展等多個著名美展，舉辦過個展及多次聯展，美術造詣精湛。二○一九年十一月出版《帶著線條旅行詩畫集》。

　　詩觀為：詩是最好的提醒和對話，藉由詩可以對生命提醒，藉由詩可以和生活對話。

來讀她這首較長的詩：

〈假設小心求證〉

假設愛是一種假設
我們從沒有開始的地方開始
這樣的假設
飛旋著沒有回聲的語言
我們不知究竟真實抑或夢境
像一張拆開的網
線條如魚一條一條的排列

於是晃如傳染病一般
這樣的假設先是預支了靈魂
又在甜蜜和寂寞身上
不停的剪下複製貼上
複製貼上
複製貼上整個晝夜

空虛是假設最大的私刑
手機來電鈴聲
向虛無拋出長長的嘶喊
每一串血管如獸狂奔
每一陣風都豎起耳朵
傾聽

　　七月
　　高跟鞋踩著急促的敲門聲走來
　　老弄堂驟然驚醒

　　忙碌的人甩開豔陽之後
　　又擱淺在手中的螢幕
　　我凝望匆匆的人們
　　納悶挨近時冷　遠離時暖
　　也或是在緊密時溫度已經從
　　掌心中溜走不曾停過

　　一朵雲遮住半片紅瓦
　　儘管孤獨是一匹貪食的獸
　　在老得走不動的街道上總有人
　　在尋找腳步聲

　　這首詩辯證愛，辯證人際，以及心。

　　　當愛成為假設，多無奈的事，多設防的心，多距離的人際。而
「我們不知究竟真實抑或夢境」。「於是晃如傳染病一般／這樣的假設
先是預支了靈魂／又在甜蜜和寂寞身上／不停的剪下複製貼上／複製
貼上／複製貼上整個晝夜」。總共三句「複製貼上」一槌比一槌更重
的打擊入生命之中，打在甜蜜和寂寞身上，不分晝夜。「空虛是假設
最大的私刑」寫得好，「忙碌的人甩開豔陽之後／又擱淺在手中的螢
幕」原來愛，不喜艷陽，喜歡小小的手機螢幕，這是最現實的人生。
「納悶挨近時冷　遠離時暖／也或是在緊密時溫度已經從／掌心中溜
走不曾停過」，掌心中的溫度，正被螢幕一絲絲帶走，所以「儘管孤

獨是一匹貪食的獸」，說得好，但只是無奈，「在老得走不動的街道上總有人／在尋找腳步聲」。年輕時，手機是唯一的愛，老了，又如何尋找靠近的腳步聲？現代人的悲哀。

王婷持續在畫與詩中來回擺盪修煉，目前畫筆的色彩，多過詩文字的黑白，有一天，我們會讀到，她詩中的彩虹高掛。

王婷的寫作在創作上偏向中短詩，在日常生活裡，亦創作油畫作品，故偶爾將其二者合為一種創作；又或者她將旅行所拍攝的作品，所感所拍的畫面而加以創作，例如二○一八年六月出版《野薑花詩集‧季刊》第二十五集頁一六七的〈貓子——刺客外傳另一章〉，另外約同時期加入詩社的詩人張家齊（筆名風細雲飄）是來自對岸的雲南詩人，在網路部落格時期即寫詩，他的寫作風格偏向大陸近期的小白話詩的風格，許多詩語的語勢與臺灣現階略微不同，但在他積極參與野薑花詩社的活動後，也調轉了詩語言的創作，更易融入社團的性格，但也保留了自己獨有的風格，就如他說：「常常轉彎就是另一座山，卻在彎裡轉太多彎，別人愛進取，我享受坦途的迷路。」從其所言即可知他認為：「寫詩掌握在己」，而這也可從其作品可見〈「變著方法的折騰」或者「變著折騰的方法」〉：

　　從一顆露水醞釀到另一顆露水

　　從一朵雲到另一朵雲

　　我們只是用口號宣揚著決心

　　過程由自然完結

　　就如同山頂滾落石頭幾塊

　　從一個人研究到另一個人

　　將一根玻璃棍攪了全部燒杯

　　誰定義了偉大與卑微

於是蟻后並工蜂著
於是宅在被子裡看三宅一生

從一個夢折騰到另一個夢
將磨牙和夢話打包出售
誰來保密將死的口德和註定滯銷的牙慧
敲一敲這般那般無意的後腦勺
誰來證明這不是菩提樹下的靈光啟

閱讀此詩約略可發現詩人在生活觀之中，喜歡一種對照式的觀察，在其一般思維上對詩人而言，不是定義而對比或對照，而且也沒有所謂標準答案，一切只有進行之後，再來擇其自己所喜愛的。

再來是林瑞麟和劉曉頤二位詩人，二位詩人可說是野薑花詩社的新秀與新星，二人的詩風前者走的是偏前衛與先鋒，後者則為華麗與繁複的詩意，但二人近年來的創作努力，也經常參加詩獎比賽與得獎，也讓野薑花詩社在詩壇的能見度增添不少。

林瑞麟是臺北人。淡江大學英國文學系、EMBA企業管理系。有一些散文、極短篇、小說、詩等散見報紙副刊及詩刊。曾獲二〇一五年林語堂文學獎，二〇一八年飲冰室茶集新詩大賞優選。二〇一九年鍾肇政文學獎新詩正獎。這是瑞麟自我簡介。

詩是藝術，是文字的裝置藝術，多元維度，是風景，也是生活的一部分。我涉入它，成為詩的工人，常常把它堆疊成畸形違章，我希望我可以是建築師。這是瑞麟的詩觀。

曾經寫過小說和散文，後來也寫詩，由兼而專，而一階階登上。簡介中的詩獎，是近二年，寫詩的歷史不長，卻頗有成就，印證瑞麟擁有寫詩的天賦，日子還長，還年輕，前途未可限量。

　　不僅是得獎，還經常在大報刊登，更顯示得獎體之外的創新一樣
厲害，來讀這首刊登《自由時報》副刊的：

〈觸發〉

起風了
透光的百葉沙沙
夏天仍是個胚胎
妳喜歡的夏川里美
在收音機裡也
沙沙，波波
無端的觸發
太平洋的熱帶氣旋
那天傍晚的海邊
大潮、瓊麻、濕黏、費洛蒙
嘴裡含沙的吻
我們吞吞吐吐
漫天緋紅之後無以為繼

那些刪掉的情節
藏在枕頭下、打火機、遙控器
在公園的沙坑
你們的孩子五官萌芽
從坑裡捧起一把笑聲
有一些從指縫滑脫
溶接少女的祈禱、狗吠、超跑

轟隆的哀愁在瞬間長大

多彩的泡泡在天空開花

如果那孩子像我

會是如何呢？

地鳴，躺在床上的詩集翻身

我乾燥的眼睛忽然有

膠質的流沙

第一節真是讚歎！因為起風，百葉窗沙沙聲，可以連結到「妳喜歡的夏川里美／在收音機裡也／沙沙，波波」，這樣的轉換連結真是厲害，而「夏天」轉換「夏川里美」也是。一開始的「起風了」是伏筆，藉以勾住詩題，帶出「太平洋的熱帶氣旋」。氣旋醞釀的風暴，從「大潮、瓊麻、濕黏、費洛蒙」層層推進，順理成章地抵達「嘴裡含沙的吻」，緊接令人拍案的「我們吞吞吐吐／漫天緋紅之後無以為繼」。

開始觸發情愛，為了過場而如此交代「那些刪掉的情節／藏在枕頭下、打火機、遙控器」，枕頭下、打火機、遙控器隱喻愛情加婚姻而建立家庭的三段式演變，讓讀者自行品味，真是絕啊！於是有了孩子，孩子的成長一如「從坑裡捧起一把笑聲／有一些從指縫滑脫／溶接少女的祈禱、狗吠、超跑／轟隆的哀愁在瞬間長大」，「溶接少女的祈禱、狗吠、超跑」這筆法和之前的「大潮、瓊麻、濕黏、費洛蒙」相似，都是層層推衍，只是這裡寫成長的過程，因為成長總有悲歡，有轟隆的哀愁，純真歲月如「多彩的泡泡在天空開花」，泡泡會幻滅，天空開花只一瞬之間。緊接反問：「如果那孩子像我／會是如何呢？」床上的詩集依然年輕，卻在地震中驚懼翻身，似乎轉眼自己從孩子長大又衰老了，感慨萬千「我乾燥的眼睛忽然有／膠質的流沙」。一首詩從年輕到長成到繁衍，又轉化為自己是新生一代，當悲

歡還來不及咀嚼箇中滋味，竟又已老去，一切只在瞬間觸發。

再讀這首獲二〇一九年鍾肇政文學獎新詩正獎的詩：

〈關於你的質性探索〉

如果你是貪睡的巨人
台七線就是通天的豌豆，我溯行
輕易竊取你唾沫裡的鼾聲
你半醒，抓住我的手說
那是風與樹靈的話術

我的毛孔張開，閱讀你
手背上浮凸的青筋
一條、兩條，無數條氣根般，攏絡我
在你的黥面上爬梳
在高海拔的遼闊裡探索質性

我一時心軟，席天而坐
你的言詞飽含水份
散發小米的氣味
微醺，我彷彿在臼裡發酵
那是真的感覺，我不推遲

巴陵是參天的巨木，你驕傲
神聖如羽化的長臂金龜
以全知的第一人稱

詮釋屬於高海拔物種的冷然
我仰望，不再擔心與眾不同

你的身段有巫祝的層次
迷人的疏離
串起泰雅質地的想像，風景全開
大漢溪如蛇蜿蜒吐信
勾勒一彎芋色的虹
橋接馬告

你說你是巴萊
摸透部落裡每一株草木
眼神似箭，吹出來的霧緊緊跟隨
我彷彿感受到你帶繭的指尖軟化
讓蜜桃臣服，掀起季節的高潮

你揚起手勢像蝶
領我進入幽靜的古道
石竹灑花，血藤攀談，水氣迷濛
在歷史的織紋裡遇見關於遷徙的腳印
我穿越，面對剝離

不再怕了，但卻不該涉入
我或是一頭失神的山羌
學不會飛鼠的高空彈跳
栽進你的豐饒裡

　　因為參加桃園市鍾肇政文學獎，主題書寫桃園的地景和風土人情，是貼近徵詩主題（雖然寫臺灣相關人地物就可，但既然是地方文學獎，當然寫本地的較正確），即使是所謂「得獎體」，但這首詩突破一般主題限制框架，不僅是精緻，也有創新。主要取材台七線的北橫生態，是地景詩也是生態詩，還加入人文，一開始以英國著名童話《傑克與豌豆》揭幕：「如果你是貪睡的巨人／台七線就是通天的豌豆，我溯行／輕易竊取你唾沫裡的鼾聲」，不流俗，有創意。「我的毛孔張開，閱讀你／手背上浮凸的青筋／一條、兩條，無數條氣根般，攏絡我／在你的黥面上爬梳／在高海拔的遼闊裡探索質性」。毛孔對上手臂的青筋，豌豆藤對上氣根，北橫是泰雅族部落，用「黥面」和「高海拔」連結，並掛上詩題的「探索質性」。

　　第三節持續繞著泰雅族：「你的言詞飽含水份／散發小米的氣味／微醺，我彷彿在臼裡發酵」。第四節加強北橫地名與物種「巴陵是參天的巨木，你驕傲／神聖如羽化的長臂金龜」；第五節再回到泰雅族：「你的身段有巫祝的層次／迷人的疏離／串起泰雅質地的想像，風景全開／大漢溪如蛇蜿蜒吐信／勾勒一彎芋色的虹／橋接馬告」，「泰雅」、「大漢溪」、「馬告」，人文地景以精緻凝鍊的意象纏繞，鬆緊間收放自如；第六節則引入電影「賽德克巴萊」在北橫取景，尤其「義興吊橋」入鏡：「你說你是巴萊／摸透部落裡每一株草木」，並將原住民的吹箭與霧相互對應意象：「眼神似箭，吹出來的霧緊緊跟隨」；北橫拉拉山水蜜桃馳名全臺，詩中不寫拉拉山而以水蜜桃隱喻：「我彷彿感受到你帶繭的指尖軟化／讓蜜桃臣服，掀起季節的高潮」，以帶繭的指尖和蜜桃外觀與多蜜水暗喻性愛，文字中毫無色情卻又讓人想入非非，是駕馭文字的功力。

　　第七節持續探索人文物種與歷史的質性：「你揚起手勢像蝶／領我進入幽靜的古道／石竹灑花，血藤攀談，水氣迷濛／在歷史的織紋

裡遇見關於遷徙的腳印／我穿越，面對剝離」，北橫蝴蝶種類繁多，加上石竹、血藤、與山霧，以及，歷史上賽德克族的遷徙，原住民在日據時代的反抗，與漢族的融合分離，都成為這首詩的養分；最後，因為紛爭與玻璃俱都成為歷史，現在探索，只是回歸挖掘入文字，自然無所懼，而以「我或是一頭失神的山羌／學不會飛鼠的高空彈跳／栽進你的豐饒裡」。

北橫的歷史風貌，地景物種豐饒，作者揮灑淋漓。可見得，得獎體，尤其是地方文學獎，必須收集完整資料，羅列明細後，一一以詩句串接，以意象造境、鋪陳，深入淺出餘韻繚繞，才能成就一首得獎詩，尤其是正獎（首獎），更要精細如絲又規模恢弘。

劉曉頤，詩人，特約記者。東吳大學中文系畢，現任中國文藝協會理事，中華民國新詩學會理事，文創達人誌採訪主任，野薑花詩社採訪組長，秋水詩刊編委。曾任編輯、專欄作家。得過中國文藝獎章新詩類，新北市文學獎新詩首獎，飲冰室「我心中住著一個詩人」首獎，葉紅女性詩獎等。入選二〇一七、二〇一八年《臺灣詩選》（二魚版）、《創世紀65年詩選》、《詩說新北》等多本國內詩選集、大陸《臺灣當代詩選》。詩獲中華民國筆會英譯。著有散文集《倒數年代》，詩集《春天人質》、《來我裙子裡點菸》、《劉曉頤截句》。《來我裙子裡點菸》獲選入臺灣文學館的二〇一八年度「文學好書推廣專案」。

曉頤詩觀：米沃什講稿〈廢墟與詩歌〉，提到詩歌是從廢墟中搶救出的光屑，深觸我心。目前創作階段，我正處於對「時間」的眩惑中。布羅茨基說，每一首詩都是重構的時間，而在技藝層面，我欣賞淡遠深刻的詩歌境界，但自知尚需錘鍊技藝，如他言，「一個詩人在技藝上越多樣化，他與時間、與韻律的源頭關係就愈密切。」或許出於對時間的焦慮，寫詩三年以來，量多且常陷於繁複。

　　之於我，現階段所「以詩抵抗」的，是遺忘與消逝。感謝班雅明，他不是詩人，但其詩化的靜止空間辯證，某方面解救了我。常有人說，詩捕捉的是瞬間。透過留住瞬間，我們試圖挽留一座近乎永恆的春天廢墟，而屢屢在近乎絕望時，看見縫隙之光。即使有時陷於文字迷宮而有所悖離，然而，寫出的字詞，總有些什麼部分，對我們未能堅持的初衷，畫出了一道溫柔致敬的手勢。如此一種看似反叛或無能忠於自己，卻隱含碎鑽質地的真純。詩，總是滲著純粹真實的淚水，近乎一種二律悖反、人性的矛盾統一。因此，我把詩詮釋為一種「不貞之貞」──人性中，即使汙濁，依然尊嚴的拉鋸。

　　從散文與特約記者撰文中，跨入新詩領域，不過短短三年，出版三本詩集，得過包括新北市文學獎新詩首獎和葉紅女性詩獎等三座大獎，且大報副刊，文學雜誌與所有詩刊，經常刊登，質與量都十分輝煌。曉頤寫詩，語言非常獨特，意象華麗繁複又創新，切入角大異於一般詩人，辨識度獨一無二。喜歡的人為其迷戀，不喜歡的人批評其晦澀難懂且過度堆砌。

　　近來曉頤思考轉變，將以往熟練的散文語法，一部分加入詩中，讓原本濃稠凝煉的語言稀釋些，自然些，這是很正確的方法。想來，一段時間的摸索之後，漸趨熟練，應該可以再度創出，自然而節制，濃淡適宜的詩風，且保持自己的獨特，我們一邊等待嶄新的她，也一邊欣賞她目前的佳作。

　　繼首部詩集《春天人質》之後，才一年多，劉曉頤以噴泉的速度再度描繪彩虹，出版第二部詩集《來我裙子裡點菸》。本詩集十分精彩，其逐步建立起曉頤式獨特的語言，那些不似人間的意象，就這麼自然的花開遍野。奇花異卉，或者從所未見的美麗又美味的蕈菇。

　　也許你覺得繁複，又或者太夢幻華麗。這些詩卻以多色的複瓣開了口。

〈差點，就不是了〉：「差點，會翻譯雪聲的花貓／也要失語」。
詩題比詩集的書名更不具象，卻飄浮如空白的天燈，你許的願望還來
不及書寫就已高飛。但是，「會翻譯雪聲的花貓」這麼令人驚奇的句
子，卻如初雪般冷豔。

這是第一節，讀著詩句，你不禁開始搖晃，卻只是穿越的開始，
穿越這樣的第二節：「你的九月是一種穿越／哭泣的火車駛過暗中換
取的山洞／車窗交疊流動的燈／和眼睛，如并刀直抵十二月」。最後
這句「并刀」將九月的秋砍進十二月的冬，呼應第一節的鋪設，真是
亮點。之後的「我向天空敞開圓裙／身體時而芒花，時而金急雨」，
以及最後一節「然後睡成幻燈片裡的煙火／忽明忽暗／我就有了旋轉
燈罩的快樂」。這些句子都是神來之筆，曉頤天馬行空的意象拉弧成
銀河。

與詩集同名的〈來我裙子裡點菸〉這首詩，得到第十一屆葉紅女
性詩獎，讀這些在太陽下噴墨在黑水溝裡營火的句子：「水母般的流
亡和跳舞後／擁緊我骨折的身軀」。裙子是柔軟飄忽又誘惑的，適合
水母般的跳舞，誘惑水母流亡。「骨折」二字真是太奇特又精準了，
曉頤的文字功力，常常這樣蹦出光芒。有什麼比全身骨折的身軀更柔
軟如水母？這一節最後跳躍到「從石頭中抽出一絲腹語／你問，我們
還有餘生嗎」，石頭中的腹語不免聯想到「海枯石爛」，你說，這古老
的誓言，還有餘生嗎？「去愛皮膚觸感上的守護幽靈／凡有香氣的，
都像善良的鬼」。這一節這二句令人愛不釋手，皮膚觸感是敏銳的，
守護精靈也是，這精靈又散發出香氣，皮膚上的香氣是香水了，有著
香水味的鬼，不禁讓人想親近，而又守護著自己，當然善良。這些句
子在轉折中忽隱忽現，光芒柔和又帶著香味。最後第二節最後一句來
個回馬槍的驚豔：「變形蟲花色的裙子」。

曉頤詩風的特色，就是大量使用獨特而創新的語詞，其中不少堪

稱匪夷所思卻又如此令人讚嘆。即使有少部分太過炫技,遭到幾位詩人批評為華而不實,沒有主題與跳躍太過,語境不一貫,但曉頤虛心接受,正逐漸減少虛華增加樸實,雖然詩風的改變談何容易,但她依然按照自己的計畫一步步脫離又逐漸接近。這首〈太美的詩即將成災〉,雖是創世紀詩雜誌「退稿信專輯」的詩,看似對外,其實何嘗不是內省的心聲:「恕不錄用,你巫覡草藥房的字/血肉飽滿的音節,脆玻璃的標點/熱烈的蝴蝶排序隱含颶風/一種溽熱自花粉和胚乳間傳開」。指出投稿者的缺失,也指出自己的檢討反省,而有如此的期許:「太美的詩即將成災——/你用升C小調的白茶花調和/因此顯得純潔、無害/句行間瓜果瀝液,滴下斑比鹿眼神」。這首二節的對比,讓人感受曉頤尋求改變的真誠,從華麗繁複與過度跳躍,回到「純潔、無害」堅定地發出「斑比鹿」天真純淨的「眼神」,讓我們期待。

詩集雖然只有六十二首詩,並不算多,但因為長詩和長組詩不少,讓詩集厚重扎實。集子裡共分四輯,第三輯的「毛毯上的小太陽」一如輯名般,有著愛的溫暖。這愛跳脫男女之間的小愛,親情與人世間的大愛交織。〈老者的眼睛〉有這樣款款細密的句子:「倒映一點河流的靜脈/炊煙般纖細的心跳」、「流淌是黃昏/續炭是愛」。河流是靜脈,炊煙飄動彷如心跳。黃昏正是明暗接手光影換班的時刻,以流淌為意象,誰不嘆服?緊接的「續炭」二字,更令我讚嘆,黃昏之後是黑夜,是炭的顏色,而黑夜降臨大地,適時以愛接續,僅僅四字可以蘊藏如此巨大的神韻與埋線,且具在〈老者的眼睛〉中。你說,怎樣才是好詩?而〈秋分小屋〉中:「秋分以後,我的小屋/是斜陽調色的藤編果籃」,秋分之後,即將轉冬,秋的黃紅燃燒即將寂滅為寒冬的白雪,「斜陽調色」四字多麼準確,而接續「藤編果籃」更非人間之筆,「調」與「編」的對照,「秋收的果」與「冬藏的

籃」，這樣的傳神，沒有深刻的挖掘，匆匆朗讀豈非暴殄天物？

　　曉頤創作的速度很快，近期偏向的組詩龐大磅礡又迷離，她說，開始練習褪下華麗的外衫，嘗試套入素樸的衣裙，希望久居大城，周旋於杯觥交錯彩妝粉影之後，也能在詩中出落淡雅清麗之貌。

　　我相信，她會練習節制和簡約，只要定下目標努力以赴，我相信，在下一本詩集，曉頤會給我們，濃淡相宜的作品，讓我們繼續在她的創作裡回味咀嚼又迷戀。

★ 圖文／天岸馬

章魚的游法

生命正在伸展
以自我的心意
四面八方傳遞訊息……
如八爪章魚游走
母體發號司令
揮舞筆管噴出墨液
方體圓體筆法恣意
縈練行草不經意伸張
古往今來墨韻

拋物線
拋去煩亂
瀰漫萬處
埋葬了心機
流動了心靜
活現了禪意

光合之後
綠的生命勃起
伸出綠手舉仰向空佔有虛
伸延曼妙舞姿
向陽光的方向
創作的空性：指引
方向即非方向
是名方向

《野薑花詩集・季刊》第十八集影像詩特輯，〈章魚的游法〉

曼殊（圖／文）
你我

1.
我的時間流動，你的
定停在凝視我
路邊的車水與馬龍
彷彿到咫尺之外
像無氧水族箱，無聲
也無息

2.
天空留住了你
路上那條回家的路
雜草又重生
為了見你，我
把水族箱搬來這裡
豢養自己
成為你的風景

《野薑花詩集‧季刊》第二十九集，曼殊〈你我〉

王婷
絡子——刺客外傳另一章

夜 浸乳了不安的氣氛
為了討好月亮 天空一片漆黑
夜色中
我們緊緊挨在一起
努力遺忘人類殘酷的氣味
然而熬煮的經驗如紙般較深刻
當我們毛長似戀絨般柔軟
媽媽的嘆息如低聲埋怨的長笛

在漸稀的音符中
一雙冰涼的手將夜攪渦
一陣血紅燃燒夜的寧靜
空氣中溫度愈來
愈低
慌亂中 我呼喊媽媽
媽媽急忙伸出的手
沒有手掌

《野薑花詩集‧季刊》第二十五集，王婷〈貓子——刺客外傳另一章〉

六　江文甦、林瑄明、陳昊星、黃文傑

　　江文甦、林瑄明、陳昊星這三位在野薑花是屬於較低調的詩人，一般野薑花詩社的活動裡，較少見其蹤影，三人之中江文甦年輕時為記者，之後轉為油畫畫家，偶爾寫詩，其詩作偏向政治與時事的詩作，就如他自己所言：「刊登在野薑花十一期藍色的憂鬱，假面下的官商勾結，十五期的無言山丘，十八期的傳說的那一座山等，都是對周遭的問題產生的一種不滿反射，我不是詩人，寫現代詩完全是在透露自己的心情……」又如其作品〈銀錠山〉中寫到：

　　　　他們說這裡銀錠如山
　　　　藏有無限財富
　　　　山從此沸騰
　　　　燃燒起貪婪烈焰
　　　　燃燒良心道義
　　　　灰燼埋下的罪孽
　　　　無法塗銷萬年遺害

　　另外，林瑄明的詩作，則較偏向歐式抒情風和，自喃式的詩語言，如：

　　　　他一定善於討好
　　　　善於表達至無需表達的地步
　　　　這改變很簡單，有可能，很困難，很必要
　　　　他的雙眸可依潮汐時而湛藍，時而墨綠
　　　　陽光，安靜，沒來由地熱淚盈眶

他與她同床，好像媒妁之言，好像今生今世

他願意跟她養二個小孩，不養小孩，一個小孩。

純潔善良，卻能書寫預言。

身體孱弱，卻能扛起最甜蜜的負擔。

雙肩上沒有沙包，但以後就有

品嚐草莓蛋塔和焦糖布丁

不知道這種子要做什麼用，卻打算種滿整片森林

青春，英俊瀟灑，永遠風流倜儻

他手裡握著少了魚鰭的小丑魚

為短期旅行僅剩的私房錢

一把手槍，一卷紗布，一口紅酒

他這麼奮不顧身要奔向那裡，他不疲憊嗎？

一點也沒有，還是稍微，非常，也沒有關係。

他若非只愛她，便是對天起誓要愛她

為好，為壞，為了路西法的緣故。

　　林瑄明的詩作在長句上與歐風的風格有其極明顯可見，詩作創寫的內容雖與詩人許勝奇極為不同，但偏散文化的寫作，卻為相似。而陳昊星、黃文傑二位詩人都擅寫十行以內的小詩，前者擅寫生活式的小情詩，尤其是親密的家人，如〈韓式泡菜〉：

選前的冬天，甜度不正常

紅椒和綠椒瞎攪和

蚯蚓剛鑽過幾顆白菜

壓榨兩顆有貼黨徽的檸檬

嚐嚐跨年的味道
誰醃漬的那一盤忘了去冰

後者黃文傑與今年去逝的卡夫同為新加坡詩人，其詩作亦偏向政
治勞工階層等相關議題，如：

〈誰偷去了我的湯圓〉

不見了
帶點薑味的花生餡
東炎湯裡沒有
牛肉河粉裡沒有
翻了翻胃
太多發酸的酒

聽說
是被秋風用黃葉卷了去
不好讓日子太圓

七　寧靜海、蘇家立、陳明裕

寧靜海、蘇家立和陳明裕在野薑花詩社中，算是詩作風格較個人
獨立的，寧靜海在自我簡介裡寫「窩居在離海洋很近的地方，鍾情色
彩塗鴉，漫遊網海搖筆爬文。從摸索書寫到自在悠遊文學社團，虛心
以受，學習長處，友善。『做中學、學中做』，不畫地自限，不隨波逐

流，不卑不亢，與詩的各種姿態共舞，初心如一。」而她的詩觀是
「詩是自我體會的文字實踐，需要被感受理解，避免強行解釋。詩的
本質是一種態度的表徵，將文意凝聚產生靈魂。詩的想像交給讀者自
行起飛／墜落，歧異非誤讀，因此碰撞出意料之外的火花。詩豐富了
生活，生活有詩更精彩。」故在創作上她持續著〈寂寞，座無虛席〉
長組詩，將其生活中的所感觸之事，化為系列創作如《野薑花詩集‧
季刊》第二十九期的刊登的：

> 蟻夢，把愛憎縮時
> 把生死縮時，山海才醒來
> 水已經從八方四面竄出
> 啊天空，我總算體認了你
> 那些從身上走過的所有
> 你我的影子痛恨出發
>
> 雨還固執嗎？能憐憫嗎？
> 子夜的裂縫傳來誰的鼾響？

　　持續八行的創作，可見其寫詩創作的成熟度與穩定度。另外詩人
蘇家立的詩作風格除了可見時下青年詩人的特色外，本身的性格造就
他詩作的先鋒與前衛性的特色，如〈快乾愛情〉：

> 有種護唇膏
> 他們主動遺失蓋子
> 讓自己的臉被灰塵強佔
> 宣稱遭到糾纏都是身不由己

拚命往別人的嘴上黏貼

方便之後撕下單調的日子

而幾乎不曾變短

只是輕輕抹過

各種乾燥的濕潤的甜膩的夜晚

很少認真

不會有人把他們認成口紅膠

承諾一旦少了拴緊的天空

很快就乾了

裡頭再黏一點用也沒有

　　如上述詩文本所討論的，詩人借用「口紅膠」來探討他所認為現代人的感情觀，對於這樣相似議題的觀察或感悟，從校園到時下年輕人所關心的手機或流行潮流，皆是他詩作的創寫主軸；而詩人陳明裕的詩作，則偏向本身探討詩的寫作與創想等問題居多，其詩風則有像其練武力的穩紮穩打之感，如〈走向。東北角〉：

　　——對於日以繼夜打造堅實腹腔，提供乳水吸吮共生的島嶼

以工業區描寫島嶼腰部及胸的骨架線條

一段段政策墮胎切口的前設語氣

燻染我們乾於承受的呼吸

直到意識麻痺即將彌留之前

需要走近海

走近海岸線嗅聞鹽分如同追憶始生

關於胎床啟示層疊堆疊的折騰以及未來遙不可及

於是不經意途經掘盡棄置溢流辛味的硫磺谷
草山有長滿銅鏽的中山裝堅持佇在入口
看著2007年始終拿不下的藍天還在行館發了一把火
竹子湖早在人跡前就潰堤
小油坑間歇透露火山群經年的隱忍

夢幻湖的蛙族肆無忌憚的在臺灣水韭上鼓大喉囊
八煙聚落這個人氣急竄的樂活夢境
住民不耐自家庭院隨意由足跡入侵而立牌自決
野柳四處翻湧各省份及日韓的口音
無數冷不防就抵向旁人額頸的自拍凶器
旅店訂不到房是因為房少不是因為人潮
我們伏在陽臺跼蹴的視野中追擊海平面

和平島只有堤內天然的海水泳池可堪告慰
八斗子的碧砂港看起來走起來想起來都是攔客海產店
象鼻岩沒有步道還隱居一小片純樸
我們沒有在澳底尋獲第一枚懷著甲午戰勝國優越感
踩進東北角的足印
那個淒美櫻花的印象彼岸又曾經湧來多麼
巨大的貪婪

臺二線沿途奇石上人立幾座掩體
像地質紀元偶而感染突兀的小小瘡疣
海海以無際深邃的沉默消解時間
成大型峽灣峽角、海蝕平臺、巨礫灘的風化肌理

成豆腐岩、壺穴、蝕溝、成沙灘
三貂角的雷達站比燈塔高大
勢必擋不了屬於白鴿的光芒
與我們在島嶼極東最深入太平洋的視界

八　迦納三昧、漫漁、郭至卿、邱逸華、魯爾德、張育銓、林宇軒

　　迦納三昧和漫漁是近二年加入野薑花詩社的詩人，但迦納三昧則於高中時期便已開始現代詩的寫作，他的作品屬溫和風格，因其宗教屬性，在詩作之中常有天主相關的字詞，但整體而言對於貧瘠、戰爭及逃難和恐慌皆有極大的關懷，因此他在自言詩觀時說：「蘇格拉底曾說：『未經審視的生命不值得活。』透過書寫的力量，文學或多或少傳遞了一些關於人生哲學的奧妙。從生活經驗與知識的傳承中，信仰一直是古老的命題。在文學與藝術上，真善美的議題是我一生追求的信仰所在。」其作品的呈現〈安息日的下午二點五分〉：

遠在他邦的戰火悄無聲息
死亡的宣告記錄於昨日報紙燒毀的截角
城市如列柱一般地活著

有人將雙腿奔赴於曾經肥沃的草原
直到忘記所謂的爭吵

收拾菜餚的下午二點五分

我們拾獲僅存的一隻眼睛
用於彳亍的仰望
肩上蒙塵已久的天空
方才落下

迦納三味《夢見旋轉木馬
的可能詩集》

（作者按：《自由時報》二○一七年
二月十九日報導——敘利亞十歲男童
阿 沙 杜 夫〔Abdulbasit Taan Al-
Satouf〕日前在政府軍空襲伊斯蘭國
時，不幸遭到池魚之殃雙腿被炸斷，
而在推特上轉載敘利亞內戰，受到全
球矚目的七歲女童阿拉貝〔Bana
Alabed〕前去醫院探視他，誓言「我
們要上學，戰爭不能阻止我們」）

　　另外詩人漫漁、郭至卿、邱逸華、魯爾德、張育銓、林宇軒等人
則為加入詩社的新人，雖然他們的詩作寫作風格在詩壇對於詩寫手來
說已趨於穩定。

　　邱逸華是現任中學教師。寫詩錯過青春期，只好一邊等著更年期
一邊寫詩自娛。喜以文字諷刺現實，葷腥不忌。愛讀抒情詩，卻仍寫
不出一首浪漫的詩。獲二○一九年第九屆全球華文文學星雲獎禪詩獎
佳作。

　　逸華寫詩，覺得無事不可入詩——詩作具有社會寫實風格，特別
關心女性議題及弱勢族群生存困境。亦喜探討城市生活的虛無本質，
刻畫現代人的寂寞。如這首創新得讓人匪夷所思又驚嘆連連的〈蚯蚓
情欲課週記〉：

星期一：運動學
鑽進一個蟻穴
讓敏感皮膚磨蹭土牆
幾百隻螻蟻爭相咬我
說受不了我太性感

星期二：倫理學
我竟然用銳利的石片將自己切斷
只為了玩親親

星期三：藝術美學
一條我蜷成6，另一條捲成9
69了以後，我終於經歷唯美的高潮

星期四：心理學
成熟的那條我一直要走
脆弱的這條我覺得心痛
還好身體不感傷，吃睡正常

星期五：生物學
鄰居們都上夜店尋歡，我不敢
想到快活一夜要生那麼多小地龍
我整晚都很軟

星期六：天文學
星座專家說天蠍男今日有桃花

花菜田裡一堆天蠍男在掘土秀身材
我立刻放鬆肌肉，露出性感馬甲線
萬人迷的感覺原來這麼爽

星期天：哲學
達爾文說我們是演化運動場上的MVP
蟲輩卻只在乎交尾誰上誰下
為了抗議種族歧視，我今晚禁慾

如此分段，每段小標已是前所未見，而「星期三」詩中，將數字
「6」和「9」引用成蚯蚓被截斷成二節的外型，又宛如精蟲形狀，真
是拍案又噴飯。整首詩金句不斷：「幾百隻螻蟻爭相咬我／說受不了
我太性感」（星期一）；「我竟然用銳利的石片將自己切斷／只為了玩
親親」（星期二）；「一條我蜷成6，另一條捲成9／69了以後，我終於
經歷唯美的高潮」（星期三）；「想到快活一夜要生那麼多小地龍／我
整晚都很軟」（星期五）；「我立刻放鬆肌肉，露出性感馬甲線／萬人
迷的感覺原來這麼爽」（星期六）；「蟲輩卻只在乎交尾誰上誰下／為
了抗議種族歧視，我今晚禁慾」（星期日）。詩句緊扣詩題，真個高潮
不斷。

在〈魯蛇的誕生〉這首詩的第一節：「魯蛇了自己以後／我抗拒
一切關於規律或醒覺的訓示／破骨細胞利空出盡，褪黑激素也不再奮
激／生存意義徘徊在上線與上床之間／總結在愛人不如愛自己」用詞
奇詭，意象異軍突起，深刻刨開現代人的無奈與頹廢。另一首〈血的
編年史〉，寫出女性吶喊，令人怵目驚心。像這些句子：「是經也是
史，筆削／女孩的第一次痛到最後一陣熱潮紅」，第一句真是神來之
筆，一語雙關。最後一節的「一個被物化的受精容器／以女官為宿主

／讓他們傾倒、剝削／直到妳娩出自我／成為帶著性別的人」，赤裸裸當頭棒喝男性沙文主義與嫖客心態，「娩出自我」多麼精準。

獲二〇一九年第九屆全球華文文學星雲獎禪詩佳作的〈小資女的生活禪〉，即使寫禪詩，逸華依然將現代語意，日常人生融入禪語機鋒中，首尾的「晨鐘暮鼓」串起又烘托整首詩：「浮生，似長河裡一顆沙礫／任暗潮改變落點」，「落了字的是造化命的填空題／晦澀失意處盡可以誤讀」，「可不可說，妳都是自己的如來」，「不飢。不滿／活得像一隻缽」這二句真是經典，二行本身即是禪的深淺。

逸華這二年進步神速，在工作與持家的忙碌中擠出時間讀寫，可見非常用功。今年的禪詩獎，亮出第一盞燈，卻也是她創作途中光明之海的第一道波浪。

漫漁的詩作〈蚵聲〉——記錄二〇一八年五月二十日雲林縣成龍濕地之行：

> 潮汐鑿開了殼
> 那聲音在微鹹的空氣裡
> 訴說一畝田地的身世
>
> 日子翻覆了風和雨
> 青苗遁入白浪
> 土地遂生出鱗片
>
> 歲月的眼望成了蚵
> 彼此穿越，連結，堆疊
> 故事攀爬另一個故事
> 為了在下陷之前

再一次親吻潮濕的天空

而悲悽已被風乾
過往把自己放下
再站成一座座記憶的塔
好讓遠處的希望
靠泊

　　郭至卿是臺灣輔仁大學東語系畢業。季之莎詩社、乾坤詩社和野薑花詩社的同仁。詩作刊登於《吹鼓吹詩論壇》、《創世紀》、《笠》、《乾坤》、《野薑花》等詩刊。詩評論刊登於《乾坤》、《吹鼓吹詩論壇》、《臺客詩刊》。詩作英譯刊登臺灣文譯。與永田滿德等人合著《華文俳句選》。著有《凝光初現》中、英、日三國語俳句集。

　　寫詩、寫俳句是至卿的一種生活態度。

　　俳句截取瞬間感動。新詩則是醞釀這分心靈顫動，轉換成內心一股能量，再用另一種方式釋放出來。有感於世事溫馨、悲苦，至卿用新詩表達內心，希望能引起共鳴與社會關注。至卿是一位親切溫和，又經常為詩社活動付出的優秀同仁，沒有人不喜歡她，總是默默地做事，為同仁張羅與協助。她除了俳句寫得好，詩作也不斷進步，嘗試許多不同主題的創作，各家詩刊經常讀到她的作品。從生活中譜曲的：「我想用四季協奏曲裡冬天的音符／取走你腳下炎熱的釘子」「樂章勾勒一座冰山和火車／旋律裡藏著一個極地的故事」「揚起冬天的樂譜上掛著／無限取用的錦囊／每打開一個　就是／懸崖與嚴寒／適合蚊蟲侵擾夏曲時／冰鎮消炎用」──〈不對你說，別想太多〉。寫至親的懷念：「姑姑總是提一袋希望和一汪海洋去醫院／袋內藥包擠著彼此，不再接受加入／健保卡刷最後一次威風」「海水終於淹沒血

管的憤怒／針劑再也淋不濕滿身清創」「她在小船上睡著了」「當年一起買的布提袋牽著我　如／姑姑牽我的童年」——〈裝著人間的布提袋〉。以及關懷人間與悲憫戰火的流離血淚：「死亡互擁在名單上／知識與老弱滾出紙外／魚貫走入／毒氣室安靜的風暴」——〈春天的枯原〉。旁觀敘述的節制，又彷彿走進詩中鏡頭的身受，至卿的詩作不縹渺虛無，都有主題，都有血肉：「恐懼的細胞繁殖在戰壕裡／戰爭進行曲震聾口袋的相片／只有四周牆壁伸出手／抓住四竄的槍聲」「母親的呼喊聲，趴在／壕溝旁／注視眉睫下已破碎的臉／孤零零的腳／踢出剩餘的勇敢」。——〈碎裂的鴿聲〉。

　　這首對天叩問式的詩，更令人動容。

　　　〈誰能埋葬疑問〉

　　　　——薩爾瓦多父女著短褲，美墨邊境偷渡喪命
　　　　生命是一只短褲，如此輕
　　　　輕得停止在泡沫上

　　　　相約一起長大的夢想
　　　　好遠也好甜卻薄如蛋殼
　　　　竟和他並肩游進死亡

　　　　現實和希望可以談和嗎？
　　　　濤聲是否能註解雙方抵岸時
　　　　無聲的毀滅
　　　　為什麼用肢體寫遺言
　　　　趴在水草間的臉對誰掩面

海有幾個海岸線
是否兩眼間巨大的貧窮可以抵擋
海流高唱的軍歌

傳說中地上流蜜的遠方
岸邊竟是一座開闊的墳墓
時間也被封閉了嗎？

以為游過大海就能成飛鳥
海，是否承載太多死神的釣餌
所以有各種藍的憂鬱

我們看到的是一樣的海嗎？

　　詩扎根人間，在人情悲歡中成長，在閱讀與咀嚼消化後茁壯，來
自生活中深刻的刺青，總能描繪出感人至深的詩歌，至卿的詩正是這
樣的風格，我們將不斷在她創作的園地中一再感動。

　　上述三人的詩作，詩人漫漁的詩風較走樸實而鄉土，而詩人郭至
卿與魯爾德的詩風則較偏向探討生命的形而上詩風，然則三人的共通
處則可以由字裡行間發現，其網路詩寫手的特徵，有些詩的語句有其
穩定性也極其精彩，但有些作品在銜接上則有其強弱的拼接之感。

　　魯爾德曾在簡介中如此描述自己：從無到有，歷經哀頑傷感，終
於走到這裡。讓寂靜取代我的激情，將現實看得透徹。春雪初醒；曉
寺鐘響；奔騰如花；天人五衰。黑夜黑眼，找一宿月光，童話褪去顏
色，三十年成古堡。在孤獨不孤獨內趺坐；在月色不月色底約會，取
火鑄雪，留下一地琉璃。問佛問心，求證安身立命。一世光景，見得
三千世界。

　　而他的詩觀：詩可以追求自由、愛、真實，並能表達自我的存
在，如果可以透過詩讓更多人看到世界的美好，吸引更多人寫詩，將
這片土地變成詩的國度，這會是很美的理想。

　　魯爾德常抽空參加各種詩的場域，像「吹鼓吹詩雅集論詩」，在
討論中表現十分優異，他對於詩的敏銳度和解剖，有獨到精闢的見
解，讓創辦這個論詩雅集的白靈老師屢次肯定。

　　他愛詩，也想將詩的美好推廣給別人，像這一首〈愛妳不
悔〉──贈每一位愛詩的朋友：「青春在最美時，綻放／拾花如剪去
一瓣顏色，捧住／心窩似品一杯紅酒，孤獨／讓人陶醉一場酸澀滋味
／飲去血液裡芳華，浪漫／歲月糜爛於碾碎葡萄／榨釀出晨曦馥郁香
氣」。年輕的詩心綻放如花，創作如碾碎的葡萄榨釀出馥郁香氣。生
命有華美，也有悲壯時刻，而「沒有詩的日子，是空洞的沙漏」。另
一首很有企圖心的五十一行長詩〈終於懂了〉，是對自己內心與外在
世界的叩問，也許懂了，只是一點點，更多的疑惑橫亙眼前：「離去
的飛蛾與爬蟲隨著你／緩慢且沉重的回來／其實我知道／它們潛伏在
燈火外」，這樣的意在言外，寫得精準又隱含不露，「鏡中理解的
『我』／閱讀開始失去顏色／直至看不見背景」，這樣的理解，只是
「鏡中」，而鏡中並非真實世界；「盲人吟唱史詩／散發金黃色光芒／
為此，我垂下一滴淚／泛著青藍色的透明淚水／一雙無珠目眶，直擊
大海／寧靜即將顛覆，暴風雨伺機浮動／我不需要港口」，到這一節
為止，寫得很精煉，語言乾淨節制，又蘊藏豐富，雖然「我不需要港
口」透露出不確定的強調；「沉默的人承受思考／分析與理解『我』
的面容」內在與外在物我之間的連結與激盪不斷；「存在合理化即是
現實的謬用」現實必須合理化，即使謬用，只有理想才浪漫派。「我
相信沒有聲音也能唱出歌」其實是一種掙扎，現實與理想的鋼索正搖
晃著；「刀斧砌成一個商品／多餘的要被割除」，太堅持自我理想的

人，因為輕忽了現實所需，而成為社會上多餘的，要被割除的商品；
「我曾為過去沒有五官煩惱／因他人的鑿刻，成了假象的面具」，有
時生存，總不如人意，總要為別人扮演不同的自己；「我開始反問
『他是誰？』／『他』選擇閉上眼沉默／『我』選擇獨自鏟著雪／讓
世界與語言互相碰撞」。一位還年輕，與世界的碰撞，想必還要持續。

　　當叩問沒有明確答案，當生活依舊赤裸裸逼近，以無聲之聲回
擊，似乎是詩人的命運：

〈聽無聲之聲〉

最後問我的必是生命
叩首，與生命平行
連結世界的語言
是紅繩繫住的五珠
關於日子，每人都有自己的方式
止於理性，直覺的感受

聲音綿續著聲音
讓「聽」單純的「聽」
大海的寧靜
我們相飲智慧的雨水

迴旋，再度的迴旋
山裡有一種氛圍流盪在林間
問句拳拳相應
眼神禁錮我的存在

當現實猛然回首
一擊！必是一生懸命

　　人生，有的人樂於追求現實中的財富名利，有的人因為嚮往而被文學藝術吸引，誰幸誰不幸？文學藝術，在這個功利的社會中，被譏為無用，而藝文界有人認為，無用才是大用。每一個人因為擁有肉身，必須讓肉身存活，而當基本生存有了，開始追求享受，繼而名利蓋頭而忘了自我，甚至過度追求而喪命或毀壞。而堅持理想的人，在現實中窮困潦倒成為魯蛇，不只自己受苦，有了家庭還拖累家人。現實與理想的平衡，是自古以來的課題，每個人都有權選擇怎樣的路，為了文學藝術之路能走得長久，能有成果，或許，先讓現實無憂，然後抓緊有限的時間精神，努力創作，現實的壓力，往往能提升創作的高度。或許，魯爾德詩中的叩問，能有所解答吧。

　　至於張育銓、林宇軒二位詩人可說是野薑花詩社最年輕的學子詩人，林宇軒在自我簡介裡說：「現任臺師大噴泉詩社副社長、每天為你讀一首詩編輯、喜菡文學網新詩版副召集人、臺灣詩學吹鼓吹詩論壇版主。曾獲青年文學獎冠軍與亞軍（香港）、恩竹青年詩歌新秀獎（中國大陸）、年度全國優秀青年詩人獎、創世紀開卷詩獎、金車現代詩獎、薪飛詩樂節即席寫詩首獎、馬祖文學獎、菊島文學獎、師鐸文學獎學金等，詩作散見各報刊雜誌與年度詩選。二〇一八年獲國家文化藝術基金會文學補助，獨立出版詩集《泥盆紀》。」從其簡介可見年紀輕輕已得數獎，但這般年輕，或許在其後更可創作出個人代表性詩作或詩集。就先來閱讀他獨立出版的作品〈泥盆紀〉：

離開城堡後，學會觀察
長高的牆是如何拉低天空

我記得那些混濁的日子
人群喧鬧，語言模糊
超載的墨水開始掉落
我們提起悲傷的繁史
迎接雨傘的花季

關起門窗，外頭的景色
模糊如高舉的泥盆
腳化為池雙眼成為金幣
我知道故事的結局：
舉手投足都是出生的城
每瞥餘光都必須精準投入
那些封起的雨和封不了的雨聲

春天來的時候，我剛被洗淨晾乾
灰色的世界裡沒有絕對
我曾溺水如浮動的島
島上的生物都被圈養
時鐘是主人，定時餵食歷史
這裡沒有悲傷沒有快樂
更沒有形象

我知道我們都將繼續。
循環是唯一的生存方式
在不會塌陷的天臺反覆洗禮
習慣所有的雨及所有黑暗

牆外的風景趨近對鏡
光與光進行遮掩的辯證
直到我們成為一樣的人

我記得我混濁的樣子
身體是臨時搭建的模型
數字胡亂拼裝如鷹架
手中沒有地圖，迷宮裡
只能沿著風撿拾腳印
看人潮的海浪不斷翻頁翻頁
動作如我翻找從前的灰塵
忘了瞳孔裡有王國的遺跡
古老建築的積水蒸發
世界還是一片模糊
我卻必須了解清楚

離開城堡後，我重新認識天空
重新學習陰晴交

我記得在石牆內的每次祈禱──
在這個年代，乾裂的泥盆
我們曾是窗外的流星
曾被自己的願望灼傷過

　　張育銓在自我簡介中也提到：「目前就讀於中興大學中國文學
系。」在其自言詩觀時說：「文學觸及生命、反映生命，而詩是生命

之歌。我喜歡聆聽他人的歌聲、演奏，自己也像個痴愛唱歌的人，斗膽的拿起麥可風（筆），哼哼唱唱，修正每次的走音，希望有天終能唱出理想的味道。」二位年輕詩人就年齡而言其寫作的發展性無可限量，但其詩想和筆風亦常見精彩，如〈湖海和文字〉：

大地以裂口乘載
天空的語言　在日月解讀下
由透明變換成
天空本身的藍
有些部分憂鬱
有些時候明亮

泡沫是字
一串句子是波浪
字在波浪中與生命推拉
撞上沙灘岩壁
有聲了稍縱即逝的潮濕段落

水是語言的本質
思想巨魚、小螺或水草
泅在每一部、每一篇
深奧或淺顯的地裂
永生不滅

從地裂掬起一掌透明的文字
從指縫間走漏
發出天空胸口的聲音

雖然以上幾位詩人是新加入野薑花詩社，現階的詩風也極為自我風格，但其後續的寫作則有待觀察，期望能於未來有更突出的表現，讓詩作更為精彩。

九　結語

綜觀上述野薑花詩社同仁的詩作創作的方向與風格，約可分為四類；一為鄉土或生態的詩風，二為佛禪詩風，三是較為普遍性的生活或日常觀察類的詩作，四為隨感或思想等詩類的隨寫詩件。就詩語言來說，一為較偏向散文化的詩句，而情感在感受較為豐沛；一為較偏精緻學術類，此一類的表達詩句相對精煉，若參加文學詩獎的比賽，則得獎率較偏高。

然而，不管創作寫詩的風格所好哪個方向，總其所觀，野薑花詩社所營造的詩社風格，依據社長所言的，是接近土地、走向人群，讓詩更為大眾所認識、所喜愛，期望詩的寫作更貼近生活，更陶冶人心變化氣質，也期許大眾能透過閱讀，而更重視地球與生命、生活等共生共存的態度。

台客詩社專輯

「台客詩社」一貫秉持的立場就是寬廣的視野：海納百川、有容乃大。因此,「台客詩社」純粹以詩、以寫作為宗教,秉持單純而美好的理念,為發揚母語使用與創作盡心盡力。

台客詩社專輯前言

蕭　蕭

明道大學退休講座教授

　　「台客詩社」是臺灣唯一以「語言」為直率訴求的現代詩社，臺灣兩千三百萬人口中，最通用的語言與文字書寫是華語（普通話）、漢字，但是人口比例最多的是閩南（河洛）人與客家人，二〇一六年十二月客家委員會調查顯示，臺灣客家人口超過四百五十三萬人，占全臺灣人口約百分之十九點三，這數字顯示願意承認自己是客家人的比例逐年增加中。因此，河洛話、客家話的「以話為文」的書寫工程，新世紀以來一直受到重視、鼓舞，「台客詩社」趁勢而起。

　　不過，「台客詩社」雖然號稱以「臺語」（閩南語、河洛話）、「客語」為詩社之名，但在他們的〈發刊詞〉中也一再表明「這裡的母語當然也包括、包容在本地各族群使用的原住民語、華語等。因為我們一貫秉持的立場就是寬廣的視野：海納百川、有容乃大。」因此，回頭觀察他們的歷史脈絡與社員分布，最早是以桃、竹、苗北部地區客家人為情感聚合的對象，以「臺語」、「客語」為最早的語言媒介，以詩為大家討論的文學焦點，但整個詩社的長期發展卻不偏倚、不拘限在「台」「客」「詩」這三個小範疇中。

　　譬如小規模的「台客詩獎」，在網路上陸續推進一行詩、二行詩、三行詩……的小詩競寫，以競寫的方式，達到小詩教學、新詩推

廣的工作，絲毫不以母語書寫當作競爭的規範。

　　「台客詩社」其實也很努力在推廣「地誌詩」、「地景詩」，重視土地與人的倫理，強調臺灣的人文變遷、鄉土精神，將「台客詩社」的「台客」二字原來所屬的「臺語」、「客語」的語言指稱，回復為「客家人」（Hakka）係漢族唯一不以地域命名的漢族民系的客家本質，擴大為「臺灣客旅」、「客居臺灣」、「作客臺灣」的「臺灣客家人」的簡稱，或可有別於祖籍廣東、福建的Hakka。

　　新興的「台客詩社」，原來是以「語言」為直率訴求的現代詩社，在新世紀眾多詩社的競爭中，到底會走向哪裡，會不會類似「世界客屬懇親大會」那樣走向國際，值得拭目以待。

海納百川

──台客詩社初刊序（發刊詞）*

劉　樺

台客詩社創辦人

　　「台客詩社」，單純為寫作熱情所集合的社團，當然也旁及散文、小說、劇本等文類的研究討論。「台客詩社」單純以直觀命名，沒有特別的政治立場，不希望有人以狹隘的眼光視之，也不希望無謂的汙衊或打擊，更需要的是大家的呵護與鼓勵，才能成長茁壯。

　　「生為臺灣人，死為臺灣鬼。」這是我心裡常說的一句話。

　　臺灣人的悲哀，就是不被大多數的外國承認。像失根的蘭花、無土的小草、漂泊的浮萍，悲哀而無奈。但是無論如何，我們吃臺灣米、喝臺灣水長大；頭頂臺灣天、腳踏臺灣地，我們生活在這塊土地上，都是正港臺灣人。

　　因此，母語是我們宗教，我們的靈魂，我們身為臺灣人，都不可以忘卻母語的使用與寫作，行有餘力，更要大加提倡與鼓勵。

　　有幸，這幾年在網路遇見幾位對臺語（民間俗稱的河洛、福佬話）、客語等母語操作嫻熟的詩人文友，如：莊華堂、張捷明、吳錡亮、艾琳娜、陳美燕、黃碧清、陳孝欣、王興寶、賴貴珍、廖聖芳等人。他們的活動力驚人，持續母語、華語創作，屢獲大獎，實力可觀。

---

*　編案：原刊於《台客詩刊》創刊號，二〇一五年六月十日。

　　鑑於他們活動力旺盛，因此我請他們群體成立一個專以母語：臺語、客語寫作為主的詩社，這裡的母語當然也包括、包容在本地各族群使用的原住民語、華語等。因為我們一貫秉持的立場就是寬廣的視野：海納百川、有容乃大。

　　「台客詩社」純粹以詩、以寫作為宗教，秉持單純而美好的理念，為發揚母語使用與創作盡心盡力。在《台客詩刊》手工詩集初刊的前夕，詩友們希望我寫些勉勵的話，小弟深感榮幸。也希望有心人士一起共同來打拚，保存母語的美感與精髓，共創美好的未來。

二〇一八台客詩畫展宣傳海報

台客詩社源流與發展

劉正偉

台客詩刊發行人兼總編輯

創社日期：二〇一五年一月二十四日在臺北市長官邸籌備會議

創刊日期：二〇一五年六月十日《台客詩刊》創刊

發 行 量：六百本

　　二〇一二年我參加作家陳銘磻主辦的「把文學種在土地上」活動，邀數十位作家詩人們在新竹縣尖石鄉那羅部落種下櫻花與立詩碑。現場經陳謙介紹認識小說家莊華堂、散文家張捷明等人，後來陸續參與協助他們主辦的「李喬文學營」、「鍾肇政文學營」、「客語進階班」等營隊，認識吳錡亮、王興寶、艾琳娜、黃碧清、陳孝欣、賴貴珍等，十幾位不斷精進的作家學員詩人朋友。

　　文學營隊只是一時的，為了不讓作家學員的創作熱情散失，我陸續在臉書（FB）網路上創辦「詩人俱樂部」、「寫作重訓班」等網站，以支持延續大家的創作能量與維繫情感。然而，不久就面臨大家的創作量太大，無處發表的窘境。因此，我萌生創立詩社與詩刊的念頭。

　　「台客」兩字是我自己想的，後來提出與大家討論，也獲認同。我一直以來秉持的理念是「海納百川，有容乃大」，台客代表的意義可以是：1.從土地出發；2.非常土、在地、聳（俗）的意涵；3.提倡

母語，此二字代表臺灣主要兩大母語族群，當然我們也包容接受其他華語、原住民、福州話等母語。而詩刊近七成以華語寫作，主要是考量市場與交流等，但也有更多人因慢慢接觸母語，學習創作屢屢獲獎，如近期獲「教育部閩客母語獎」的王興寶、黃碧清、溫存凱、徐玉香等人。

二〇一五年六月十日《台客詩刊》在桃園創刊，創辦人劉正偉。顧問陸續邀請有林央敏、莊華堂、張捷明、黃卓權、陳寧貴、黃徙等詩人，台客詩社同仁三十多人。不久因為考量永續發展，我們以台客詩社為班底，成立全臺灣性的文學文化社團「台客文化協會」，以支持支援《台客詩刊》申請政府、企業的補助，與詩刊的發行與推廣，並成立由莊華堂主導的「台客演詩劇團」，以推廣詩的動態活動等。

為推動詩的創作與活動，限於經費一直都處於窘迫狀態，我們在臉書「詩人俱樂部」舉辦台客一到十行的「台客詩獎」，配合詩刊發稿刊登，總共經歷二年半共十期，來稿量超過一萬首，獲獎者有臺灣、香港、新加坡、馬來西亞、緬甸、大陸等詩人，影響層面甚為深遠。

為配合詩演活動與頒獎典禮，這幾年來我們陸續舉辦「中壢台客中秋詩演」、「桃園藝術市集肥皂箱朗誦會」、「台客端午詩演」、「台客詩畫展」、「台客閩南語詩會」、「台客藝文十八場講座」，以及配合其他單位舉辦表演、朗誦等活動，都以最少的經費，舉辦最盛大的演出，獲得社會與文藝界的諸多參與和關注。

《台客詩刊》二〇二〇年六月創刊五週年慶，目前正在編纂第二十期。《台客詩刊》刊物內容，除客文化協會會訊外，有固定的名家論述、河洛語詩創作、客語詩創作、華語詩創作、地誌詩、與詩人對話、這一代詩歌、未來之星校園、母語小品等專輯。並不時配合時事，開設各種專輯，例如最近開設「新冠肺炎關懷專輯」等，期許台客是最貼地氣的詩刊。

　　《台客詩刊》也常與東南亞、大陸詩人詩刊團體交流，發表他們的創作，增近彼此的相互了解與關懷。文學無地域國界之分，每個人都是地球的一分子，我們期許大家在文學的路上互相包容、理解、關愛，創作出更好的作品。在物欲橫流的時代，諸多詩人堅持創作，令人動容，我們期許所有詩人不斷創作，支持《台客詩刊》永續經營下去，是文化世界之福。

附錄一　台客詩社大事紀

二○一五年

一　月，二十四日，臺北市長官邸籌備會議。創辦人劉正偉，指導顧問莊華堂、張捷明，選出社長吳錡亮，副社長艾琳娜（鍾林英）。同仁還有王興寶、黃碧清、陳孝欣、賴貴珍、陳美燕、廖聖芳。

六　月，十日，《台客詩刊》創刊，薄薄的手工詩刊，由陳孝欣主編開始兼手工排版，鞠躬盡瘁的草創初期。陸續邀請林央敏、莊華堂、張捷明、黃卓權、陳寧貴、黃徙等詩人擔任顧問。二十八日，台客詩社參與齊東詩舍主辦「詩的復興：詩集合」活動，到有靈歌、顏艾琳、蔡富澧、劉正偉、閑芷、林秀蓉、莊源鎮等數十位。

十二月，十三日，台客詩社於臺北市客家文化會館舉辦「台客詩的展演與秋鬥會」暨《台客詩刊》第二期出刊，向陽、林央敏、陳寧貴、黃徙、藍清水、鍾怡彥等近百人參與。

二〇一六年

一　月，二十一至二十三日，發行人劉正偉與陳謙、秀實等大陸、臺
　　灣、香港詩人，赴廣東中山參加兩岸公益詩會朗誦詩，並獲
　　電視臺專訪。現場觀眾五百多人。

三　月，二十六日，發行人劉正偉赴齊東詩舍「詩的復興」新詩講
　　座，到有麥穗、方明、彭正雄、莊源鎮與台客同仁等三十多
　　位。會前舉辦台客第三期出刊會。

九　月至十一月，由明道大學蕭蕭院長籌辦的濁水溪詩歌節，是臺灣
　　三大詩歌節之一。今年以「東南亞詩會」暨「詩情畫漾：劉
　　正偉詩畫展」為主題，本刊發行人劉正偉並赴中部四所高中
　　巡迴詩畫展並演講。東南亞赴會詩人有卡夫、懷鷹、孫德
　　安、李宗舜、辛金順、楊玲等人。

十　月，十六日，桃園藝術市集暨台客詩肥皂箱朗誦會，在桃園文化
　　局前廣場舉辦，有三十幾個藝術攤位，到有莊局長、陳銘
　　磻、陳俊卿、裴之瑄、王慈憶與台客詩人等數十人，並首創
　　戴詩人的月桂冠上臺朗誦。

十二月，十七、十八日，兩岸百年詩會在高雄佛光山舉辦，本刊發行
　　人劉正偉赴會並演講。到有兩岸著名詩人洛夫、舒婷、陳仲
　　毅、楊平、雷平陽、潘維、蔡振念、王廷俊、蔡富澧等一百
　　多人。第二天夜船遊淡水河增加有靈歌、顏艾琳、紫鵑、淡
　　江詩社等詩人與會。

二〇一七年

三　月，二十六日，台客文化協會在桃園成立大會，下轄台客詩社、
　　台客演詩劇團，為分工與推廣詩運作努力。成員除台客詩社

班底外，網羅謝振宗、莊源鎮、羅必鉦、曾耀德、康詠琪等五十多人。鄭寶清先生，作家陳銘磻等蒞臨指導，並選出理事長劉正偉，常務理事莊華堂、吳錡亮，常務監事羅必鉦。

四　月，二十二、二十三日，台客詩社與協會成員三十多人赴竹南會員思方的水上船屋烤肉、唱歌活動，第二天赴劉正偉獅潭老家采風、採竹筍等聯誼，凝聚感情。

五　月，二十九日，台客詩社與協會在中壢圖書館二樓舉辦「詩情畫意：台客端午詩演」活動，到場者有陳學聖先生、莊秀美局長、市議員、邱各容、謝情、陳培通等一百多人。

六　月，三十日，台客詩社在「詩人俱樂部」發起「台客一行詩獎」徵獎，初次舉辦祭出獎金、獎狀、獎品來刺激參賽，共收到來稿一千三百五十一首。林廣、蔡鎮鴻等十人獲獎。

七　月，九日，台客詩社在羅必鉦桃園山葉音樂教室，舉行第二任社長選舉暨中秋詩演排練，幾乎全員到齊，票選出吳錡亮連任社長，賴貴珍、陳孝欣副社長。

七　月至九月，由客委會指導，蕭如松園區執行的「竹東巷弄暢讀節」，從七月到九月在竹東各鄉里與巷弄演出，本社莊華堂、張捷明、劉正偉、賴貴珍、曾耀德、艾琳娜、王興寶等人，與當地打幫你樂團等配合十二場演出，每場分別參與講詩、唱詩、演詩，頗受好評。

八　月，五、六日，本社成員陳毅以高二的年紀，籌劃「從夢想開始的旅行，二〇一七青年文學營」在桃園蘆竹舉行，桃園市長鄭文燦、青年事務局長陳家濬、本會理事長劉正偉均出席。並邀請作家蔡素芬、瓦歷斯・諾幹、Peter Su、謝鴻文、藍士博演講。

八　月，二十六、二十七日，台客詩社與演詩劇團成員趙天福、莊華

堂、劉正偉、張捷明、吳錡亮、曾耀德、林秀蓉、陳孝欣、
艾琳娜、康詠琪、程美蘭、言安倫、明月等人，赴嘉義竹崎
阿里山獅子會館排練中秋詩演，感謝台客詩人莫羽蝶熱情招
待。第二天齊赴鹿港宋澤萊家請益。

九　月，二日、三日顧問林央敏與劉正偉、吳錡亮、王興寶、彭杰鋆
等人，赴日月潭怪獸水上船屋民宿假期，感謝台客詩人思方
熱情招待。三日「袖子與劉正偉聯展及台客文化協會會員作
品展」，在草屯鎮六十號咖啡舉辦。本會顧問林央敏與袖子
（陳秀枝）、劉正偉、莊華堂、吳錡亮、林秀蓉、陳孝欣、
曾美滿、艾琳娜、言安倫等人，熱情參與、朗誦台客語詩
歌。南投市客家協會也獻唱客家山歌，參與貴賓有岩上、江
昀、蔡榮勇、簡婉裁、王文玲與當地文友等。會後齊赴岩上
新宅拜會請益。

十　月，四日，由台客詩社、協會、演詩劇團主辦，客家委員會、桃
園市文化局、桃園農田水利會補助的「秋詩翩翩：中秋節台
客詩歌展演」，中秋節當天在中壢市中正公園桐花廣場舉
行。演出節目有圓月歌詩、山歌對唱、秋詩篇篇、歌詩劇
場、經典再現、昨日重現等單元，從下午三點到六點歷時三
個小時，期間並舉行「台客一行詩獎」頒獎典禮。

十一月，四日，「台客二行詩獎」頒獎典禮，在新北市主辦的碧潭
「二〇一七碧潭溪遊記」活動中舉行，台客演詩劇團並參與
表演節目，台客詩社連二日設攤，與民眾互動熱絡。

二〇一八年

三　月，台客詩刊十一期出刊，改由魯爾德加入編輯排版，陳孝欣主
編辛苦的手工排版時期暫停，版面有所提升。開始獲得臺灣
文學館、桃園市文化局獎助出版。

四　月，一日，「台客三行詩獎」頒獎典禮暨台客文化協會年會，於中壢中央大學前新陶芳餐廳舉辦，席開四桌。

　　　二十一日，本社同仁參與顧問陳銘磻主辦新竹縣尖石鄉「那羅文學林、青蛙石、栽花寫詩之旅」，邀詩人為蛙石園區寫詩，將製作「青蛙石詩路」。

六　月至九月，台客詩社與協會主辦，桃園市立圖書館補助、桃園區公所協辦「桃園文學寫作人才培訓計畫講座」。從六月十六日至九月十五日，每週末分上下午二場，分別在桃園區公民會館、建國公園雲林里活動中心舉辦。共邀請名家蕭蕭、陳銘磻、林央敏、莊華堂、張捷明、謝鴻文、劉正偉、許水富、王興寶、黃碧清等人，共舉辦十六場文學講座。

三　月，台客詩刊十二期出刊，改由林秀蓉主編。第十三期起改由洪錦坤編輯排版，台客詩刊進入專業詩刊時代。

六　月，十六日，由台客詩社與協會主辦，劉正偉主持，舉辦「端午節桃園詩歌朗誦會」並舉行「台客四行詩獎」頒獎典禮，在桃園區公民會館舉行。

九　月，十五日，在桃園區建國公園雲林里活動中心舉辦「端午節桃園詩歌朗誦會」暨「台客五行詩獎」頒獎典禮。並舉辦十六場文學講座結業式，獎品有油畫、詩集、詩刊等。

十　月，二十一日，桃園市婦女館舉辦「桃園藝術人文展演」及義賣活動，台客詩社參與詩演節目表演，劉正偉並擔任畫作義賣拍賣官，到場有市長、局長及各界來賓共六百多人。

十一月，由台客詩社、文化協會與桃園區公所主辦，桃園市政府文化局協辦的「二〇一八台客詩畫展」在桃園市公民會館舉行，展出台客詩友各類繪畫藝術與詩作掛軸。十一月四日上午十點舉辦開幕式語詩演，暨「台客六行詩獎」頒獎典禮。

十二月，八日，協會顧問陳銘磻與新竹縣政府主辦，台客詩社協辦，
　　　新竹尖石：青蛙石詩路揭幕典禮，在那羅部落舉行。陳銘
　　　磻、林央敏、林錫嘉、莫渝、辛牧、許水富、邱各容、吳錡
　　　亮、林秀蓉、陳雨函、林家成、劉美蓮、思方、寧靜海、劉
　　　正偉及台客等一百多位文友參與，有二十首青蛙石詩碑揭碑
　　　與部落巡禮。

二○一九年

三　月，十五至三十一日，「台客詩畫展」在臺北大學人文學院七樓
　　　藝文走廊展出。
　　　　二十四日，台客詩社參與「二○一九桃園市美術節嘉年
　　　華」，在桃園市文化局前廣場舉辦「台客肥皂箱朗誦會暨台
　　　客七行詩獎頒獎典禮」。除市長、局長蒞臨外，參加文友
　　　有：林央敏、陳銘磻、許水富、雲朵、莊華堂、張捷明、寧
　　　靜海、邱逸華、明月、陳毅、洪錦坤、吳錡亮，吳麗玲，曾
　　　耀德、王興寶、賴貴珍、謝美智、許哲偉、康詠琪、溫存
　　　凱、王紅林、冷霜緋、徐玉香、林真、劉正偉等。並舉辦詩
　　　社同仁洪錦坤《孤寂的荒音》新書發表會。

六　月，二十二日，台客詩社、協會主辦，桃園市文化局、桃園市文
　　　化基金會協辦的「桃園閩南詩會暨台客詩畫展」，六月二十
　　　二日在桃園市土地公文化館二○三展演廳盛大舉行，展出向
　　　陽、李魁賢、林央敏、陳俊卿等六十八位詩人、畫家作品。
　　　開幕式由台客演詩劇團及數十位詩人、文學愛好者及萬芳高
　　　中學生參與演出，將文學結合戲劇展演，活潑生動呈現在觀
　　　眾眼前。二小時節目緊湊精彩，觀眾超過一百五十位，普獲
　　　好評。同時舉辦「台客八行詩獎」頒獎典禮。

七　月，台客詩刊十七期出刊，改由邱逸華主編、曾耀德副主編。

七　月，二十八日，台客詩社參與齊東詩舍「詩的復興：快閃市集」
　　　　及「台客九行詩獎」頒獎典禮。參與者有：野薑花、台客、
　　　　紅樓、貓與熊書房、斑馬線文庫、詩生活、顏艾琳、飛頁書
　　　　房等單位，大家一起玩闖關、朗誦、市集等活動，由劉正偉
　　　　主持。

八　月，二十五日，台客詩社、劇團主辦、桃園市文化局協辦的「桃
　　　　仔園演詩搬戲」，於桃園土地公文化會館多媒體視聽室，由
　　　　劇團同仁和黑貓原野團聯演，觀眾席爆滿。節目由寶島、中
　　　　央電臺節目主持人劉楨、謝子涓共同主持。

十　月，五日，顧問陳銘磻與台客詩社舉辦新竹那羅部落旅行采風，
　　　　及「綠水廊道」俳句詩碑競寫，入選共計三十二首將收錄台
　　　　客詩刊第二十期，並鏤刻詩碑，再造尖石鄉文學地景風華。
　　　　十八日，台客詩社新加坡籍同仁卡夫（杜文賢）因胰臟癌病
　　　　逝。台客詩刊於十九期特別製作紀念專輯追念。

二〇二〇年

二　月，十五日，桃園龍潭大北坑魯冰花季活動揭幕，巨大的詩牆刻
　　　　有台客詩刊徵詩專輯，計有無花、邱逸華、胡同、徐玉香、
　　　　莊源鎮、黃碧清、艾琳娜、賴貴珍、溫存凱等詩人十幾首詩
　　　　作，預估有二十萬遊客造訪。

附錄二　台客詩社全體同仁名錄，至二十期

　　劉正偉、莊華堂、張捷明、吳錡亮、王興寶、鍾林英、陳雨函（陳孝欣）、賴貴珍、黃碧清、廖聖芳、曾耀德、林秀蓉、賴思方、林雅君、鍾又禎、陳毅、黃詠琳、蔡宛蓁（莫羽蝶）、洪錦坤、張瑞欣（丁口）、羅貴月、黃珠廉、黃淑美（明月）、杜文賢（卡夫）、慧行曄、邱逸華、張舒婷（冷霜緋）、朱名慧、吳麗玲、紀麗慧、蔡尚宏、許哲偉、王喜、若小曼、寧靜海、鄭如絜、力麗珍、謝美智、陳秀枝（袖子）、林百齡。（以入社時間序）

二〇一九年六月二十二日桃園閩南詩會暨臺客詩畫展、展演

台客詩獎

——走一條與日俱長的詩路

寧靜海

台客詩社詩人

　　二〇一七年六月二十九日詩友王樂群與我在臉書社團「詩人俱樂部」無意之間軋起了一行詩（獨行詩）臨屏書寫，其間劉正偉老師加入也寫了幾首，三個人你一言我一語，在同一個夜晚你寫我跟，完成了十首詩，就這樣無心插柳，台客詩社的創始人劉正偉，興起舉辦台客詩獎的念頭。

　　二〇一七年六月三十日，劉正偉在「詩人俱樂部」正式發起「一行詩接龍：『台客一行詩獎』」徵稿徵獎辦法，初次舉辦曾祭出獎金、獎狀、獎品來刺激參加者興趣，得獎者還可獲邀於二〇一七年十月四日在中壢桐花公園「台客中秋詩演」暨頒獎典禮上，領取獎項與朗誦得獎一行詩作，同時在第九期《台客詩刊》規劃「一行詩專輯」刊登，實現台客詩社「發表就是鼓勵」的理想。

　　「詩人俱樂部」自此在臉書平臺開啟一塊，讓有意願參與競寫的詩友以「留言＋流水編號」方式直接接續貼稿的創舉。因主題內容不限，不限首數，只要是現代詩，只要是好詩就會收錄紙本《台客詩刊》，首辦詩獎尺度大開，廣邀各方詩友以參加競寫，徵稿消息迅速在

詩友間散播，吸引臺灣、新加坡、馬來西亞、大陸、緬甸、港澳、美加、日本等各地華人的熱烈參與。

一時之間，老將新秀紛紛走筆競寫，在短短幾天裡，留言貼稿量以等比級數日日攀升，但見詩友由初探的摸索適應中，陸續出現一些新面孔，更不乏海外詩友或寫手，因此每一期的頒獎典禮遂成為海內外遠距離者引頸羨慕之處。

在二〇一七年七月二十五日台客詩社於臉書「詩人俱樂部」社團平臺上發布「台客一行詩獎」徵獎辦法（第二個徵稿版）以延續，二〇一七年八月五日累積投稿數已達七百九十九首，尤其是五行詩徵稿總來稿件數高達二千九百七十四首，想必是有前面一至四行詩的磨練，原來淤塞的靈感頓時如湧泉不竭，詩無眠也依舊樂在其中。

參與者雖素昧平生卻由暗中較勁中熟絡了彼此，俗話說互相漏氣求進步，在不傷和氣情況下，時而雅和詩作，時而調侃互虧，詩愈寫愈多，感情愈來愈融洽。大家從為獎金或獎品而來，到懂得珍惜書寫時所磨練的過程，而一期一會的頒獎典禮讓隱身幕後的作者勇於現身，互相認識成為朋友，宛若一場相見歡。

爾後，配合每期詩刊的專輯二行詩、三行詩、四行詩……，徵稿版區從一版、二版……一路開到四版、五版。隨著參賽詩稿愈盛，開六個或七個版區貼稿皆屬常態，至此不再無所限制，徵稿辦法調整為每人每日限投一首，甚至兩週才開一次新徵稿版，讓收稿者與審稿者得以負荷，想必書寫是成為一種日常作息，一種生活習慣，這期比賽結束了，等待結果，更等待下一期。

從初探詩路的一行詩獎，到最後的十行詩獎；從不限制每人每天的投稿數，到每人每日限投一首，並採滿一週即「分版」重開主題提供貼稿，且隔週休，藉以確保質量，並分開詩的流量。二〇一九年七月十三日，台客詩社於臉書平臺發布第十八期《台客詩刊》「台客十

行詩獎」徵獎已開到五版，此（最終回）意味著歷經二年半的台客一至十行詩徵件活動終於來到最後一次，公開競寫集稿就要圓滿落幕了。

關於評委會的召集，無論是七人小組的或五人小組，初審、複審、決審評委們亦不得輕鬆，總要經過無數輪的票選，再三品讀後一一篩選出優秀作品。在有時間限制的壓力下，每位評委老師莫不抱著一顆「斷捨難」的心情，只怕在龐大的詩作中因疲勞的眼花而錯失了一首可能的優秀詩作。

第一輪從一千或兩千多首的投稿中先初選數百首，爾後交五位至七位的評審老師複審選出五十首或六十首入圍詩作，復又經幾輪的複議票選，才得以底定最後十首最優作得獎名單，通常能打動人心的，能讓人留下深刻印象的，較易脫穎而出。

遺珠之憾在所難免，比賽後期主辦方接受詩人無花建議，增加「外卡機制」，即每人選自己一首初選未入圍作品進入三、四百首初選之列，提供「搶救」自己的詩機會，讓好詩「復活」得到評委們重新的青睞，進入最終決審的機會，是鼓勵，亦增添樂趣。「人人愛讀詩，人人會寫詩」，有詩友從不知如何下筆到佳作連連，自是台客詩社舉辦詩競寫活動的立意。

二〇一九年七月三十一日，當劉正偉老師喊比賽停止即刻封關，詩友即紛紛留言表達對結束的不捨和感謝之意。那一刻像結束了一場詩的修行，歷經兩年半超過一萬首詩作投稿的龐大活動，是該劃下句點，讀詩、寫詩仍會繼續，讓滿載的記憶裡永遠有一首發光的詩，「詩即是生活」，每天都要讓文字跳舞，寫什麼都好。

附錄　台客一至十行詩獎前十名優選得獎作品（各三首）

一行詩獎

OS Jason〈冷笑〉

> 你齒縫的風吹得我好涼

黃碧清〈親情〉（客語）

> 一條無剪斷个肚臍絆，縈等阿姆摎𠊎ngaiˇ

娟　嫚〈佔有慾〉

> 想買斷你所有的版權，成為你唯一的讀者

二行詩獎

曾耀德〈母親的骨刺〉

> 老火車已脫軌變形擠壓／再也拖不動，沉重的歲月

Maggie Chiu（若蝶）〈燈〉

> 我不伸手撚亮／你便是一尊靜默的佛

許哲偉〈自畫像〉

> 我，不是紙上的人／那是光影臨走前的記憶

三行詩獎

張威龍〈圓規〉

踮起腳尖，跳起／生硬的芭蕾／生命也可以很圓滿

徐玉香〈蟬蛻〉

叫囂了一整個夏天／留下一個／不肯離去的軀殼

黃正新〈垂老〉

越　來　越　近／我　是被上帝收竿的／　　　　　魚

四行詩獎

邱逸華〈鹹魚〉

風乾的日子，足夠／忘卻心肝肚腸的空洞／傷口撒再多鹽，無益／我們已不能有更海的記憶

胡淑娟〈山中歲月〉

黃昏拾起石階的鐘聲／裝滿老僧的衲衣／才一回首／月光便注滿了寺中的古井

王崇喜（緬甸）〈仰光街角隨想〉

滿城的灰鴿子與黑鴉無數／街角，貪婪的爪姿與嘴殼隱約暴露／／追尾的麻雀善良多了，它們只愛／啄那菩提樹下的稻穗和流浪漢的鼾聲

五行詩獎

語　凡（Alex Chan）新加坡〈燭〉

我點菸／在你的眼睛／最怕今晚風太狂／／把我想你的情話／剪成半殘的灰

阿　維（馬來西亞）〈拉鏈〉

感情路上，與你／離離，合合／／曾經的誓言，生死／相守，生活卻屢拉出／一條長長的裂縫

無　花（馬來西亞）〈拎魚的人〉

把自己掛在靠近有風的日子／抹了鹽的身世／等風吹乾肌理中下陷的水聲／從此害怕每一個拎著魚的人／都長得那麼像你

六行詩獎

明　月〈臉書〉

蒙著面紗的女郎／戴著蒙娜麗莎的面具／看不到狼人的牙／在虛無的國度／字裡行間充滿著詩意／一字一句，都是罌粟花

朱名慧〈生活的瑜珈練習〉

不停地拜日，我們是追逐陽光的貓／在高樓間，研究爬高躍低的生存哲學／嘗試對折，偶爾收起雙足順風滑翔／累了就成為植物，向兩側向上生長／腳掌浮出的筋脈緊抓泥土／時常裝死，練習清醒地，睡著

黃以諾〈牡蠣〉

是牡蠣，就當箝口不言／守護自己柔軟的生命／／耳畔的風話很多／漫上的海潮也是／／至於他們爭辯了什麼／不是我關心的事／

七行詩獎

姚於玲（馬來西亞）〈過敏體質〉

你為身在赤道雨林的我／編織一件屬於冬天的毛衣／用溫火慢烤重複交疊的每一針／讓只有感動而感動的／我愧疚不已／／原本在草原上踩踏著自在的綿羊／跳到我們的身上，走來走去

張元任〈黑膠唱盤〉

月光，石刻／一條黝黑長河／你從潺潺的水聲走來／獨舞，以低沉音色／時間慢慢旋轉／轉到最後一隻魚，從窗縫游開／休止的落葉，沙沙裝進情人的情人袋

林　真〈蒲團〉

古剎晨鐘初扣，樹下落葉合掌／風放慢腳步，雨中聽禪／一卷經書，幾隻蠹蟲／以濃濃的鄉音與佛交談／／眾生，一顆心的重量／勝過整座須彌／捨身為柔軟的蒲團，再沉的山也得扛

八行詩獎

王松輝〈拾荒老人〉

黎明才到街頭，巷尾已成黃昏／老舊的街巷被他走成了新年／冷風磅秤了回收車上瓶瓶罐罐的重量／年夜無魚，他將去年／

裝進瓶罐裡的噹啷聲／拿出來／生火，與風聲一起／圍爐

王錫賢〈銅像〉

一絲不掛的風　掛了／千杯不醉的雨　醉了／所有激情都慢慢
冷卻／聳立　不動如山／霞光讓你偉岸宛如巨人／長長的投影
落在街心／行人來去匆匆／／一隻狗正趕著回家

九行詩獎

謝美智〈防空演習〉

拉下鐵門，閉氣浮潛／提醒自己配合演出／鳴笛想要凍結返家
的雲朵／滴答的雨和聒噪的鳥兒／卻　大唱反調／／解除警
報，綠燈再度亮起／輪胎模仿滾動的太陽／城市，學會詐死／
唯我的心　仍不設防

冷霜緋〈索馬利亞的水〉

他們習慣自己的咽喉／交給烈日眷顧／他們也習慣自己的身體
／任由未知的病毒佔據／／他們仍決定跟隨日夜行進／即使，
童年與戰火／相隔的那麼近。即使，時間／能夠撈起的都只是
淤泥／／長路，他們也會踩著赤裸的石礫

謝祥昇〈獨居老人〉

闖入歷史的夾縫，我是霧／冰冷遊走在磚瓦中／／在無聲歲
月，我是夜／靜待凋零斑駁／／那百年的石階，回眸／我是歸
人／／詩正在褪色，我／是過客，是一紙蒼葉／／在秋天等
待，崩落

十行詩獎

黃士洲〈啞〉

反覆練習對著鏡子，下唇貼住上唇／再分離。一次又一次測試，舌頭／要如何走位，喉嚨該打開或收縮？／用洪荒之力將氣暴衝而出／撐大雙眼到極限變形成為扭曲的圓／怎麼突然發不出一個字的音／那是我哇哇來世第一個學會叫的字／而且叫了四十一年／如今一夜之間不見，啞了／ㄅㄚㄅㄚ

I- chih Lee李宜之〈五四之百歲有感〉

還記得顧頇的橘子嗎？／那是我藉著五四的魂復生／公開的第一具屍／哎呀這一地的曖昧／混淆了我龜裂的厚皮／東郭門哀冬烘壁殘　我蹣跚地走著／想哪裡可以還我顏色／不惜穿越百年的我／在這熙來攘往人群雜沓的高鐵站／卻只聽見咻咻的風

七龍珠〈白蟻如何啃食書籍文字？〉

牠們是文盲不懂詩裡味道／由蟻后帶頭交配繁殖／飛入平常百姓家不讓你翻身／先紙張再木頭可吃就吃／侵入人的心脾／咬緊字的邊緣／讓你痛哭不成聲的哀憐／那些從一開始的康熙詞典／我是嫩弱如絲的／一縷氣息

《台客詩刊》第十三期封面

台客的鄉土人文關懷

——地誌詩專輯

邱逸華

《台客詩刊》執行主編

一　地誌詩概述

　　地誌詩或稱人文地景詩，不僅著重景物的客觀描寫，更須具備人文變遷、鄉土精神等主觀感受的刻劃，以利於讀者建構一個地方的特殊風土景觀，了解其歷史，並產生地域情感和認同。

　　地誌詩是近來臺灣詩壇與社會逐漸重視的新詩體裁次文類。例如民視新聞臺的「飛閱文學地景」系列專輯，便是結合文學詩作的朗誦與書寫地景的空拍畫面，賦予鄉土更優雅深刻的韻致。又如各縣市文學獎的主題，多著重在地意象的書寫，各地方文化單位也喜於籌劃詩碑、詩路等人文地景。

二　台客詩刊地誌詩專輯

　　「台客詩社」中不少文學獎的常勝軍，正是以「地誌詩」嶄露其詩情，如詩刊總編輯劉正偉的〈夢花庄碑記〉（第四屆苗栗縣《夢花

文學獎》首獎作品），以抒情筆調敘寫「夢花庄牌坊」如何承載著祖
孫三代對鄉土的記憶與依戀，其他諸多地誌詩如〈詠南崁溪〉、〈海洋
之心——寫新屋石滬〉、〈蘭嶼印象〉、〈西子灣：英國領事館〉等，無
一不在展現對土地的認同與對歷史、文化的感懷。

　　編輯同仁王興寶（哲野生）則是兼擅閩客漢語的寫手，以〈日出
南庄〉（二〇一七年閩客語文學獎客家語現代詩第一名作品）書寫對
南庄這個客家庄的印象，細緻描寫南庄的自然美景、歷史脈絡、族群
風土及人文之美，使人身歷其境；編輯同仁黃碧清，亦是客語創作常
勝軍，以鄉土地誌為題材的得獎詩作不勝枚舉——例如〈圓潭仔〉寫
的是銅鑼鄉九湖村的茶香菊色及溫暖人情、〈新雞籠〉書寫故鄉的老
廟、人文及勤儉傳家的客家精神……。

　　為呼應「台客文化協會」與「台客詩社」重視母語、熱愛土地、
關懷鄉土的精神，《台客詩刊》特別將「地誌詩」列為固定專輯，以
便有系統地徵集詩人們創作的地誌詩。經過幾年來的努力，已刊出數
百首融合地景、環保生態、人文風貌、懷戀鄉土等內涵的優秀詩作。
作品語言除了漢語，亦涵蓋客語、河洛語，創作者除了臺灣本土詩人
外，亦有優秀的新加坡、馬來西亞、香港、大陸等詩人。可謂兼容並
蓄，蔚為大觀。

三　單一地景的地誌詩

　　詩人們寫作的題材、觸角甚廣，書寫題材可概分為幾類：

1　**寫臺灣的山：**如〈司馬庫斯〉（溫存凱）、〈騎上臺灣公路最高
　　點——合歡山武嶺〉（公爵）、〈古坑華山——山妍慕夏咖啡〉（阿
　　蠻）、〈臺東赤壁——利吉〉（楊昭勳）、〈關山〉（亦林）……

2　**寫臺灣的水**：如〈基隆河川的懷想曲〉（謝情）、〈大嵙崁溪三市街〉（莊華堂）、〈大豹溪〉（王錫賢）、〈內灣吊橋〉（芷溪）、〈南投日月潭〉（冷霜緋）……

3　**寫臺灣舊城、老街**：如〈九份老街〉（冷霜緋）、〈淡水凌波〉（哲野生）、〈大稻埕的古事〉（成孝華）、〈南庄康濟吊橋〉（黃正新）、〈臺南：四草大道〉（楚淨）……

4　**寫臺灣廟宇**：如〈艋舺龍山寺〉（王士敬）、〈桃園神社〉（西園郎）、〈我們一起追的風——記新竹都城隍廟〉（寧靜海）……

5　**誌臺灣鄉土、園林者**：如〈猴聲已遠——羅東〉（許哲偉）、〈恬員林這個好所在〉（胡同）、〈竹崎之春〉（白楊）、〈後壁流金〉（西園郎）、〈美濃民俗村〉（伊娃娜亞）、〈潮州鎮旗桿厝村〉（林錦成）、〈台糖縣民公園〉（吳添楷）、〈馬祖〉（張元任）……

6　**記車站、鐵道者**：如〈北門驛〉（楊才本）、〈最後的車站——車埕〉（曾耀德）、〈龍騰斷橋〉（陳來春）……

7　**涉及生態或環境議題者**：如〈雨港黑鳶的獨白〉（謝情）、〈失落八煙〉（邱逸華）、〈永安鹽田濕地〉（王姿涵）……

8　**其他**：如〈冷湖十四行〉（若小曼）、〈烏敏島〉（新加坡‧語凡）、〈屋企在文冬〉（馬來西亞‧梁杰）、〈城市與崗上的相遇——福隆港〉（馬來西亞‧姚於玲）、〈少年游——致青春的米都，亞羅星〉（馬來西亞‧蔡欣洵）……

四　鄉土主題地誌詩

　　除了上述八類書寫單一地景的地誌詩外，台客詩社亦多次依主題徵集一系列地誌詩，如以桃園市龍潭大北坑為書寫對象的「大北坑意象專輯」、「魯冰花專輯」，或以新竹縣尖石鄉「那羅綠水廊道」為主題徵集的俳句作品，都賦予鄉土地景以更詩意的人文色彩。

（一）「大北坑意象專輯」、「魯冰花專輯」

為配合龍潭大北坑社區六十六公尺詩牆，《台客詩刊》特以「大北坑」及「魯冰花」為主題，徵集了數十首大北坑意象詩。以下摘錄入選三首詩為例：

〈籤詩〉　　　黃碧清（客語四縣）

濛沙湮在茶山陣打陣
老伯公微笑迎客趺筊仔
壁項刻二八籤詩任你讀
講，逐儕个人生
茶樹，趺出一山个聖筊
喜迎伯公黃金蟬
串串金黃點著盞盞光明
魯冰花蕊，出籤詩
結，四面八方緣

〈百年茶樹情〉　　　賴貴珍（客語四縣）

翻山過崀大北坑
茶鄉變故鄉，紅泥燒磚
江屋起，湧泉水蔭茶園情
庄頭伯公有靈黃金蟬
百年茶樹
種一條靚靚个故事……

〈三洽水大自然教室〉　　　邱逸華

龍泉日湧，澆灌富麗農村
茶鄉沃土養肥獨角仙
犄角上愛的動詞，互鬥
小綠葉蟬學咬字
吮吸間竟膨風了春天
催熟一首蜜香田園詩
詩裡的魯冰花搖著色筆說：
入畫的孩子，請奉茶

(二)「那羅綠水廊道」專輯

　　配合新竹縣尖石鄉那羅部落「綠水廊道」設立詩碑的訴求，《台客詩刊》以那羅地景為主題徵集一系列俳句，最後在投稿的六十多件作品中，選出三十二首佳作。這三十二首俳句，在二〇二〇年三月成為那羅「綠水廊道」詩碑地景。文學讓鄉土更具詩意；鄉土則賦予詩作溫暖的養分，這些典雅的俳句作品可謂是最凝鍊的地誌詩。以下摘錄入選之六首俳句為例。

1　林央敏

錦屏貼那羅
尖石岩前會油羅
三溪奔日落

2 **邱各容**

尖石迎客來
那羅河畔聽水籟
吾道不孤懷

3 **許水富**

山水問路去
驚起一泓深水綠
相映兩無語

4 **莊華堂**

秋蟬歌一曲
青山埋頭煙雲裡
留聲那羅溪

5 **吳錡亮**

青苔漾水潺
古道耀景風逸遠
山嵐郁香絨

6 **思　方**

山腰染楓紅
那羅隱遁雲霧中
心隨之從容

五　結語

　　我們只有一個地球，如果每個人都從關愛自己的母土出發，進而關愛全人類賴以生存的地球環境，讓人類文化與地球永恆共生共存，將是人類之福。因此，《台客詩刊》特別將「地誌詩」列為固定專輯，以便有系統地徵集各地詩人們創作的地誌詩，做紙上的交流與認識，以消除地界隔閡，將可以產生彼此認同與關愛，別具意義。

　　《台客詩刊》「地誌詩」專輯，經過幾年來的努力，已刊出臺灣、新加坡、馬來西亞、香港、大陸等地詩人，數百首融合地景、環保生態、人文風貌、懷戀鄉土等內涵的優秀詩作。作品語言除了華語，亦涵蓋客語、河洛語、福州話，可謂契合台客詩社「海納百川，有容乃大」，兼容並蓄的開闊胸懷。

　　《台客詩刊》地誌詩專輯，與河洛語、客語詩、與詩人對話專輯，都是重要專輯與特色。除證明《台客詩刊》具有本土色彩，重視鄉土之外，也持續擴大其格局，吸納更多元的地理、文化與族群。期許地誌詩的持續經營，能為我們熱愛的鄉土、地球，留下珍貴的詩歌紀錄，保存更多歷史記憶。

《台客詩刊》第十六期封面

小資女的寫實詩

——台客詩人邱逸華的創作風格

劉正偉

台客詩刊發行人兼總編輯

　　邱逸華自稱小資女，是近來崛起的臺灣女詩人，臺灣清華大學中文系、中正大學犯罪防治研究所碩士，現為高中教師，目前擔任FB詩人俱樂部管理員、《台客詩刊》執行主編，作品持續發表於各詩刊報章。她曾獲二〇一五年桃園市兒童文學獎新詩第一名，但在二〇一七年《台客詩刊》與FB網站「詩人俱樂部」聯合舉辦台客一到十行詩獎前，筆者孤陋寡聞，並不識得這號女詩人。

　　然而，她的擅場，作品質量的呈現、特殊的寫實風格與對創作的執著，一再讓人驚艷。

一　台客詩獎作品

　　二〇一七年六月開始，為了推廣詩藝與宣傳《台客詩刊》，並推動新詩的普及閱讀、創作行動，我們台客開始發願舉辦一到十行詩獎，開始在詩人俱樂部熱鬧舉行，詩人們的互動討論，更是互相激勵創作的過程。台客一行詩獎共收到來稿一千三百五十一首，經七位評

審初審、複審選出十位十首作品，其中最讓筆者驚艷的是邱逸華的〈湯圓〉：「包藏的欲望露出破綻，快給我滾」。在臺灣湯圓主要有二種，一種小湯圓、一種包餡湯圓，作者在〈湯圓〉一行詩中，將包餡湯圓的實體具象；煮湯圓時急切的心態；以及詩的言外之意中，隱含對追求者欲望投射、諷喻的意象，都多義性的表現出來，實屬難得。

「台客詩獎」舉辦的二年半中，邱逸華全勤參與，總共獲得一、三、四、五、七、八、九、十行，共八次詩獎，詩作的入圍數目，都是除了馬華詩人無花以外次多者，彼此的競爭甚為精彩，也讓人感受到創作競合的激烈程度。以至後來我們邀請她為台客同仁，並擔任執行主編一職，她無不盡心盡力完成任務，並時時開創新局，讓人敬佩與期待。

除上述一行詩外，我們就來拜讀邱逸華積極參與一行至十行台客詩獎獲獎作品。參看她練筆參賽過程，展現她對新詩創作的熱情、學習的旺盛力與寫實的風格：

〈失語〉（台客三行詩得獎作品）

愛的呢喃越來越短
感傷的音節長滿骨刺
失去母親的語調，每句話都疼

〈失語〉一詩的主角是母親，人都會面臨自己與親人的生老病死，當我們遇上母親至親年老失語症時，該如何面對？作者將老年人的骨刺病痛都置入了，每一句越來越短的呢喃，或者喃喃自語，都讓身為子女的我們，心疼。邱逸華這首三行詩像匕首一樣，以普遍的寫實意象，獲得共鳴，直指人心。

〈鹹魚〉（台客四行詩得獎作品）

風乾的日子，足夠
忘卻心肝肚腸的空洞
傷口撒再多鹽，無益
我們已不能有更海的記憶

〈鹹魚〉，我們看到鹹魚總想到翻身，這首詩也會讓人聯想到夏宇的〈甜蜜的復仇〉，但這詩還是屬於邱逸華寫實風格的，她的詩總是植根於生活，於生活中有寬拓的聯想。〈鹹魚〉表面寫鹹魚與製作過程的具實形象：風乾、挖空的肚腹、撒鹽、離開海水，如果「海」代表的是寬闊的回憶與愛情，那麼「傷口撒再多鹽，無益／我們已不能有更海的記憶」，海在此已不是海，而是「多」、「深遠」等修辭的替代，實則也可以是對逝去「記憶」情傷的追念與釋然。

〈馬桶〉（台客五行詩得獎作品）

總是沙啞地嗚咽
將眾生排斥的澀苦鹹惡，盡往肚裡吞
只在受垢了那天
嘔出腥酸的阿摩尼亞
以一道深喉嚨，為存在抗辯

〈馬桶〉是日常現實生活中常用的衛生設備，日日肌膚相親，亦如我們的親人關係，總是感覺親近得習以為常。「馬桶」也可以是家人的相互替代，一切的苦澀、怨言、痛苦、委屈，只能往肚裡吞或者互相

吞忍，畢竟婚姻生活是從二個不同家庭背景個體、個性的結合，行為
觀念齟齬衝突難免。什麼時候爆發呢？只在「受垢了那天」，一如馬
桶堵塞了，倒溢出「嘔出腥酸的阿摩尼亞」、「為存在抗辯」，彼此的
卑屈與苦澀，就如那些「受夠了」的馬桶般，以賭氣回應。

　　作者以「受垢了」表「受夠了」，「腥酸」代「辛酸」、「心酸」，
自鑄新辭、諧音雙關，又兼描馬桶日積月累、積垢堵塞的形象，有嶄
新的創意與個人風格。

　　〈消波塊〉（台客七行詩得獎作品）

　　　霸佔堤岸的複製獸
　　　驅走逐潮的沙
　　　陰鬱的海堤流失樁腳
　　　刻薄頑抗，削出陡峭的側臉
　　　列陣獸咬碎波浪吞盡天涯的足印
　　　童年的沙雕傾圮
　　　海已老，陽光梳理的髮線退遠

〈消波塊〉是環繞臺灣島嶼常見的水泥樁，也是串連的水泥怪獸，海
洋文學作家廖鴻基常常在其文中表達諷刺、厭惡與抗議。而詩人畢竟
不像散文家直敘抒情為多，詩人重視的多是用象徵、隱喻或反諷手
法，將不滿表現紙上，往往能獲得更大的張力。

　　邱逸華的〈消波塊〉出手就不凡：「霸佔堤岸的複製獸」，複製獸
三字就將工業化島嶼中，連綿水泥堤岸消波塊具體呈現眼前。「列陣
獸咬碎波浪吞盡天涯的足印」，「咬碎」二字用得好，具體呈現消波塊
「破浪」的擬人化形象。詩中抗議的是這些列陣的怪獸，阻隔了人們

對兒時童年親近沙灘玩耍的回憶；海已老，「髮線退遠」作者在夕陽餘暉中，看到海岸線、波浪線節節敗退，不免感嘆時不我予，初老無能為力的心情，也是感嘆地球環境被人類破壞的衰老形象。

〈愛情π^{1}了〉（台客八行詩得獎作品）

拒絕那些精算的緣分
依舊等你，在斷橋
以春雨斜織待續的故事
終於遇見時
請卸去水袖，收起紙傘
張開雙臂，讓我圍著你
繞圈。除了你
我們的愛便無理地纏綿下去

〈愛情π了〉主題與題目不俗，將愛情與圓周率π連結，甚為罕見。因為數學是一門較僵硬、理性的數學科學。圓周率（π）為圓周與直徑的比，是一個除不盡的無理數（3.1415……），或許作者想表達的就是愛情與圓周率一樣，是一個一輩子都除不盡的無理數，因為愛情和家庭關係不是講理的，是談情感的地方。

詩的前半段，描寫的是愛情艱難的開始與斷續的過程；終於遇見時，卻又那麼的無怨無悔：「請卸去水袖，收起紙傘／張開雙臂，讓我圍著你／繞圈。除了你／我們的愛便無理地纏綿下去」，我們的愛便如一個除不盡的無理數，無理地、永恆地纏綿下去，這是作者難得

---

1 作者按：圓周率〔π〕為圓周與直徑的比，是一個除不盡的無理數（3.1415……）。

露出的真情與浪漫，她的詩總不同於一般女詩人的纏綿悱惻，多的是理性、知性的浪漫。

〈自助洗衣店〉（台客九行詩得獎作品）

脫下的心事，串成
單人套房到洗衣店的距離
提籃的男女各自虔誠地
清淨執念，摺疊秘密

他喜歡打開洗衣槽，聞一聞
上一個人用哪一種悲傷香氛
漂洗孤獨況味

就快忘記故鄉陽光氣息。還好
投幣60元，就能烘乾昨天的眼淚

〈自助洗衣店〉寫的是都市中小資男女的孤獨日常。自從工業革命後人們生活幾乎都市化，年輕人多遠離父母家鄉，獨自在城市討生活。日常生活往往是忙碌的上下班與日常必須的經過，人與人的情感冷漠、疏離，必須打開洗衣槽，才能聞一聞「上一個人用哪一種悲傷香氛／漂洗孤獨況味」，那種人與人間的疏離與孤獨的悲哀刻劃描寫，在此達到極致。

遠離故鄉，思念故鄉與親人相處生活的甜蜜時光，只能以自助洗衣機「投幣60元」的動作期望來釋懷，期待「就能烘乾昨天的眼淚」，壓抑、自我調侃、聊以自我安慰的寫法，讓詩的張力無窮擴

散,讀來令人感到都市生活中小資男女的無奈與心酸。

〈離,島。離島〉(台客十行詩得獎作品)

藍眼淚、飛魚季、睡美人與哈巴狗[2]
渡假的目光將季風拉長
長風裡破浪,離島、登島
島之外仍有島之外的,波濤

傳說總在霧會時生長
秘密,讓削薄的礁岩遮掩
陌生的島語發出浮誇讚聲
上傳神似的打卡照片

島嶼之間,逆風刺眼
離島的雷達捕不到,暗潮

〈離,島。離島〉詩裡的藍眼淚、飛魚季、睡美人與哈巴狗,為馬祖、蘭嶼、綠島的代表性景點或文化生活意象,詩人在此十行詩篇幅裡,展現強大的企圖心,企圖將臺灣周邊幾個島嶼特色寫入,既圍繞著離島「長風裡破浪,離島、登島/島之外仍有島之外的,波濤」,又描寫離島與本島情感間的疏離與聯繫,這是她高超的企圖與詩技的表現。

---

2 作者按:藍眼淚、飛魚季、睡美人與哈巴狗,分別為馬祖、蘭嶼、綠島的代表性風物。

　　最後一段二行，是暗喻著生活與世界上，不只有島與島之間有暗潮；人與人間、主體與個體間、你與我之間，也有著如「島嶼之間，逆風刺眼」情感的暗潮」，是你「離島」遠離我心的雷達所捕捉不到，暗潮。

二　截句競寫作品

　　邱逸華除上述台客詩獎作品外，她的創作力火熱，多次參加《聯合報》與《臺灣詩學・吹鼓吹》雜誌，舉辦的多種新詩截句競寫活動，成果頗豐。且其截句創作總數已逾百首。

　　「截句」依主辦單位定義是四行以內詩作，可以新創，也可以截取自己舊詩再創作，是一種別開生面的新詩創作形式。邱逸華相關截句競寫活動得獎作品如下：

〈無子浩劫〉（二〇一七年聯合報讀報截句優勝）

　　卵實力耗竭
　　喬蛋不力，空巢落落
　　損龜的青春濾泡
　　向停格的欲望死別

〈刺客聶隱娘〉（二〇一八年聯合報電影截句優勝）

　　──「娘娘就是青鸞，一個人，沒有同類。」（侯孝賢《刺客聶隱娘》）
　　五年童真藏於匕首

青鸞悲鳴，待鏡一磨
昨日刺客殺不死明日的我
造一片江湖，獨舞

〈黴菌的告白〉（二〇一八年聯合報告白三行詩優勝）

卑微是天性，慣於死纏
縱然見不得光，仍愛
寄生你濕暖的床，讓你養

〈天葬〉（二〇一八年聯合報禪之截句優勝）

山是奢望水為憾
天地終於蓋棺論定我
此生有殘念，無妨
贈螻蟻、鷹鳶為糧

〈拒馬〉（二〇一九年臺灣詩學器物截句優勝）

除了肉身你還能阻擋什麼？

野百合招展於月出的幽谷
太陽花怒放在向日的邊坡
而雨後，高樓與遠山間有虹跨過

〈子宮〉（二〇一九年臺灣詩學器物截句優勝）

被物化的編年史
起筆於一個受精容器

血的搖籃，營造復拆毀
倒出自己，成為帶著性別的人

〈蝸牛巷〉（二〇一九年臺灣詩學攝影截句優勝）

——憶白色恐怖受迫害文學家葉石濤
太陽再照不進幽暗山谷
失語以後練習社會主義的咬字
一生馱著囚室
在被人踐踏的泥地寸步

〈雨前茶〉[3]（二〇一九年臺灣詩學茶之截句優勝）

她們集體在驚蟄醒來
穀雨之前長好雀舌

尖聲嫩語說著八卦茶園裡
春天那些不堪入耳的心事

---

3 作者按：雨前茶指穀雨前所採的茶。

　　邱逸華獲得《聯合報》與《臺灣詩學・吹鼓吹》雜誌，舉辦截句競寫活動優勝作品，剛好也是八首，同台客詩獎得獎數一樣。其中「器物截句」二首外，其他「讀報截句」、「電影截句」、「告白三行詩」、「禪之截句」、「攝影截句」、「茶之截句」都是一首作品得獎。

　　「器物截句」二首作品為〈拒馬〉、〈子宮〉，前者寫機關或碉堡前常見的軍警警戒、警備器物拒馬，多能理解；後者將子宮歸為器物，比較罕見，子宮是雌性動物的生殖器官，讓胚胎發育的器官，當然人體獨立器官也可稱器物。詩中描述所有被「物化」的編年史，所有人類的歷史，都始於人們出生的母體子宮的孕育，「血的搖籃，營造復拆毀／倒出自己，成為帶著性別的人」在古時候，只有出生後才知道性別，喻意現代人出生後，才漸漸有自我；長大後，才漸漸有自我的個性。前句「血的搖籃，營造復拆毀」，描寫子宮每月經血含著卵子的崩落，讓人怵目驚心。子宮當然含有母性的光輝，此詩為器物截句，歸為物、物化的產物，乃多感嘆生為女性的無奈與悲哀。

　　在南投縣竹山山區有著名的八卦茶園，茶栽種在山頂上時排列像八卦圖一般，非常具體寫實。〈雨前茶〉：「她們集體在驚蟄醒來／穀雨之前長好雀舌／／尖聲嫩語說著八卦茶園裡／春天那些不堪入耳的心事」，詩中「她們」是雨前茶的擬人化，在驚蟄中醒來，雨前茶是指春天穀雨前所採摘的茶葉。「雀舌」是茶葉嫩芽尖的擬物化，形象生動鮮活，為下段二行八卦茶園裡，「八卦」的雙關做伏筆；「八卦」是嫩芽說的？或聽到的？春天又有「那些不堪入耳的心事」呢？是採茶姑娘的秘密？還是春天的秘密？都留給讀者去想像。

　　好詩應該保持並製造更多詩的多義性，詩不言盡、餘韻猶存，留諸多的言外之意給讀者去參與和想像，是佳作必備的條件。邱逸華很能把握住這個秘訣，所以佳作頻出。

三　小資女的生活禪

　　邱逸華除專精於精煉簡潔的截句小詩外，她的長詩也經常發表在各報紙副刊、詩刊與得獎，她的題材不限女性或生活議題，甚至比男詩人還敢寫，讀她的詩，常打破一般人對女詩人多寫浪漫詩或閨怨詩印象的框架。

　　她的詩作風格與題材是不拘一格的，她的禪詩亦有可觀。她在二〇一九年第九屆「全球華文文學星雲獎」的激烈競爭中，以〈小資女的生活禪〉獲「人間禪詩獎」：

　　　　打卡。聽晨鐘敲響
　　　　依舊輾麥吹糠
　　　　咀嚼，如常的無常

　　　　浮生，似沙礫於長河
　　　　任暗潮改變落點
　　　　滾動，將凡心磨亮
　　　　照看「我執」這本待詁的經書——
　　　　落了字的是造化命的填空題
　　　　晦澀失意處儘可以誤讀

　　　　解經還須治經人
　　　　可不可說，妳都是自己的如來

　　　　不飢。不滿
　　　　活得像一隻缽

　　永遠能騰出碗大的肚腹
　　笑納嗔苦，讓緣分流轉

　　當暮鼓又輕輕擂起
　　行腳適合暫歇。妳掛單
　　冷卻纖毛，讓暖暖夕暉
　　熨平生活的皺摺

　　小資女是邱逸華的自稱，亦即這首詩就是她自己的生活觀、生命觀、人生觀。評審路寒袖詩人評此詩道：「本詩文字雖似口語，但常一語雙關，禪機深蘊。」其詩中多寫生命的如常、無常，真誠坦白卻不流於憂傷，邱逸華的詩作往往就是如此正視生活與生命的現實，卻不尖銳刻薄。

　　首段詩中「打卡。聽晨鐘敲響／依舊輾麥吹糠／咀嚼，如常的無常」，描述現代小資男女每天打卡，機械式上下班，習以為常的日常。每天奔波，卻重複做著類似相同的工作，被動應付工作與複雜的人際關係，只有自己能深刻體會諸多上班族的無奈，並咀嚼這些「如常的無常」，也是「無常的如常」，人間道就是悟者修行的禪境。

　　我們看第二段，她如何「將凡心磨亮／照看『我執』這本待詁的經書──」？作者將「我執」這種無形的我執，比喻成一本「待詁的經書」，以虛喻實，讓人更能悟解。小資女在詩中也自我解答，一是隨緣「落了字的是造化命的填空題」，如老莊思想的隨遇而安、順應自然的如常，任命運的安排，安居其中；二是隨喜「晦澀失意處儘可以誤讀」，至於失意遭難時該如何？外人儘可以誤讀，詩人自有定見，心定，任外境無法動搖。

　　從詩中，我們可看出這小資女的生活禪：「不飢。不滿／活得像

一隻缽」，知足常樂、大肚能容，快要「得道昇天」了。她「永遠能騰出碗大的肚腹／笑納嗔苦，讓緣分流轉」，能寫出這笑納嗔苦、虛境無為境界的詩人，應該是有歷盡困苦滄桑的生命歷程，至少是心路歷程，走過紅塵、看破生命。

〈小資女的生活禪〉或許也是她這幾年來的持續堅持創作的心境：一切隨遇而安、應運而生，隨緣喜樂。

四　結語

我們在邱逸華上述十七首得獎作品中，可看出其創作由生澀到自然圓熟的脈絡。其詩作大抵從現實與生活日常中取材，詩風平易近人，遣詞用字典雅外，常常自鑄新辭，多有言外之意，賦予詩的新意。

她的創作題材廣泛，風格多變。常從親情、愛情、女性議題、弱勢族群生存困境等現實面向出發；到書寫城市生活的虛無本質，與描寫現代人的孤獨寂寞，都是她著意的創作主題。

綜上所述，小資女邱逸華佳作頻出、屢屢獲獎。她創作質量的優質呈現、特殊的寫實風格與變化，以及她對創作的執著，是近來在臺灣崛起的女詩人中，最有潛力也最值得期待的詩人。

想像力變化的詩路

——劉正偉首五部詩集述介

余境熹

香港詩人

　　劉正偉（1967-）生於苗栗獅潭，屬三級貧戶，未進過幼兒園，到小學才認識注音符號及文字，課餘則隨父母耕種自給，忙碌異常，唯於同學家人所開雜貨店閱報自娛，從副刊上的文學作品吸取藝術養分；就讀苗栗農工職校冷凍科時，劉正偉開始積極投稿，賺取稿費之餘，亦因獲得同儕欣羨崇敬，文學之情益發旺盛。繼到金門當兵及進修會計科後，出掌永信冷凍空調公司的劉正偉改以熱情打拼事業，個人經濟稍見寬裕，無忘創作初衷，乃推出首部詩集，隨而於大學夜間部中文系進修，再分別隨沈謙（1947-2006）、黃維樑（1947-）問學而取得碩士、博士學位；學位論文修訂為《覃子豪詩研究》、《早期藍星詩史》，後者獲臺灣文獻館「二○一六年學術著作優等獎」，屬劉氏論述的扛鼎之作。

　　劉正偉在鄉土成長的經歷，使他常常能融入自然，其作品亦多提倡保護環境的篇什；離開苗栗，到他方闖蕩，孤寂時刻，又刺激他書寫懷鄉之詩，尤多涉苗栗風物；思鄉復懷人，其作品遂常見親友之身影，或童時玩伴之回憶；由不適應臺北的侷促煩囂，到能夠扎根桃

園，在詩裡顯現的，是一種隨遇而安的趨向；自身上進，但人生波折橫逆常在，無妄之災、求全之毀時來打擊，所幸劉氏營生有道，失之東隅，能收之桑榆，故鮮往偏激憤世方面轉，而多添豁達之情操、寬恕之雅量；其人隨性、幽默，以笑解憂，見於詩篇，於是熟運「雙關」的思維，予人新奇的感覺。

《思憶症》是劉正偉的第一部個人詩集，由文史哲出版社於二〇〇〇年刊發，當時劉正偉三十四歲，以「火」的精神熔鑄萬物，其〈創作人生〉謂：「我是喁喁的蠶／書是精選的桑葉／詩，是我嘔心瀝血的／絲／／我老時，請用我精鍊的絲／包裹我的孤獨成／蛹／／讓我蛻變成幻化的／蛾／朝歷史的火焰勇敢的／撲去」。「蠶、桑葉、絲、蛹」與「我、書、詩、精鍊的作品」本來各成一組，在「火」的想像中卻能冶於一鑪，彼此變得密不可分；最終，幻化的「蛾」既是隻破繭而出的昆蟲，也象徵青壯期劉正偉渴望藉精鍊詩文奠定其歷史之地位。「精鍊」與「火焰」，這對「火」的意象最能代表劉氏當時的昂揚姿態。至如劉氏筆底常見的愛情，在廣獲好評的〈思十四行〉、〈憶十四行〉、〈症十四行〉中，它既像「滾燙的海潮」，又能「照亮我黯淡的旅途」，更以「和煦的陽光初吻」及「一次悲愴的燃燒」久久烙印在心上，處處可見「火」的驅動力。二〇一六年初讀《思憶症》時，我標出的佳作還包括：〈神木十四行——記拉拉山神木〉、〈孤獨者〉、〈釣蝦場裡的對話〉、〈幸福的定義〉、〈夢在擎天崗上〉、〈垂柳〉、〈水〉、〈輕聲告別〉、〈城市速寫〉、〈政客〉、〈搜尋〉、〈紀念品〉、〈再別臺中〉、〈狂飆少年〉、〈牙膏〉、〈海螺〉、〈燈塔〉和〈渴望〉。

劉正偉第二部詩集為《夢花庄碑記》，二〇〇五年由苗栗縣文化局出版。劉正偉自言《思憶症》付梓之後，約半年時間苦無靈感，被迫擱筆，為尋求突破，他於是修讀各級中文系課程，在《夢花庄碑

記》都成一集前，他已完成結構嚴整的長篇學位論文〈覃子豪詩研究〉。學院中的訓練大概影響了劉氏的謀篇設計，致其佳作行數增加，內在的聯繫也彷彿以「土」砌牆，較早期文本如〈基隆河上洪水的話〉緊密甚多。就內容言，這部詩集也包含多方面的「土」的精神：〈夢花庄碑記〉、〈仙山〉、〈將軍，山〉、〈省道台三線〉均以家鄉風物入詩，眷戀「土」地，呼之欲出；除〈省道台三線〉外，上舉其餘三首均有附注，增加「土」地和歷史的厚實感；四作又均為圖像詩，尤以〈省道台三線〉表現最為亮眼，難以增減一分，建構秩序，猶似以「土」蓋房，謹慎而不可瓦解。至於意象豐贍，密度高於劉氏前後詩集諸作，則令《夢花庄碑記》全書如「土」堅固，極耐探鑽思索。二〇一六年我標出的書中佳篇尚有：〈他鄉偶遇〉、〈容我，像陽光擁抱你〉、〈長城懷古〉、〈春日記遊〉、〈豹〉、〈鐘錶店〉及〈上尉〉。

　　到二〇一三年，劉正偉才將第三部個人詩集《遊樂園》付梓，因入選該年「苗栗縣文學集」，故亦由政府當局刊行。《夢花庄碑記》後長期沉寂，一頓八年，四十七歲的劉正偉自言主要是受「工作忙碌與學業繁重」所影響，尤其進行研究時，「文論的理性與創作的感性」不易並存，故要到二〇一一年「工作與學業告一段落」後，他才能悠閒地展開臉書活動，與詩友激盪出靈感火花，化為詩篇。可以說，《遊樂園》收錄的乃是劉正偉面對壓力困惑及建立網絡互動的詩篇，前者使劉氏多了自嘲、冷峻，後者則蘊含機鋒，盡屬「金」屬的思維。自嘲者，如有〈十二月〉：「聖誕老公公和我都誕生在十二月／除了冷冷的寒意／從來不曾收到他的禮物／因為童年襪子都破洞的關係？／／十二月的窗外／樹葉不斷在寒流中顫抖／只剩下流浪的北風蕭蕭／在窗口與風鈴不甘寂寞的歌唱／／十二月總是來的太急／春夏秋，卻是來去匆匆／聽說聖誕老公公還在兼程趕路／而麋鹿總是遲到，在十二月」，除了回顧貧寒的童年、感懷「歌唱」吟詩的孤單

外，還自傷中年的迷路（「麋鹿」）。冷峻者，如有〈詩人〉：「我知道，那時／我將成為一坏黃土／或是殯儀館的一縷黑煙／而詩，會自己勇敢活下去」；〈日子〉：「中秋過後就冬至了／再來呢？／除了兩袖冷冷的清風」；及〈墓園〉：「銘碑鏤刻著的一生／平凡與不平凡，皆已無關緊要／時間在裡面停駐／光陰在此永恆與腐朽」。至於幽默機鋒，〈三個字〉獨佔鰲頭，〈致澀郎們〉緊隨其後，他如〈詩〉、〈小〉、〈夢〉、〈風和雨〉、〈春天來了〉、〈急診室日記〉及〈愚人節的心跳聲〉等，也都各具巧思，值得細味。二〇一六年我標記特別喜歡的作品為：〈洛神花賦〉、〈OOXX〉、〈我有一個叫寂寞的朋友〉、〈白鷺鷥〉、〈風和雨〉、〈三個字〉、〈山頂〉、〈過客〉、〈三月無詩──兼覆陳謙〉、〈我愛你〉、〈一〇一室──記與陳謙在佛光博士班同居的日子〉、〈小三〉、〈夢〉、〈純詩主義──賀一座新誕生的繆斯花園〉、〈五月雪〉、〈大航海時代的臺灣〉、〈關於諾貝爾〉、〈宜蘭跑馬古道〉和〈秋來八掌溪〉。

　　《遊樂園》「金」聲的自嘲、冷峻和機鋒多少都存留在劉正偉日後的作品中，特別是機鋒中的幽默愈見增加，令「金」聲變得可親。但在緊接《遊樂園》出版的《我曾看見妳眼角的憂傷》裡，倒是「水」的想像佔了上風，代表作如有〈貓貓雨〉：「天空下起貓貓雨／柔順如妳細毛的溫柔貓暱／撫摩擁有的美好時光／纏綿，繾綣／／雨絲，密密綿綿／如絲，如綿／將往事輕輕串起／／貓貓雨，有著溫柔的細爪／常常輕易地，將回憶抓傷」，在雨水濛濛的氛圍裡，寫柔情似水的歡會、綿密如絲的愛意，也有回憶裡不幸抓出的淚痕，把「水」的想像匯成雨，滴落讀者的心坎，產生波紋般的共鳴。同集之中，〈我曾看見妳眼角的憂傷〉及〈倦〉寫眼淚，〈天雨露華〉、〈雨夜〉寫雨，〈悟〉則兼有雨和淚；〈春日之約〉寫浪花漣漪，〈濤聲〉寫海，〈瓶中信〉又藉大海傳遞愛慕；〈有酒窩的女子〉笑聲裡「有雨

水」，其酒窩會漾起「巨大漩渦」，〈妳的眼神〉也是個「迷人的漩渦」而〈愛〉寫陷溺在女子眼波中；〈雨〉不消多說，連〈祈雨〉也以雨比喻寫作的靈感，而逝水回憶式的篇章則有〈紅蜻蜓〉、〈青春的戀人〉、〈那一年，我們十七歲〉等。借著「水」的想像，劉正偉的第四部詩集洋溢著各種動人的情思。我在二〇一六年擇出的佳篇包括：〈貓貓雨〉、〈濤聲〉、〈英雄〉、〈青梅竹馬〉、〈那一年，我們十七歲〉、〈貓〉、〈平安符〉、〈瓶中信〉、〈沙灘上〉、〈春夢〉、〈女神〉、〈秘密〉、〈雨夜〉、〈雲〉、〈新臺灣人——記假油事件〉、〈流浪漢〉、〈小草〉、〈氣〉、〈泥土〉，以及〈昇華的靈魂——悼外祖父逝世七十週年〉。

　　劉正偉第五部詩集《新詩絕句100首》於二〇一五年出版，其創作動機乃是一種「木」的想像力。劉正偉其時在大學教授「現代詩及習作」課程，發現班員們較易入手短詩，興趣亦較大；為激勵學生繼續創作和發表，他於是大力提倡「涵容傳統起承轉合」的四行詩體，並「帶頭示範作法」，漸漸積成一百首，編成一集。為便利讀者理解及教導「不需過於賣弄文字」的原則，劉正偉在《新詩絕句100首》中刻意使用較平實的寫法，雖然減損了藝術性，效果卻是「獲得普羅大眾的迴響」，令「原本排斥或不曾接觸新詩的網民，亦有許多人開始讀詩與嘗試寫作」。劉正偉自云：「提倡新詩絕句的動機，即是希望普羅大眾都能讀或寫新詩，進而喜歡新詩，寫詩，不再是少數學院或所謂『專家』的事。」劉氏既如樹「木」深深扎根詩壇，就想為新詩開枝散葉，使之更茂盛，更滋長，更廣披，日後「截句詩運動」興起，力言「把詩還給庶民」，其實與早鳴其聲的劉氏同氣連枝。茲擇《新詩絕句100首》涉及「木」想像的二作，供讀者欣賞，〈木棉花〉：「春雷一響，就爆紅了枝頭／怎奈，無情風雨摧殘／／啊！那在身後飄零一地的／竟是我們青春的容顏」；〈窗〉：「想妳的窗打開／心

花，就怒放了／／每天種下思念的小草／希望能一直綠到妳的窗前」。

綜觀劉正偉的首五部詩集，其想像力可謂已網羅了「金」、「木」、「水」、「火」、「土」的各種變化，而無獨有偶的是，其排列適好依「火生土，土生金，金生水，水生木」的次序推演，由《思憶症》到《新詩絕句100首》，劉正偉常能突破先前的思維框架。劉氏在第四部詩集的跋文〈愛與詩〉中曾說：「文學始於想像，一個創作者如缺乏愛與想像力，不管是愛人愛物或愛這世界的心，那麼他的創作力將會趨於貧乏，或淪為一直重複自我的風格，無法創新。創作者，為能創新的作者。如無法持續突破自我的風格（或稱窠臼），也許他將趨於沉寂。我，深深引以為戒。」觀察他的詩集，可知其言不虛，劉正偉是以持續的變招來回應繆斯的呼召。

在《新詩絕句100首》後，劉正偉另有《詩路漫漫》及新詩自選集《貓貓雨》，二作均自覺或不自覺地整合「金」、「木」、「水」、「火」、「土」的想像，向更圓融的藝術境界邁進，假以時日，當作進一步論析。近者劉正偉涉足大陸名山巨川，回視臺灣生民日常，且在網絡上保持切磋詩文的活力，相信又將為其詩注入更多變化。劉氏創作已逾三十年，但「詩路漫漫，惟其堅持」，他仍孜孜不倦地前進著；「詩心浪漫，惟其永恆」，撲向藝術的焰火，且再與歷史拔河！

詩寫臺灣

——戲談台客詩人的人文地景詩

莊華堂

新北市大河文化協會執行長

　　《台客詩刊》每期固定有「地誌詩」、「與詩人對話」專輯，是立足土地與人文最好的呈現方式，常常可以看到各地不同的人文風景。台客演詩劇團成軍後，每年演出許多場關於臺語、客語的詩劇，即是將這些人文地景融入表演中，讓詩的靜態以動態呈現，推廣詩與詩運，相輔相成。

　　宋澤萊的詩〈若是到恆春〉，是我於民視「飛閱文學地景」節目所見，詩文與畫面搭配得最好的一集。台客演詩劇團成軍之後大小演出六場關於臺語、客語的詩劇，作為編導的我，最常把它搬上舞臺的一齣詩劇：

　　　若是到恆春
　　　就愛落雨的時陣
　　　罩霧的山崙
　　　親像姑娘的溫馴

　　　若是到恆春

愛揀黃昏的時陣
你看海坉的晚雲
半天通紅像抹粉

〈若是到恆春〉詩文與畫面搭配與詩韻都好，詞意淺白雅致，誦讀起
來頗有葉俊麟詞、洪一峰唱《淡水暮色》那種味道。台客演詩劇團成
軍之後大小演出六場關於臺語、客語的詩劇，作為編導的我，最常把
它搬上舞臺的一齣詩劇。不過我徵求前輩小說家廖老師（宋澤萊本姓
廖）的許可，在原詩不變原則下，把它加料加味的增長幾葩，例如劇
團在閩南人多的桃園區演出，就加了這一葩：

若是到桃園
想到我佮莊秀美的來台祖
一隻帆船渡過烏水溝，來到桃仔園
起幾間草仔厝，頂頭全崁茅
厝頭前厝後壁一蕊蕊紅紅的桃仔花
從大樹林直直開到虎頭山頂去
古早人就講，這是桃仔園

我是借花獻佛，把宋詩原有的情境與意境，轉為見山見水的另一
面向，講地方的人文歷史與掌故。通常我自己演出這一段時，講到
「頂頭全崁茅」我會停下來跟觀眾解說：「臺語的茅，是茅草，所以
歷史文獻上桃園的第一個定名，叫做虎茅庄」，然後講到「從大樹林
直直開到」，我則說：「大樹林在桃園後火車站一帶，是我跟莊秀美局
長（文化局）的來臺祖，到臺灣的落腳地」，這樣的人文地景介紹，
讓在地觀眾感覺應景又親切。緊接著又來一段：

> 若是到龜崙嶺
>
> 行到半嶺，著會放某放子
>
> 因為卡早卡早
>
> 山頂的楓樹坑有一個龜崙社
>
> 輒輒會出草割人頭
>
> 彼時陣，官道從新竹府城
>
> 過了桃園，就不敢搬山過嶺
>
> 著愛行到南崁，過八里坌行海線

這一段講到舊名「龜崙嶺」的龜山區，山區從前有個叫作龜崙的番社，當年尚未歸化為熟番，常會出草馘首。演詩人吳美成個客家妹，她吟誦「割人頭」那個「人」字發音很不準確，把它講成「輒輒會出草割人頭」，此話一出，讓大家笑得東倒西歪。

宋澤萊的原詩有四葩，我加寫的如上詩篇也是四葩，以臺語演詩天王趙天福領銜演出的男女兩人，專誦宋詩，我和另名女演則誦莊詩，前者取其聲圓玉潤聲中的天光海景，後者則以故事和趣味取勝，兩者互補各有千秋。臺語先趨詩人林央敏看了跟我說，這樣演出的方式與內容，寫地描景講故事，很有在地的趣味，讓在地的中老年人重溫故鄉的歷史掌故，也讓年輕人認識自己生長的土地，以後可以多寫幾葩，要常演出多做推廣。林央敏自己是詩壇中，最早以臺語文書寫臺灣大地的大詩家：

> 咱若疼子孫　請你嘸通嫌臺灣
>
> 也有田園也有山　果籽的甜
>
> 五穀的香　于咱後代吃袜空
>
> 咱若疼故鄉　請你嘸通嫌臺灣

　　台客詩社與演詩劇團首席顧問林央敏，這首臺灣數十萬人耳熟能詳的〈嘸通嫌臺灣〉，以寬宏的視野和樂觀惜福的心態，感恩生我養我的臺灣母土，是過去街頭運動與黨外選舉最常被群眾傳唱的歌，並有三四十種不同音樂曲調的版本，流傳廣影響臺灣社會很深。他還有一首相當有代表性的地誌詩〈千塘之鄉〉：

　　　　當你乘風回臺灣
　　　　想念家園的眼睛往下望
　　　　會看到大大小小的藍水晶
　　　　鑲在一片疊高的平原上
　　　　那是辛勤耕作的桃園郎
　　　　用二百年的汗水滴成的埤塘

　　詩人佇立於高處，看他移居三十幾年的新故鄉──桃園臺地上最有特色的人文地景。他以大遠景鏡頭俯瞰遍布於台地各鄉鎮阡陌之間數以千計的陂塘，那是兩三百年桃園先民以血汗拓墾並養活數以百萬計子子孫孫的家園。

　　同樣寫景桃園臺地風光，台客詩刊總編輯劉正偉的〈詠南崁溪〉，和劇團藝術總監莊華堂的〈頭擺頭擺以前〉各具特色，且都得到「飛閱文學地景」製作小組的青睞，搬上民視的螢光幕。

　　　〈詠南崁溪〉

　　　　夕陽西下
　　　　黃昏向晚
　　　　白鷺鷥涉水清淺

　　聆聽，
　　風與蘆葦綿綿絮語
　　甜根子草且隨風起舞
　　一展風顏
　　婆娑沙地且縱筆
　　　　狂　草

　　本籍苗栗獅潭僑居桃園市區，劉正偉這首〈詠南崁溪〉，詩人以美麗的彩筆寫南崁溪的景色，河流是都市之肺，也是都市的血管，潺潺流水就像滿滿的肺活量，讓動植物——白鷺鷥、蘆葦、甜根子草有了棲息之地，因為我們生活的土地上有他們，讓喧囂城市裡繁忙市民的生活步調舒緩下來，讓大自然洗滌人的心靈。

　　頭擺頭擺，天　光个時節
　　遠遠聽到古董伯歕个螺聲響起
　　阿姆渡　來到木麻黃下个海脣
　　百來僑大人細子排做兩排
　　拼力來拉，一聲聲嘿咻嘿咻
　　罟網頂高嗶嗶跳个魚仔
　　係早年笨子港歸莊人家个想望

　　　莊華堂得到桐花文學獎客語詩首獎，這首〈頭擺頭擺以前——桃園地景節永安漁港海脣所見〉，全詩四段，前三段寫我童少時期的故鄉——新屋笨仔港的海邊生活印象。第一段寫村人牽罟，第二段寫童少追沙蟹，第三段寫母親採蚵，這三段懷舊式的美麗回憶，是作者半世紀前所見所聞的海岸線地景，呈現早年客庄濱海人家如葛天氏之民

恬淡的生活，但是這樣窮困中仍感滿足的企盼，卻因為接下來的第四段景象摧毀了：

> 一目矄（ngiab）目三四十年過去咧
> 蚵仔無咧，沙馬少咧，牽罟船廢忒咧
> 就看到，外地人沙馬多个腳跡橫打直過
> 隔壁莊出烏煙个大煙囪緊來緊多……

劉正偉還有一首寫自己故鄉的〈夢花庄碑記〉，二〇〇五年得到苗栗縣夢花文學獎新詩首獎：

> 千禧年的黃昏
> 一顆百年前沉思的巨石
> 長滿青鬚
> 坐在後龍溪畔，欣賞
> 秋意在芒花海上的波動
> 如浪濤，不停的湧來

起首五句以景入手，接著四行：小河白髮的百年心事／等著的或許有魚、有蝦／或許有辮子，有日本鬼子／還有曾祖父蹣跚的腳步。接著詩人在曾祖父白髮飄揚的髮絲，以及黃昏餘暉中走入時光隧道：一起闖入一八八九年的芒花叢裡／鮮紅的「夢花庄牌坊」記載著開庄／立縣、安身立命的喜悅／由父親滴落我臉上的熱淚，傳遞曾祖父／移殖到我憧憬桃花源的腦海。末段繼續循線探索縣民塵封的歷史記憶：再待一會兒，你將看見／一顆沉思百年的巨石／長滿青鬚／坐在後龍溪畔，欣賞／秋意在芒花海上的波動……

　　全詩在情靜、意鏡交叉穿梭進行中，詩人以優美的寫景和敘事詩句，仿如後龍溪下游的波濤洶湧，一波波把故事推到地方開發或城市發展歷史的盡頭，讓讀者在山光水秀中逐漸感染祖先往昔歷史的溫熱，見識苗栗山城開庄立碑的過往。

　　寫小說拍紀錄片的莊華堂，則從海的方向，往桃園台地最上方回溯，我看到的是另一段令人傷痛的歷史記憶。客語詩〈有身孕个大姑坑〉，起句二行：六十歲个徐雲彩駛著佢个船／走入阿姆坪老頭擺个底背肚。這個船夫載著耄耋之年的雙親，回到他青少時代的家園──石門水庫阿母坪。他看到父親顫抖的手，指著潭水面大聲告訴兒子：這係哇頭擺頭擺个屋／這係哇頭擺頭擺个田。原來這一家人是大溪的阿姆坪人，六○年代初年興建石門水庫之後，被政府強制遷村離鄉背井到觀音海邊，過了五十幾年之後，他和兩老帶著作者重回故地尋找淹沒於水中的家園，想起前塵往事不禁老淚縱橫：

　　　　除忒青青个山青青个水
　　　　無人聽得著佢个聲音
　　　　該兜本地來个長山來个，還有
　　　　從盡遠盡遠个米國來个工程師
　　　　到這下，老个老走个走死个死⋯⋯
　　　　淨存著這條，肚屎大嘛隻个大姑坑

　　最後兩段，寫石水淹沒區移民的心酸與控訴，可是面對已經成為青山綠水的觀光風景區，他們一家人又能如何？末句單行成段，翻成華語的意思是「只剩下這一條懷孕的大科崁溪」，讀來益增家園不再的哀戚。

　　台客詩社的社長吳錡亮、副社長王興寶，兩人一閩一客，吳專攻

臺語詩，王則右手寫客語左手寫臺語詩，兩人如兄弟般的詩友，且都善於寫地誌詩。二○一七年劇團成軍後於中壢圖書館中秋詩演首演，阿亮社長登臺演出這首〈千年藻礁〉詩：

> 咱的祖先
> 佮海鬥陣生存千年
> 咱的身體
> 晃著離鄉的出外人

此詩首段六行，點出那「親像一塊一塊珊瑚／一欉一欉雜根交纏的花草」，就是標題的千年藻礁。劇團在新屋美麗莊排練的時候，正逢當地民間生態組織舉辦活動，訴求「觀新藻礁不要說再見」，台客詩社的詩人們決定力挺藻礁永存，總編輯劉正偉號召同仁寫藻礁詩，並於《台客詩刊》製作專輯，阿亮社長寫出這首詩，後由劇團編導莊華堂安排於劇中，由社長親自演出。觀新藻礁是桃園海岸線上的生態奇蹟，它在我們海邊的地表上已經存活七千年，那一大片藻礁的隙縫之間和水域，是魚蝦貝蟹類的生存空間，孕育許許多多淺海和海灘生物，但是中油公司卻計畫在這裡建港蓋天然氣儲氣槽，破壞珍貴的藻礁生態：

> 毋知啥物時陣
> 罩霧的早起時仔
> 佇海岸
> 一陣袂曉喊聲的雞公
> 逐工厚屎厚尿
> 海水佇臭油垢的氣味
> 燒滾滾代替溫馴

　　工廠的污水廢油汙染觀音、新屋海岸的自然地景，吳錡亮社長在
新屋海邊寫出關懷藻礁生態地誌詩；王興寶則南下到新竹縣的蛾眉山
區，巡禮青青茶園，看到風味獨具，俗稱為「椪風茶」的東方美人茶
之後，寫下客語詩〈東方美人〉，並同時於台客劇團的五月詩人節，
由後來變成台客劇團一哥的阿寶，上場演出自己的詩作：

　　　臨天光个日頭絲
　　　金粉糝在滿山茶樹項
　　　歲月刁琢个杈椏
　　　臥起樂線認份个峨眉

　　　一皮皮个浸青
　　　囥等溫柔个性體
　　　清香陣打陣飄過來
　　　敢有麼儕赴欸掔轉去頭擺

　　〈東方美人〉起筆二段八句，前段寫茶園旖旎風光，二段則變成
茶葉的茶香。有了外景內景之後，緊接著神奇一筆在：歸心暈佇茶葉
味，膨風／鼻著摘茶女頸根个女人香。這二句之後情境巧妙的翻轉出
茶園中最美麗的客家風情──摘茶妹美麗動人的身影：花布笠嫲日炙
風吹，摘茶／目眉毛項个露水／水波樣个身影笑出酒窟。至此，詩人
再次從摘茶女的笑容酒窩，翻轉為茶葉上的細綠葉蟬：餳等後生條
仔，親像／多情个細綠葉蟬，蠕蠕動／淨顧摎嫩葉膏膏淉。
　　以上兩三段，詩人以驚人的描景敘事能力，入山踏曲徑尋訪桃花
源的方式，再三翻轉意象，讓讀者再一次看到動人的客家妹身影：

斷烏行入屋家，女人心
細義泡出一壺香甘醴
白毫，定定仔蹶上煞猛做家个頭那
熟果香燒暖歸屋家

窗門外，白雲个影仔停在茶樹頂
過忒幾十年个面容
共樣端莊如菩薩
忍毋核雙手合十讚嘆
好一杯東方美人

　　相對於王興寶善於寫客家女人，客家女詩人黃碧清最拿手的詩
篇，是以客語文寫家庭與親情，特別是她寫思念娘親的幾首詩，我讀
之都泫然欲哭。不過居住於苗栗客鄉的女詩人，也關注到她所生養土
地上，那豐饒大地與素樸子民的地景與人文。我們來賞讀她這首客語
詩〈銅鑼聲，響圓滿〉，全詩有三葩，只談其中一首：

後龍溪水清清，行過芎蕉灣个屋跡
激毋轉識有个田脣禾頭
伸老人家不時在悼嘆講，頭擺頭擺
黃泥崎留下開山起庄个手爬腳蹶跡
雙峰陵霄，映象銅鑼灣个故事

這首客語詩小標題為〈牛背山〉，第二十二屆苗栗縣夢花文學獎的得
獎詩作。此詩以苗栗地區最大河川——母親之河後龍溪開啟水源頭，
從一個老人的叨念中，講一個頭擺頭擺以前，客家先民到銅鑼灣開山
打林的故事。

> 一枋火車行啊過，銅鑼聲哨捱捱轉
> 飛過西湖後龍溪，還有新隆老雞隆河
> 捱過中心埔七十份轉到牛背山
> 10支椿槌敲銅鑼響，十全十美
> 銅鑼響起，喜事連庄

這一段五行九句，隨著舊山線火車的行進路線，跨越一溪又一溪，行過一庄又一庄。再從百年老樟樹，回味古早年代父祖輩山中焗腦的腦油香，最後以廟埕上演的收冬戲中響銅鑼，巧妙影射銅鑼鄉的地名，好一幅自給自足樂天知命的傳統客家風情畫：

> 百年樟樹下，腦油香讀老篇章
> 收冬戲个起鼓開鑼聲，陣打陣
> 八音笛仔吹，大開門蟠桃會謝平安
> 一庄謝過又一庄，笠嫲肚个滿足
> 響銅鑼，圓滿

阿里山姑娘的詩人莫羽蝶，善於描繪下港的市井小人物，她於二〇一九年六月，參加台客劇團演出的臺語詩〈索仔條〉，就是以細膩的觀察，吟詠諸羅山城——嘉義郵局前方一個賣索仔條的老人：

> 今生親像
> 拍袂開彼咧結
> 摻淡薄仔糖粉
> 將苦澀欸青春變甘甜

塑膠袋仔包著
郵便所寄袂出欸過往
一條一條
交織著人情冷暖

透風囉
敢有一蕊雨傘花

　　女詩人是台客劇團最美麗的一朵花，當她在舞臺上曼妙詩演，述
說小人物故事的當兒，你很難想像她筆鋒一轉，寫出臺灣歷史上被傳
說成英雄的爭議人物──〈吳鳳〉：

無聲的蟻　　從墓草悄悄爬過
藍天，綠地抑或紅日
歷史在雕像倒下那瞬
熔煉出和平之鐘

莫羽蝶〈吳鳳〉這首詩，寫阿里山下竹崎鄉淺山中，她經營的清華獅
子會館附近，一個叫作下寮的小村莊是吳鳳的故居。從真實歷史認
知，他只是一個阿里山鄒族的番割（通事），甚且可能是一個奸
商──卻在日本帝國和國民政府的操弄下，變成四五六年級，我們那
個年代歷史課本裡的英雄，詩人秉歷史省思之筆，重新還原吳鳳可能
的真實樣貌：

落葉是唯一按時來訪的旅人
白馬奔騰
紅衣帶飄搖依舊

　　阿里山下馬蹄　風裡，雨裡
　　斑駁篆刻著碑文
　　楷書皸裂成香火飄離
　　神桌上　虔誠幻化金色衣冠朱色傳奇……

　　相對於莫羽蝶的曲筆細膩，同樣住在內山地區，筆名袖子的女詩人陳秀枝，則以粗放的筆調與豪情，她的臺語詩〈數念達瑪巒〉，寫他居住南投地區的布農族原住民——南投縣地利村幾乎都是布農族人，達瑪巒是地利部落的布農語名稱，達瑪巒也有「公雞」的意思。據說布農族祖先開墾地利時，遇到一顆臼形石頭、類似公雞，原本的蚊蟲就消失。因而在地利村入口修築一座達瑪巒橋，橋上豎立一隻雄赳赳的公雞。詩人以臺語文描繪原住民的風土民情：

　　「土虱灣」好地理
　　祖先拍勢開墾土地、起祖厝
　　天主教基督教佮「布農」待做伙
　　安貼in苦痛的心靈
　　修女tshu　逐家種芳草、做草仔茶
　　拚出一個幻夢、溫暖的天地
　　一杯草仔茶那lim
　　布農辛苦的影隻文文刻佇心肝頭

　　居於臺灣中部半線城——彰化市八卦山下的女詩人謝美智，在山中看到一株落盡葉子的樹，其枝椏彷彿崢嶸的鹿角。詩人一時興感，於是寫出了〈梅花鹿的剪影〉，刊登在二〇一九年《中華日報》，全詩如下：

午後，響雷轟隆
你，聽不到
魔鋸貪婪的尖銳聲

初生的茸角，有山的雛形
密佈的濃霧
能否隱藏未麻醉的神經

被凌遲的春天
濃霧又悄然到來
你，看不見
被收割的血色森林

　　詩人兼詩評家余境熹在臉書發表一篇〈秦失其鹿：謝美智〈梅花鹿的剪影〉「誤讀」〉，我認為余先生這篇文章寫得精彩，耐讀。但，它真的是「誤讀」──他跟奸相趙高、秦王子嬰或是漢王劉邦，通通都沒有關係。詩人標題為〈梅花鹿的剪影〉，詩句首段第三行「魔鋸貪婪的尖銳聲」，詩人以枯枝如鹿角為引，末段以「被收割的血色森林」做結。它應該是首生態地誌詩。謝美智寫的是臺灣已絕跡又復育的臺灣梅花鹿──從元朝汪大淵的《島夷誌略》，後來明朝陳第的《東番記》，以及清朝統治二百年間，許多流寓臺灣的大小官員與文人筆下文章與詩篇，都可以看到她的芳蹤……。

　　因而，詩人寫的是臺灣生態地景，不是古老中國歷史，她不是借古諷今，而是見景生情。此外，謝美智還有一首臺語詩〈歸鄉〉，讓我們窺探詩人對故鄉自然與人文地景的思慕與鄉愁：

南門ê媽祖宮
鑼鼓聲振醒鷗鴉
盤旋佇雲蕊
帶來陣陣春雨
點醒紅花開滿山崁
五色鳥也飛過駁岸
含著一絲春風飛轉來

女詩人筆下的南門媽祖宮，就是半線城南門外南瑤里的南瑤宮，是一座主祀天上聖母的媽祖廟，俗稱彰化媽祖宮，它的歷史悠久，建於十八世紀乾隆年間，是城南民眾的信仰中心，廟的北方不遠處，八卦山腳下有「和醫館」的舊址，那是臺灣新文學之父——詩人賴和行醫救人濟世的地方。當五色鳥飛回來的時候，旋藤ê日頭光照到賴和ê詩牆／閃爍著過去ê歷史。詩人繞了一個小圈子，拐彎抹角地窺見彰化城內最具詩意的人文地景。女詩人心裡想什麼？不言可知。

　　台客詩社的幾個美麗的女詩人，莫羽蝶、陳秀枝、謝美智都以詩寫她們居處的自然風光與人文地貌，另一個常年與夫婿生活在臺灣心臟——風光明媚山光水秀的日月潭，女詩人賴思方也不遑多讓。我們來讀她的兩首取景於日月潭的詩篇。

霧濛濛的早晨
魚跳聲練習四手聯彈
樂音像是固化的波浪捲髮
波長傳至集集大山轉播站
迴盪……

這首〈一個可以容納四季的湖〉，好個海派的詩題，說明山裡的女人寬廣的視野與胸懷——從霧濛濛拉開視窗，魚跳、樂音、捲髮、波長到山上的轉播站，意象與具象的跳躍快速轉接，接下來：

> 冬季在涵碧半島迷了路
> 朝霧碼頭將秋意緊握手中
> 九龍口釋放雲瀑修補春天漏洞
> 日月湧泉湧出一湖仲夏
> 划船或許可以趕上四季
> 漁說，沿途毫無障礙
> 水沙連慵懶地調和貪婪與純潔

這幾行舟行潭上所見，涵碧半島、朝霧碼頭、九龍口……一路尋幽訪勝，潭畔風光一覽無遺。末行單獨成段，以水沙連廣矜地域的地理名詞，總結了「以容納四季的湖」無限延伸的野心。最後，我以賴思方〈生活在船屋〉這首以寫她的事業與理想的詩，做為這篇談台客十來個詩人近二十首地誌詩的尾聲，希望在今年秋天晨霧迷漫楓香透紅的季節，十一個被我網羅捕捉的詩人，相偕上山下水的與經營船屋的詩人仉儷，在船屋體驗騷人墨客的一夜詩情：

> 微風融化暑氣
> 樹與倒影練習成雙
> 五色鳥一長音四短聲
> 臨摹我與詩人對話
> 步道彎彎自然的微笑

馬告樹獻出夏天的果實
那是夫人喜歡的甘美
不做作的漁筏航向湖心
四角吊網拉　水沙蓮歷史
珠潭照護漁民生計
住在船上，消隱城市喧囂

有詩陪我散步的早晨
連湖都忘了流動

二○一八年台客詩話展海報

風球詩社專輯

「風球詩社」是一個年輕的學生社團,而且是「永遠年輕」的詩社,主要的成員以大學生、研究生為主,但他們每一年會舉辦高中巡迴詩展、高中文藝營等活動,向下扎根,每年都有高中生、大學新鮮人的新血輪加入,維持著「永遠年輕」的新活力。

風球詩社專輯前言

蕭　蕭

明道大學退休講座教授

　　「風球詩社」是一個年輕的學生社團，而且是「永遠年輕」的詩社，主要的成員以大學生、研究生為主，但他們每一年會舉辦高中巡迴詩展、高中文藝營等活動，向下扎根，每年都有高中生、大學新鮮人的新血輪加入，維持著「永遠年輕」的新活力。

　　風球詩社最早成立於二〇〇八年，一群跨校喜愛詩的同學組成，核心人物是風球社長廖亮羽，目前有兩百多位社員遍布北中南各高中、大學、研究所，詩社的規模逐漸擴大，目前擁有出版社發行詩雜誌、詩集，特殊的是不中斷地舉辦每月讀詩會、大學巡迴詩展、高中巡迴詩展、藝文空間展演、高中文藝營……等等，保持年輕人旺盛的活動力，永遠為了推廣讀詩、推廣寫詩而學習、磨練、精進，永遠「在路上」，永遠「行動中」，所以，永遠「最年輕」。

　　社長廖亮羽表示：讓臺灣變得更美好是「風球」的夢想願景，創社後即在臺灣持續辛勤的進行文學工程，設立短程目標、中程目標、長程目標，一步一腳印耕耘，以每一期十年來檢驗文學工程構圖打造的成果，文學工程、文化工程都是滴水穿石之功，都是長遠而緩慢的對臺灣社會家園產生變化與影響，社長廖亮羽說，第一期十年的文學工程已在二〇一八年抵達，下一階段的里程碑，她誠摯邀請詩人朋

友、在學的有為者，在這段詩路工程上繼續參與、支持，共同建樹。

　　不過，因為是永遠「最年輕」的詩社，雖然成員眾多，但入社容易，離社輕易，成為風球詩社最大的致命傷，針對這個缺憾，詩社應該培養重要的幹部，傳承經驗，固結力量，形成永遠的核心，就像「創世紀詩社」有所謂的創社鐵三角洛夫、張默、瘂弦，維繫創世紀的歷史輝煌六十年，「笠詩社」也仰賴陳千武、林亨泰、錦連、白萩、趙天儀等前輩形成笠的尖頂，綰結所有本土的力量，讓這群力量有著可向的「心」！

　　年輕，所以可以有無限的可能。十二年，所以積累了難得的經驗。

　　我們一起期待「風球詩社」未來無數個十年的詩文化工程。

風球詩社社徽

風球詩社的歷史

——起源、理念、組織

廖亮羽

風球詩社社長

起源——詩社的組織

二〇〇八年我在研究所就讀，那年也與一群寫詩的學生詩人創了風球詩社。為了不讓我們辛苦創立的詩社，輕易的倒社收攤或是停止運作，讓大家耗盡的心血付諸流水，我觀察研究了許多校園詩社以及前輩老師曾創立的詩社，持續運作下去的詩社各有凝聚成員的核心主軸，也發現跨校詩社經營不易，所以特別少見。於是我參考企業組織的架構，建立了幾個詩社常態性的組織，舉辦一些詩活動，各個組織單位跟活動都是為了推廣讀詩、推廣寫詩、推廣閱讀，包括詩雜誌、大學詩展、高中詩展、文藝營、藝文空間講座、咖啡館詩展……等。

然後視詩社同學的狀況，有多少人做多少事，有什麼人才做什麼事，不斷增減，不斷調整，不斷檢討，慢慢的讓詩社常態性組織活動與目標越來越清晰，步伐也就能越來越穩健。也因此詩社各組織舉辦的活動就能越來越具規模，活動內容越發成熟，越來越能普及接觸到更多大學生與高中生，也就能吸引越來越多的同學加入詩社。至今詩

社有兩百多位同仁，三十多位幹部，在五年前我認為詩社已經進入理想狀態的顛峰，這是我們詩社最大的成果之一。

　　詩社的巔峰並不是指我們詩社有多少位社員，也不是我們的社員與活動遍及全臺多少地方，而是我們的組織幹部進入良性循環，資深的幹部已經可以培養新進的新人，教導訓練他們擔任幹部，新人經過籌備活動的歷練，成為獨立熟練的幹部，一兩年後又能再培訓新人接任幹部。而我與資深的幹部，就不需時時都在培訓新人，都在教新人帶新人，可以把時間與精力放在詩社的其他事務，以及外界邀約的活動，這樣我們內部社務與外部活動都能有足夠的熟練幹部來負責，詩社的質感績效與活動的品質效益就能越來越提升，從而受到同仁與外界的肯定。

　　風球詩社特色是以詩社幹部為主要核心，而不是詩人，我們是以辦文學活動為核心的詩社，以推廣詩為宗旨。因為我們詩社能夠存續，是由為詩社運作付出時間心血的幹部在支撐，是由幹部在推動詩社的前進，凝聚詩社的力量，所以風球詩社的核心是幹部，而大部分幹部也都是優秀的年輕詩人，因此這兩個身分是相輔相成的。

　　而每一個世代創立的詩社，都會是那一個時代詩人的理想，所以我們詩社也會有這一代與前輩老師的詩社許多不同的地方，就如每一個世代的老師創詩社時，特質也都會跟他們前輩的詩社不一樣，所以我也深覺我們應該要有這一代創新的特色，並能服務新一代詩社同學的不同需求，我們詩社才能走得長遠，否則還是會很快消失。因為之前也沒有跨校跨全臺的學生詩社可以參考，所以這一路也是我不斷摸索經營詩社的實驗旅程，至於目前為止這個實驗到底是成功或是失敗，因為過程太長太複雜，跨全臺辦活動推廣詩的學生詩社也前所未見，牽涉的面向影響太廣，無從比較，還是只能留待給後人判斷。

進入校園舉辦大學詩展與高中詩展

截至今年底為止，我們已經在臺灣持續不懈地舉辦了十二年的高中與大學詩展，配合學校一年上下兩個學期，每學期一屆，一年兩屆。目前這個學期已經進行到第二十三屆，大學詩展與高中詩展已經進入臺灣校園進行了四百多場次的詩展與二百多場的詩人座談會。

在詩社成立一年後，有許多外界合辦活動的邀約，包括藝文咖啡館、獨立書店等深入民眾的詩活動。此時我開始想籌辦創社之前曾舉辦過的大學聯合詩展，那時共聯合了十二所大學，也因此深入校園，認識了許多在各校園內寫詩的學生詩人，有相當大的效果與實質互動回饋，例如那時舉辦過的大學聯合詩展參展的學生詩人，我們就因此詩展結識，而創立風球詩社。

雖然我們那時是大學生與研究生為主的詩社，但也有許多高中老師的朋友詢問除了大學詩展，是否也有要辦高中詩展。我那時從未想過擴大詩活動的範圍與訴求對象，更沒想過為高中學生辦詩活動，主要是因為詩社裡都是大學生，但不斷遇到詩友的詢問後，我想我可以在舉辦大學詩展的同時，也試試舉辦第一屆的高中詩展，雖然那時心裡反覆想著：「天啊，高中生年紀這麼小，會不會有代溝？他們看不看得懂我們的詩？他們聽不聽得懂我們談的新詩？他們會不會對詩有興趣？」總之那時打鴨子上架，懷著很忐忑的心情就開始籌辦。

為了順利舉行高中詩展，也想對高中文學活動的環境更進一步了解，所以我特地去拜訪臺中的惠文高中蔡淇華老師，他是惠文高中的圖書館主任，常常舉辦文學活動，很熱情很有行動力。蔡老師聽到我們詩社想辦高中詩展，非常支持，也給我很多寶貴的建議，包括先以他們惠文高中常合辦活動的臺中四所高中為主，邀請他們聯合舉辦第一屆的高中詩展，蔡老師也特別幫我聯絡各校，讓我能順利與他們接

洽。在蔡淇華老師以及許多詩人老師的幫忙下，我們順利地舉行了第
一屆的高中詩展，也順利的籌備了第二屆之後全國各地的高中詩展，
慢慢地擴大詩展的地區與學校數量，也就能因此擴大高中詩展的影
響力。

深入偏鄉高中與離島高中紮根

　　從第一屆高中詩展開始，順應各校舉辦座談會結合靜態詩展的形
式，我們也因此開始進入高中校園，與高中生面對面接觸，邀請詩人
老師與年輕詩人來到高中談詩談創作經驗。我也因為擔任座談會主持
人的關係，能到各縣市的高中參訪，親自與高中的圖書館主任、老
師、同學交流接觸，讓我能更深入了解高中的文學環境，以及許多有
心的老師在推廣文學活動上的艱辛。籌辦詩展的過程一路很繁瑣艱
難，但是來自舉辦詩展的現場座談會卻有最多的感動，每一場的迴響
都是最好的回饋，也因此奠基我們詩社在臺灣各地培養詩種子的紮根
基礎。

　　如今高中詩展走到第十二年第二十三屆，我們舉辦了數百場的詩
展與數百場的座談會，因為深覺城鄉差距對偏鄉高中推廣文學的影
響，我也特別注重規劃每屆的高中詩展的學校，以偏鄉高中與離島高
中為優先，所以在第三年開始，我跟詩展團隊的同學提出將蘭嶼高
中、澎湖馬公高中、馬祖高中、金門高中放入邀請參展的企畫，詩展
團隊的同學都很年輕，大一的同學才十八歲，對於他們正在籌備的詩
展中突破性的變化，總是充滿問號與遲疑，我總須擔任起推動並鼓勵
他們的角色。

　　剛開始抱著試看看的想法，大家都不敢相信這些離島的高中會參
展，因為對他們很陌生，沒想到企畫書寄出後，離島高中的老師回應

都很熱烈，像是馬祖高中的圖書館主任，為了第一次參與高中巡迴詩展，多次與我在電話中討論，主任雖然不曾與臺灣這邊合辦過詩展，但是很熱情積極，甚至申請機票的交通費與住宿費，要邀請臺灣的詩人老師到馬祖高中舉行詩展座談會。我想這位老師也有許多對推廣文學的願景，只是有許多計畫在離島資源不足的情況下難以實現，我很開心能藉由舉辦詩展，能夠協助他們進行一些文學活動的推動，因為我們擁有的是他們欠缺的，例如知名的詩人老師講座，我們欠缺的，是他們擁有的，例如離島孩子寫的詩句，那不是臺灣城市的孩子寫得出來的，都是無價瑰寶。

詩展座談會

　　每一場座談會的詩人老師與年輕詩人都具有極大的能量，每一場座談會的同學都是獨一無二的，在各場的座談會中最耀眼的都是參展的同學，最重要的是邀請高中同學作品參展，這些作品來自校園文學獎新詩作品，高中詩社作品，校刊社同學作品，或是國文科老師徵選的同學作品。讓這些已開始寫詩，並對新詩創作有興趣的同學能被看見、被認識、被肯定，讓這些同學有信心持續創作下去。詩展也宛如礦場，在創作上優秀、有天分的青少年同學就像礦層裡的寶石，我們藉由詩展，希望發掘出還未拋光的寶石，在高中詩展為未來詩壇發現新秀詩人。

　　所以在詩展座談會上讓詩人老師能看到參展同學作品，並看見他們在臺上朗讀自己的作品，這是詩人老師認識這些文學詩種子最好的方法，前輩詩人給於同學們的作品建議及創作上的經驗傳承，對剛開始寫詩的同學都是一種肯定與鼓勵。詩展座談會常會出現特別的參展同學，曾有一位身障的同學推著輪椅前來會場，原來他在老師鼓勵下

也寫了一首詩，那天也同樣邀他到臺前讀他寫的詩，跟大家分享他寫這首詩的故事，看到詩人老師給他的作品評語與建議，我也看到這位同學的班上同學都給他最大的支持，他的老師滿是感動與驕傲，這是長期籌辦活動的我也感到內心震動的一刻。

　　長期舉辦多場的詩展座談會，許多是與我們合作默契絕佳的詩人，每位作家詩人都有絕佳的個人風采，讓我印象最深刻的一場座談會，是當時我們詩社的推手嚴忠政老師，已經因為生病開刀休息好一陣子，我等到老師應該已經康復，再邀請老師前來，老師仍像以前一樣二話不說就應邀前來，後來我才知道，老師不久前又開了一次刀，剛痊癒就來座談會支持詩展，用詩人生命為高中同學談詩，讓我見到詩與人的光芒。

推廣詩的好盟友──圖書館主任、高中老師

　　到偏鄉的高中詩展則常遇到熱血的年輕老師，他們的學校可能為了彌補鄉下沒有補習班可以幫同學補習，而加長學生晚自習時間到晚上九點，所以學生與老師們相處的時間比跟家長還長，讓這些學校的師生感情都向家人一樣濃，學生與老師熟悉的像朋友也像兄弟，這是我看到最有趣也最溫馨的情誼。

　　歷經十二年二十三屆的詩展，能夠深入高中認識那麼多為推廣文學付出的老師，以及對文學創作燃起熱情的同學，每年能再重回辦過詩展的校園，與這些知己老師相聚，看到新的一批的創作幼苗，看到幼苗長成大樹，成為臺灣優秀的年輕詩人，再回到母校與學弟學妹分享創作歷程，回首來時路，這些種種都是讓我繼續努力點燃文學火種的能量。

全臺四區讀詩會

　　除了詩展的活動之外，對我們詩社最重要的常態活動就是讀詩會，因為是跨校詩社，詩社每個月在臺灣的北部中部南部東部獨立書店舉辦讀詩會，希望能讓想學寫詩或想學習賞析評論詩的同學，能在詩藝上更上一層樓。詩社十二年來最大的成果，並不是曾經舉辦了多少場的詩活動，也不是曾辦過多大型的文學活動，而是有一批批不曾寫詩或在青澀階段的同學，在加入詩社後，透過參加一場場的讀詩會，而開始鍛鍊寫詩，並一年年越來越進步，開始在詩刊副刊發表作品，甚至獲得文學獎、出版第一本詩集。

　　詩社這些九〇後與〇〇後新生代的同學，目前在十五歲至二十五歲左右，對於詩的投入與熱情，以及創作上的自我要求與規劃，都在他們的進步程度以及發表量文學獎呈現出來，這些新生代的風球社員正是詩社最大的成果，也是創社十二年來詩社最豐碩的收穫，所以風球十週年社慶時特別在臺中文學館，舉辦世代對談座談會，向大家推薦詩社的優秀新生代詩人。

每月讀詩會推薦作品

　　我們推薦作品每月六首，每年的風球年度新詩獎五首，不能減少，反而我甚至覺得名額不夠，要增加名額。因為我設立推薦作品是要鼓勵同學創作，鼓勵新人新秀，達到推廣詩的目的，這也是風球詩社的創社理念，所以詩社活動的運作思維都圍繞這個理念。

　　我們每月讀詩會的推薦作品評選既不是全國性文學獎，也不是地方文學獎，不是要套上文學獎的標準、評分方式、評審思維去選我們每月的推薦作品。我認為以文學獎那種方式與思維評選出我們詩社

的讀詩會推薦作品，太無趣也太不合時宜，有些是單一的審美標準，保守陳舊老套的評選標準，並不符我們詩社理念的包容多元並推廣多采多姿的創作風格，也不符同學寫詩風格、閱讀品味非常多元化的現況。所以我們每月推薦作品以及風球年度詩獎評選是總召制，各區總召的創作風格、喜歡的文學品味都非常不同，又採票選制，是由總召選出自己喜歡的詩，而不是最好的詩，也不是打分數給最高分的詩，因為這樣各種類型各種口味的作品，就會有機會經由各位風格品味非常不同的總召獲得推薦。

這點非常重要，因為詩社有些同學的詩其實也很好，很引人入勝，我看了也很欣賞、很喜歡，但是他們寫的詩的主題、題材、風格、筆法以及技巧，並不是文學獎的主流寫法，投文學獎絕對不討喜，也不是文學獎的評審會給獎的作品，但是這些同學的詩也是優秀的好作品，很有吸引讀者的魅力，也值得鼓勵推薦，所以我們以總召制、票選制，就是希望能給這些同學的作品有平等的機會，獲得推薦與肯定。

而如果推薦作品的名額太少，也一樣會違背我們的理念目標，因為如果像之前有位總召提議的將每月推薦作品名額縮減為三名，可以想見會出現什麼狀況。每月推薦作品的活動運作了兩年，在名額六名的情況下，第一年就可以看出來，每月獲得推薦作品的同學以讀詩會總召占很多數，還有一些老面孔，每月六個名額都這樣了，如果還刪減到建議的只剩三個名額，那豈不是每次名單都是同樣的那三個同學，或是幾個總召在輪，其他同學就更沒機會，高中同學就更沒希望獲得推薦，但是我更希望我們設立推薦作品是要讓新人新秀有個寫詩活動可以被推薦被鼓勵，因為新人新秀高中同學更須要被肯定。

我們如果縮減名額，新人新秀高中生就更沒有機會能獲得推薦作品，也就更無法有機會獲得風球年度新詩獎，上述的一些制度的弊病，都是我們繼續舉辦每月讀詩會推薦作品要避免的。

風球年度詩獎

　　這是二〇一九年新創立的詩社新活動，結合每月參加讀詩會同學的作品，並由四區讀詩會總召每月由這些讀詩會作品，票選出詩社推薦的六首作品，目前已順利進行兩年，也都由版主在詩社群組張貼推薦作品，跟跨區同學分享與討論。

　　為了要給認真寫詩創作的同學獎勵，以及鼓勵同學踴躍參加讀詩會，我們詩社的一年一度跨區聚會歡慶，今年二月結合春節，要再舉辦風球詩社總動員交換新春禮物活動，並舉辦「風球年度詩獎」聚會，頒發「風球年度新詩獎」十位，「風球年度新人獎」一位，「風球年度詩人獎」一位，頒發獎狀與獎品，同時也邀請當年度所有入選推薦作品的同學，前來現場念詩聚會與詩社同學們認識交流。

　　「風球年度詩獎」的舉辦方式，將由每月讀詩會總召們票選的六首推薦作品而來，隔年一月由讀詩會總召們從去年度一月至十二月所有入選的推薦作品，票選出最高票的八首詩，頒發風球年度新詩獎八名。

　　「風球年度新詩獎」的評比資格是加入詩社兩年內的同學，參加讀詩會的作品曾獲選為推薦作品，由讀詩會總召以推薦作品為評審票選依據，最高票數頒發風球年度新人獎。

　　「風球年度詩人獎」的評比資格是風球詩社社員，當年度參加讀詩會的作品獲選為推薦作品，由讀詩會總召以推薦作品作為評審票選依據，最高票數頒發風球年度詩人獎。

編輯與出版──風球詩社詩選集

　　二〇一八年風球詩社創社滿十週年，在秀威公司出版《風球詩社

十週年詩選集——自由時代》，以見證我們詩社同學這幾年的成長，並讓外界了解我們十年交出的創作成績單，《風球詩社十週年詩選集》出版出來，代表我們風球詩社同學的創作想法，以及各異的詩風與多元的寫詩態度，也是要供大家更深入認識風球詩社詩人這幾年的創作努力。

每年都有優秀的風球詩社同學出版人生第一本詩集，我們風球創社的理想之一就是希望喜愛詩的同學結合詩社的力量，讓風球詩社同學能更為順利的發表作品，讓作品被認識被肯定，並進一步幫忙同學出版詩集。從創社第二年開始風球就陸續有詩社的優秀同學出版詩集，之後每年都有幾位風球同學出版個人詩集，這兩三年風球詩人中也有王信益《如果你在夜裡迷路了》、陳冠綸《島嶼》、蔡維哲《告白》、曾貴麟《人間動物園》出版詩集，持續證明詩社同學旺盛的創作力。

長期舉辦詩展，即是希望詩展可以成為新世代詩人的伸展臺，二〇一八年十二月臺中文學館的詩展，即是六十位風球新生代詩人在《風球詩社十週年詩選集》的作品，呈現出一個新世代詩創作的風貌，同時也反應這個世代的詩觀。期待能夠提供一個文學的平臺，讓所有用心寫詩的年輕創作者展出自己的作品，給他們鼓勵，給他們認同，給他們勇氣持續創作，讓他們繼續懷抱文學的熱情。

讀詩會指導老師的幫助

更重要的、隱形的、看不見的幫助是我們在北部、中部、南部、東部每月舉行的讀詩會，為了鼓勵詩社同學寫詩創作、鍛鍊詩藝、學習討論作品、講評作品，也為了培養詩社的同學成為優秀創作者，更基於為臺灣多養成一些年輕的新詩作者，因此我們在全臺四區舉辦每

月讀詩會，又為了讓同學們在寫詩談詩上可以更加進步成長，我們讀詩會還會邀請前輩老師或年輕詩人前來擔任指導老師，給同學們的作品一些建議，老師們也在透過讀詩會講評同學們作品時，可以同時傳授詩觀、創作方式、詩藝技巧，除了讓與會的同學獲益匪淺，也是一種詩的傳承。我們這本風球詩選集也特地邀請這兩年曾帶過我們讀詩會的指導老師作品，以供詩社同學觀摩學習，也藉此感恩眾位詩人老師長期以來給我們讀詩會的幫助以及給予同學的指導。

詩人老師給予讀詩會這方面的幫助，對於學生型態的詩社意義更形重大，尤其是在學生詩社一般都是沒有充足經費或是根本就沒有收取社費的狀況下，常常無法提供前來的指導老師講師費車馬費，許多前輩老師、年輕詩人仍然熱情盡力的幫助我們讀詩會，前來擔任指導老師，教導同學寫詩論詩，或是前往大學、高中校園詩社帶讀詩會。

詩社不收社費的原因

每個詩社或各個社團都有收取社費或不收取社費的原由，我們詩社都不向同學收取社費，是因為創社後我發現我們詩社雖然都是學生，但是也像是一個小型社會，一樣有貧富不均的現象，當然有些同學家境非常好，甚至可以跟我成為出國旅行遊玩的好伙伴，昂貴的旅費也都完全不是問題。但是自古至今，大部分會在青少年或學生時期開始寫詩讀詩的年輕人，許多可能家境不富裕或貧困顛頗或是手頭拮据、家庭問題、家人關係不佳、學業前途挫折艱難等等問題，導致人生困頓鬱悶，需要紓解，才會寫詩讀詩或是加入詩社。

所以我們詩社同學們不富裕或是貧困拮据的比例是遠高於家境富裕的同學，因此即使我們再催收社費，無論是一年一百元兩百元或是一千元兩千元，都是這些家境有困難的同學的壓力，但是如果只對富

裕的同學收取社費，也對他們不公平，何況如果只有少數同學繳交社費，總金額加起來也對我們詩社每年舉辦的那麼多推廣詩的活動沒有什麼幫助，與其催收詩社同學的社費，那份催收的心力時間，還不如用來對我們舉辦活動的經費另外想辦法。

另一方面校園詩社也大部分是如此，一些校園詩社人數可能更少，如果詩社只有五六個同學，即使每個同學社費只要二百元，即使五個同學都交了社費，一學期的總經費也只有一千元，如果只靠社員交的社費要舉辦一整個學期活動，例如印詩刊或邀講師辦講座，都是非常不足的，因此都需要向學校申請經費，但是並不是每個學校都可以申請到詩社想舉辦的文學活動經費，這也是許多人數不多的校園詩社在經營上常遇到的困難。

為什麼我要如此詳細的解說學生詩社的收取社費的情況，因為大家應該也能發現，即使學生詩社沒有社費或是經費困難，而且學生詩社不可能營利或有產品收入的情況下，常常無法支付詩人老師的講師費車馬費，仍然有許多學生詩社幾年來甚至幾十年來仍然有詩人老師、青年詩人、學長學姊前來帶讀詩會，經由詩人老師、詩人學長的指導與談詩論詩，學生詩社脈脈相傳，代代傳承。

詩人老師的老師

因此很可能現在我們的詩人老師，當年也是由他們的老師，甚至他們老師的老師，在學生時代的讀詩會被指導過作品以及詩觀，或是被鼓勵而奠定了對詩創作的志業。而詩人老師的老師更可能因為當年某個詩社同學熱血的邀請，或是他們大學學弟、後輩的邀請，前去某個大學詩社為同學談詩，而其中或許就有現在來我們讀詩會擔任指導老師的詩人老師。

　　這是我認同的詩人本色，也是我尊敬的詩人品質，無論輩分或年齡大小，只要有學校詩社需要我們談詩，只要有同學想與我們討論詩，只要有詩社想揪一場讀詩會，詩人都願意分享所學，只要時間地點允許，不須考慮費用酬勞，都會想去會一會熱血寫詩的同學，只因為當年我們還是學生時，也是如此期待一場讀詩會有心儀作家、詩人老師到來。而我也期待我們風球詩社的詩人也都能如此，在成為受到肯定的詩人之後，在有能力付出之後，盡其所能幫助每個需要他們的讀詩會以及學生詩社。

　　也因為從詩人前輩老師到現在的青少年創作者，無論是曾加入詩社或獨自創作，都可能參與過讀詩會或是講座、詩活動，甚至在學生時期上過新詩課，也都可能閱讀過某位心儀的詩人詩集、報刊作品，而受到啟發或是受其影響，之後再開創自己的風格。另外，無論是閱讀臺灣詩壇的前輩或是外國詩人的詩集，在創作者本身的創作上，也大半會是由他們的老師授課上或是閱讀詩集的吸收，而受到啟發或影響，幾乎在臺灣現代詩這部分，很少有詩人是完全不曾閱讀別的詩人詩集，或是不曾參與過講座讀詩會、上過新詩課，而自己成為一派大師，因為即使是大師，也多半會有實質接觸過的詩人老師，或從詩集作品受到其影響的精神上的「老師」。

　　所以傳授學生、影響後輩、留下文學寶藏的諸多前輩詩人，都是奠基臺灣現代詩的巨人，每一個後輩都是站在文學巨人的肩膀上，在詩路上向前行，而當後輩詩人也成長茁壯留下文學寶藏後，也會成為這個巨人的一部分，幫助他們的下一代後輩站得更高看得更遠。對於留下文學寶藏的先行者、前輩們，皆是值得我們尊敬的，值得後來者、後輩們感謝他們為臺灣現代詩奠下的高度。

巨人的肩膀

　　無論是橫的移植、縱的繼承，經過數十年的臺灣現代詩，有越來越多精彩繽紛百花齊放的各家各派，每一代的詩人都經由前一代詩人的勇於開創實驗，奠基了更穩更廣的基礎，也墊高了現代詩的高度以及藝術質量，讓後來的創作者有更多可以閱讀可以學習的詩風以及技法，尤其現在的後起之秀可以很容易的經由大量的作品閱讀，模仿吸收學習，十幾歲就能寫得相當好相當成熟，因為網路資訊爆炸的時代，獲取優秀作品、詩集資訊、創作方法更為簡單容易。

　　在巨人的肩膀上，網路時代年輕創作者的立足點比前一代先行者更高，那些紙本時代前輩需要花費多年才能收集領略到的知識技巧，很可能現在的青少年創作者上網幾分鐘就可以輕易擷取，這幫助他們可以有良好先天條件跳得更高，作品也比前行者青少年時代早熟。但是也面臨到新的風格新的宗派開創更為不易，因為越晚到的創作者可能會發現，想要開創的風格或技巧、題材，前方都已經有詩人寫過了，開創過了，現在的早熟創作者只能更加努力更加艱辛的去嘗試探索，開創出未來屬於他們自己的詩派風格。

詩社無法教出詩人

　　最後除了期許我們詩社的同學能夠站在巨人的肩膀上，登高望遠，放遠創作的目光，也期待同學更有自信，以自己對創作寫詩的熱情成為優秀詩人。因為我一直認為傑出的學生詩人以及年輕詩人並不須加入詩社，除非是有想使用詩社完成自己想做的事、想達成的目標，而那種目標是無法自己一個人完成的，例如想辦詩刊想辦論壇講座辦詩展，或是想推廣文學推廣詩，這些都是極需人力的事情，需要

有夥伴共同協力合作,無法憑自己一人之力單獨完成。

否則一個寫詩已經很出色的學生詩人、年輕詩人,加入詩社對他或對詩社都沒有什麼幫助,他們既然沒有想要使用詩社達成的目標、想完成的事,那當然對他們現階段而言,最重要的就是詩藝的精進,成為一個頂尖的詩人,但是一個詩社,尤其是學生詩社,並無法教一個創作者成為詩人,更無法幫助一個已經很出色的詩人成為頂尖的大師。

詩社的性質也並非培育出詩人,更不可能教出詩人,出色優秀的詩人都是自己的修習鍛鍊而成,都是靠自己的勤於閱讀廣博的吸收,化為自己所用,讓自己領略領悟,孤獨的認真的長久的鍛鍊詩,而修練出讓大家認可的作品成為詩人。無論是我們詩社或其他學生詩社的優秀詩人,我認為他們都是經由自己的努力,不斷的修練,付出對詩的熱情與堅持,而成為詩藝成熟受到肯定的詩人,他們的成功與成就,我認為跟詩社沒什麼太大關係。

詩社領進門修練在個人

但是我也承認詩社還是對詩社同學扮演一定的角色,那就是帶領對詩有興趣的同學進入詩的世界,啟發他們,帶領他們認識詩,接觸詩人,在入門階段教他們寫出詩,學習修改詩,帶他們認識詩人閱讀詩集,是一個可以教同學寫出詩的過程,這是學生詩社的基本功能,我們詩社也是一直朝這個方向在努力。但是我認為學生型態的詩社並無法教出一個詩人或教出一堆詩人,那是對學生詩社的誤解,也是錯誤的期待。

反而在我清楚說明我對跨校學生詩社以及校園學生詩社的觀察與想法之後,或許大家可以給予學生詩社的出色詩人更多應得的掌聲,

因為這些同學一定是出於對詩的熱愛，而從學生時代就決定展開十年
二十年三十年鍛鍊寫詩的旅程，而在未來某日成為下一代詩人站立的
巨人肩膀。

感謝

最後我要感謝我的恩師白靈老師，感謝老師帶給我大學時期新詩
課的啟蒙，啟發我對新詩的興趣，並引領我舉辦文學活動推廣詩的熱
情，這次風球十週年，老師還特別寫了五千字的序文贈與我們詩社，
對於老師的支持鼓勵，我永遠感恩在心。還要特別感謝風球的推手，
詩人嚴忠政老師十年前鼓勵我們創社，才有今天的風球詩社。也非常
感謝長期支持我們的楊宗翰老師與陳政彥老師，為我們的《風球詩社
十週年詩選集》寫了美好的序。感謝這十年來支持我們鼓勵我們幫助
我們的前輩老師、年輕詩人、文友、讀者，因為有你們，風球詩社才
能順利達成十二年的里程碑。

祝福

我常跟詩社同學說，如果你沒有跟詩社其他同學結為朋友，你跟
這個詩社就走不長遠，如果詩社裡的同學們沒有互相成為朋友，這個
詩社就走不長遠。很欣慰的是，可以看到我們詩社的許多同學因為風
球詩社而成為好友，大家純真坦率的喜歡詩討論詩，毫不設防說說笑
笑。我也因為這個詩社而與許多同學結為好友，甚至成為旅行的同
伴，一起去法國英國日本上海世界各地旅行，也成為人生中互相支持
的摯友知己，我希望常常可以跟祥瑜維哲羽希這些詩社好友，多來幾
趟說走就走的世界之旅，再帶回旅行的故事趣事與詩社同學們分享，
那是我在這個詩社最開心的事。

　　我們詩社的幹部們，都是長期與我一起籌備舉辦活動的好夥伴，建立了深厚的革命情感，這些為詩社、為了推廣詩而付出心血時間的同學，雖然都很年輕，有的甚至是只有十五六歲的高中生，但是他們都認真寫詩、盡責職務，都有一顆為了詩而燃燒的心，為這個世界建築的夢想。我要祝福他們、祝福詩社的每位同學。

二〇一九年風球詩社十一週年社慶合照

自·由·時·代

風球詩社
十週年詩選集

曾魂 總編 / 廖亮羽 策劃

二〇一八年風球詩社創社十週年出版
《風球詩社十週年詩選集——自由時代》

渾沌的琉璃

——寫一寫我喜歡的詩人蕭宇翔

王士堅

政治大學中國文學系學生

風球有一批年輕、嗜詩的寫作者，宇翔是其中一位。每每和他們討論閱讀和寫作，都讓我汗顏。

「縱的繼承、橫的移植」的概念，乃臺灣現代詩史進入中學課本所留下泛泛的足跡。但這批年輕的創作者卻躬行這樣的路徑，以此精磨技藝與拓展視野。

此次對於評寫宇翔，我是欣喜與兩難的。欣喜之情在於我和宇翔擁有良好的私交，我們在臉書的聊天室，討論龐大的精神世界，亦分享流俗的圖文與笑鬧。

此時，隨即迎來一把雙面刃：我到底該如何客觀。我當然可以概覽作品，把語言形式、風格技巧蜻蜓點水。但私心如我，我就是要讓別人知道，之於宇翔我有多特別。心一橫，我要任性地讓主觀與私情流瀉。

有意識地，從抒情跨越到敘事

宇翔得獎算早，二○一七年六月，進入東華華文系之前，以〈一

邊〉此作拿下全球華文文學獎高中組第一名。

　　這篇得獎作品就各層面來說——我們先避開寫作初心和文學獎之間始終存在的曖昧關係——無疑都是宇翔寫作生涯重要的里程碑。獎項給予重要的寫作信心，也讓人們注意到這顆初綻光芒的小小新星。

　　包含〈一邊〉在內，宇翔在此之前的詩，偏向內求的抒情寫作，題材大多與自身情感有關，或是以己身角度去探問悲憫的議題。而〈一邊〉之後，宇翔的詩作漸漸產生了質變。

　　初上大學，他廣泛閱讀詩作和文學理論（我依稀記得他臉書常出現三楊——楊牧、楊澤、楊照）。華文系的課程自然也給了他不一樣的視野，但更重要的是，他接觸到了寫作上重要的精神導師——曹馭博。馭博大其五歲，當時是華文碩班的學長，在互動之際，宇翔慢慢閱讀到了國外經典大師，波蘭的辛波絲卡、阿根廷的波赫士、瑞典的特朗斯特羅默等等。

　　親炙經典，鎔融的琉璃重新展延和塑形。他開始思考所謂「當代」的課題。他向自我叩問：我生於一九九九年，魔羯座，五十三公斤，我早已不是上個世紀的人了。我將接觸到的是二〇〇〇年後下個十年、下個二十年，乃至下個三十、四十年的萬象。要學習新世代的形式、內容和語言。有沒有可能用輕便、低熱量的「形式」，相對清爽的、當代性的「內容」，還有年輕猖狂的「語言」，寫出一首可以射穿人心的詩？精準已經不侷限於這首詩的空間裡，而會關乎到整個時代的時間性。

　　這樣自我的詰問，也開啟了宇翔以「敘事」手法去探究戰爭、種族、宗教等當代議題。

「要成為一流的詩人，必要意識到，要將自己推入文學史」

對於寫詩，我對於宇翔早已超脫欣賞。是可敬，甚至可畏。

並不是說，他的詩已臻於神作，不是的，是他那分要將自己推向某種高度的野心。

我可以很輕易地，從他新的詩作、網路上的閱讀隨筆，感受到他進步的速度感。他隨時都在寫詩，搭車、聚會的空檔，他都在嘗試迥異的題材、嶄新的風格。

二〇一九年初，他為了周夢蝶詩獎，整理了一本投稿的合集，最後進到了決選。他在這本合集中，置入了新的寫作方法──近似於組詩概念的「敘事」詩。宇翔說，這種組詩的概念來自寶云老師大陸文學課中所讀到的，臧棣的《叢書》詩系列。嚴格來講，它介於組詩和非組詩之間，藉組詩的脈絡使其龐大化，也省去組詩的缺點：必須仍是一首詩。新的方法只需在標題加上「敘事」二字，而內容與形式雖說變化萬千，卻也有共同的脈絡存在。譬如「小說的敘事手法」、「第三世界與戰爭」、「象徵與實際意涵並存的雙重結構」等等。

再來他也提及，寶云老師在課堂上說，要成為一流的詩人，必要意識到，要將自己推入文學史。而要投入文學史，勢必得以一種龐大的身姿，站立在現實的強光之下，投影出這個時代的感覺結構。

看到這裡，我不禁再度背脊發涼，全肇於一個二十歲的少年持寫詩之筆，以螳臂擋車之姿，抵抗時代的洪流，要世人記住他。他並非中二病，他按部就班地、系統性地思考可行的方法。

對於投身文學史所需之「龐大的身姿」，宇翔所找到的方法是波赫士於《詩藝》（*craft of verse*）其中一章中所提倡的「史詩風範」，並且借用北愛爾蘭詩人希尼的經驗，以現代語言融合古老的旋律。在

語言操作上，馬奎斯小說的敘事口吻、阿巴斯抒情與敘事並重的俳句、特朗斯特羅默的豐沛意象、聶魯達中晚期彌補過度抒情的接地氣，都彷彿成為宇翔雕琢字句的精良斧鑿。

　　我最有感的，莫過於宇翔表示在文化內涵方面，帕斯和辛波絲卡是良好示範，但他說：「他們有著上帝的眼睛，天使的心腸，以及罪人的筆。而有一項東西是我有而他們沒有的，那就是大把的生命。」

　　大師已死，來者可追，年輕詩人的豪情流洩字句之間。

給宇翔未來的建議與祝福

　　如題所示，對我而言，宇翔就像是一塊「渾沌的琉璃」。高溫、異質、多彩，不斷流動尋找新的可能。沸騰的內在，向外四處噴濺，落地冷卻皆成亮麗的作品。

　　在此我也想試著提出他可能會面對的課題：宇翔在經典和大師中找到形塑自我的容器，但他同時也必須思考，在未來該如何超越這些既有的容器。長久未被突破的框架，就會變作限制。但我想，這只是我預設的困境。宇翔對於詩的謙卑與積極，自然會克服這些問題。

　　其實我想對於宇翔，真正的課題應該來自於生活。我不曉得其他人的感覺，但每次和宇翔的會面及談話，我都能感受到他隱性的焦躁。關於人際、關於情感、關於寫作，他都需要耗費許多的心思，去處理箇中的命題。

　　我相信宇翔也時常迷惘，看著年紀相仿的人接連出了詩集，看著他們出版、宣傳、講座等等，有時不免心中泛起漣漪：深怕自己進度太慢，又會自省自己的作品是否完備到足以面世；而我知道宇翔不只會質疑自己，也會質疑文字。他會聽古典樂，例如蕭邦。這一兩年他也迷戀坂本龍一，更重拾起鋼琴的興趣。「坂本龍一尋找著完美的音

樂，此刻我卻寫著卑鄙的文字」如同他看浮世繪畫展、觀看電影，每每看到其他藝術形式能夠如此通透人心，都讓人懷疑文字的力道是否只能屈居附庸。但也是這樣的懷疑帶來謙卑，讓他始終閱讀、反思，並持續寫作。

　　至此為止，我這篇文章沒有引述他任何詩句，因為其實你能很輕易地在網路上找到他得獎或投稿的作品，甚至上一期《創世紀》開卷獎就是他的〈詩人的黑白照片：特朗斯特羅默之死〉。如果可以，我希望你能看看他的Insatgram（ID：shr_re_1999），他未發表的詩作與隨筆都相當迷人。

　　宇翔是可愛的，而我也是。但他所擁有的才情和努力，都讓我心甘情願希望大家把焦點都放在他的身上。

　　在此敬祝宇翔，詩能成為你一生的驕傲，文學亦能成為我們友誼長存的信靠。

詩社成員合照

小小透明玻璃罐裡，
節制地醞釀著幽微的情緒風旋
——讀陳琳詩五首

王信益

詩人

　　他寫詩的姿態，彷彿安住在一個小小的透明玻璃罐裡，謹小慎微地醞釀著幽微的情緒風旋，節制地描寫私我的細膩情緒，或兩人關係中的種種情感與失落。而他偏好自然天氣的意象，「風、火、雨、雪、霧、浪」，都是詩中反覆出現的語彙。他對海情有獨鍾，經常獨自一人於黃昏時分，靜看幽藍的海幻變出一張張，詭譎的臉，於是在他的詩裡，意象群也經常和海有關。他即使描寫椎心的憂傷，仍把持住寫詩節制的律法，這是他一直堅守的美學標準；他詩裡的音樂悠緩而舒適，慣以溫柔的掌心安撫騷動的靈魂，即使憂傷就要滿溢出來，也不輕易動用較重的意象，而刻意選用輕質的意象群，從而營造出一種舉重若輕之感，於是，詩中的憂傷點點柔軟地滲入讀者的心裡，震盪出情緒共感的陣陣漣漪。然而，私以為「詩的煉金術」（煉字、煉句、煉意）是必備的，但凡頂尖的詩人，都是熟練此技藝的高手，魔仗輕揮便讓平凡之石成為閃耀的寶石。我們當可期待這位年輕的詩人，持續醞釀內心豐沛的浪花，精進己身的詩藝，繼續譜出一首又一

首美好的詩歌。

接著讓我們來讀讀陳琳的五首詩：

〈過境〉

寫兩人關係的轉變，曾經的親密對比如今的漸漸疏冷、進退失據。在冷鋒過境的寒冷節日想起以前曾經幸福的總總，然而那「卻已是遠古前，遺落的足跡」。第二段詩人以「皺褶的衣物」象徵兩人的回憶，想誠實赤裸地坦然相對，卻要「假裝忘記自己正在努力表現出坦然的模樣然後／坦然相對」，努力想要表現出坦然模樣，說明了其實內心無法誠實坦然相對，卻要假裝忘記，在所有無法誠實面對的逃避處境裡，最後達成「坦然相對」的狀態。

第三段的場景設在人聲鼎沸的火鍋店裡，沉默的無言氛圍令自己尷尬，「無事可談的時候不如／去借點溫暖吧你說」，曾經的兩人帶給彼此溫暖，如今對坐的那人卻要自己去尋找他人的溫暖，無話可說只好讓眼睛落於他人的座位，想為此刻的無言處境寫下一些句子，當成是贈予對方的禮品，而這禮品是慎重的，即使兩人關係轉變，自己心中仍保有著對方的特殊位置。

末段是整首詩最精彩之處，以電子爐開火卻無法正確開啟的現象，描寫自己試圖修補關係卻仍無可挽回地讓彼此漸漸疏冷，索性順其自然不再全力修補，然而「熄掉火源以後卻漫起大霧」。大霧象徵著兩人關係的隔閡感，彼此關閉心扉，不再讓對方觸碰自己的心，最後雨季來臨，兩人關係降至冰點，「在彼此的眼裡／翻飛如雪」。

〈大寒〉

　　描寫對自身期許未能達成的失落。一年即將結束，許下的願望與對自己的期許還未達成，產生了對自己失望、自我懷疑的情緒。其中出現兩次「火」的意象，既象徵著對自身的期許，也是追夢的熱忱。詩人多次以「下墜意象」來描寫自身情緒的失落與低潮，「即將墜落的羽翼、時間正疏冷的下沉、世界正在逐一降落、不斷墜落的冬日」，然而即使對於自身有許多失望與懷疑，仍然隱隱地保有希望，希望自己保有追夢的純淨的初衷，一如「透明的夢正在緩緩升起」。

　　讀完這首詩可以感受到詩人的失落感，在一曲彷彿睡前播放著朦朧憂傷的輕音樂裡，在濃藍深海裡獨自低語的感覺。詩人以許多輕柔性的意象畫面，來達成這樣的效果。然而，在語詞的精準度方面，還可以更細膩，如第三段的「起伏未定的思緒／如雪，落地後都將成為／來年鬆軟濕潤的土」，雪落地後化為水，流入土壤，讓土壤變得濕潤鬆軟，然而雪水並非土壤，使用「成為」一詞易造成語意上的混淆，此處可再思考斟酌。

〈同居〉

　　第一段寫兩人關係的判斷失準，你誤認為他對自己是真心的，並且想延續這段感情，然而「你誤以為那些就是／全部，就是灼灼躍動的火／就是心」。

　　從詩中也可以讀出兩人關係的不平衡性，「你彷彿要低到塵埃裡去，不過卻沒有開出繽紛的花朵來」（此句出自於張愛玲「見了他，她變得很低很低，低到塵埃裡，但她心裡是歡喜的，從塵埃裡開出花來。」）。象徵心與靈魂的「鎖，鑰匙早就被他拿走」，明知將心交付

給他是危險的，仍然要像撲火的飛蛾那般情深，一如那象徵心的「鎖緊緊的銜住門縫／像咬著毒藥的刺客」，讀來令人感到無比虐心。

後來你開始意識到，兩人關係的不對等造成的傷害，卻仍然無法果斷選擇離開，「你們還是住在一起／他是主你是客」，在這段感情中錯放太多押金導致無法贖回，而無論離開或留下，這段感情你也「早就什麼都沒了」。

終於在大霧散去後的清澈裡，你不再猶疑，果斷奪回自己在這段感情裡被偷走的心與靈魂，「你才終於拿回鑰匙／鎖是禮物」，雖然失去了這段感情，但那些原先尚未投入這段不平等關係裡的你，早就保有了完整的心與靈魂。

在這首詩裡，詩人細膩地刻劃出兩人關係投入的不對等性，明知會置自己於險地，卻一往情深地交出自己的心。最後一段收尾處，雖是呼應了第四段的結尾，然而，對比前面幾段的細膩描寫，整首詩的最後一句以直述句來說明概念，也造成力度被削弱的情形。

〈沒有角的獨角獸〉

獨角獸——長著犄角的白馬。這首詩，可以從多個觀點面向來解讀，「犄角離開的那天／他聽見體內碎裂的聲響」，犄角是象徵愛情嗎？抑或象徵自我身上的特質，這個特質讓自己與眾不同，卻在成長途中被磨蝕殆盡所產生的失落？抑或有其他的解讀，我們可以從多個面向去思考，在這首詩裡，詩人讓讀者有多種的解讀方式與想像的空間。

失去了犄角（那珍愛的物事或特質）的獨角獸，也就不再特別了，外觀看來甚至與普通白馬無異，然而「他忍不住輕盈起來／曾經以為，那是他的全部／失去以後／沒想到還剩下那麼多」，曾經以為犄角是自己「生命價值的所在」，於是傾盡全力去保護它，然而失去

了以後，才發現其實那也只是一小部分而已。

讀這首詩時，讓我們看到彷彿在幽暗的濃綠森林裡，一頭孤寂的無角的獨角獸，獨自舐舐著自己傷口的情景。然而，詩人所刻劃的獨角獸形象，與我們一般認知的那種，潔白、高貴，完美又難以親近的獨角獸印象很不一樣，而是一頭平凡的、帶有傷痕的，失去犄角的獨角獸，牠顯化出來的形象，彷彿就是我們每個人靈魂深處的一部分。

然而，整首詩嚴格說來，還是屬於中規中矩的處理方式。詩中的意象如林地、月光、影子，用以描繪獸的受傷的形象，並無不可，然而這些意象較屬常用意象群，或可翻轉其語意使用，或可增添更新穎的意象群，另外，整首詩若能有更多描寫、擴充詩的篇幅，會使整首詩更為精彩。

〈撤退〉

全詩迴盪在一種憂傷的氣氛中，刀鋒溫柔撤退以前，已經切開了傷口。於是你只能看著血水從傷口滲出，回憶起過往，憶起那些清透的眼神與微笑，就像「長出銀鈴的花彷彿／快要滅頂」。

詩中出現的「浪」的意象，或隱或顯，頗具巧思：有象徵著往昔的美好回憶——白色銀鈴花的浪，而過往美好的種種如今憶起卻是令人無比難受，這樣的磨難使自己彷彿「快要滅頂」。第四段出現的「綠色的浪」，或許是形容綿延道路兩旁的灌木叢，型態如同浪一般。綠色色彩與海浪的結合，給人一種恐懼逼迫之感，下一句接的是「向前的步伐踏得像是後退」，也符合詩人所營造出的語境。詩人描繪出想往前走忘卻傷痕，卻又被那綠色的浪，處處夾擊的窘況，彷彿「每走一步口袋就掉出／日子，那些發著光的過去」。

讀這首詩時，可以感覺到，其中有一種暫時無法直面傷痛，想躲

到黑暗穴洞裡療傷的感覺，傷痛來得太過突然，令自己不知所措。然而，詩裡卻也讓我感受到，那種堅毅火烈的念想，已經退無可退，索性「站上最靠近的崖邊／跨出去以後，就可以遺忘的／更徹底一點」，更可以讀到那一往情深地全然投入，曾經他是你的全世界，於是「他離開的時候／全世界都跟著撤退／獨留你占據的那塊礁岩／在一片沙漠裡獨立」。這裡的「獨立」一詞乃是詩人的巧思之處，既指一個人「單獨站立」在沙漠、也是指從今往後的「無所依靠的孤立」、又指生活上必須「不依靠他人而自立堅強」。

最後一段的描寫，十分細膩，詩人寫道「像翻起的瘡口裡／最頑固的那塊軟骨。」描寫那放不下的傷痛與執著，相當傳神。

尋覓肉體但找到詞語

——初探曾貴麟詩作

蕭宇翔

詩人

一 前言

第一次讀完貴麟前期與近期的詩作後，想起奧地利詩人里爾克一首名詩，寫豹，其憂鬱和精湛的比喻恰好直指貴麟詩作的某些特點。那寫被柵欄所包圍的豹：「覺得好像有千條柵欄／而柵欄後面沒有世界」[1]不妨將這情境比喻為貴麟詩中的現代主義傾向，一種情感的原初型態正處於「被觀賞」的狀態，美學的限制使它收斂，顯得憂鬱而淡漠，但其中的勁力卻是勃發而強勁的——正如下一段所寫的豹，「在最小最小的圈中旋轉／像一種力之舞環繞一個中心／在那裡一個偉大的意志暈眩」[2]這便是貴麟詩中所擴散而出的力道，並非是直接而是積蓄，並非是肌肉而是肌理，屬於隱諱但又源源發自中心。

貴麟給了我一份前期的詩稿，共五十餘首的集結，使我得以觀覽其詩的全貌，且若暫將《人間動物園》視為近期詩作之集結，則有了明確的界線，在時間軸上為這篇論述切開粗略的第一刀，以現脈絡。

1　出自德國詩人里爾克的〈豹——在巴黎植物園〉，譯者為林克。
2　〔德〕里爾克著，林克譯：〈豹——在巴黎植物園〉。

　　此篇將以時間軸之切分為基準，梳理貴麟詩作的變化與走向，雖然詩往往不是線性發展，而是核心的擴散，但在一個詩人的前期，枝幹往往有其延伸、萌芽的輪廓（這是所有生物的生長期特徵），將之加以描得更粗厚，則能夠使得無法言喻的方向變得可見，這是論述的主旨；其次，將枝枒勾勒出形貌，延伸其葉脈之細微，將是論述的內容；最後，此篇將敘述貴麟詩作中重複出現的一些意象與要素，歸納詩中母題，及其處理手法，將作為論述的收尾，使讀者在美學的層面上能感應其詩歌的風格與氣象，是所期待的成效。

　　由於個人能力有限，廣面與深度必將有力所不及之處，敬祈忍恕。

二　前期

　　在前期，詩人很早就建立了自己的寫作體系，許多延伸的枝枒在其後的詩作中也得到了補充與擴展。首先，明確的書寫傾向可見一種「詩人的主體意識」，在〈意識體〉這首詩中，詩人人格的形塑伴隨著語言的形塑，剛剛開始：

　　　　那種感覺就像在孵化些什麼
　　　　它一開始只是個幼兒
　　　　然後慢慢膨脹
　　　　逐漸有了模糊的輪廓
　　　　偶爾占據這身體的主導權

　　　　它私自與許多類似的靈魂共鳴
　　　　它的掌印已經足以握起筆將
　　　　瞳孔之外的世界
　　　　重新著色

這是詩人非常早期的詩作，但立即確鑿了一種世界觀的建立，以及美學上的獨立自主，而必然的孤獨相應而至。對這孤獨的深思，他則這樣寫：

> 我相信
> 孤獨將不會再是平凡而煩悶的孤獨
>
> 而是以另一種形式
> 鑲上靈性的個體
> 將整個人群
> 放逐
>
> 我殘喘的相信
> 這是詩人特有的權柄

孤獨往往作為自我與群體衝突的副產物，然而，這裡的孤獨起了特殊的轉化，而變為某種主動、自發的價值，使得詩人得以「放逐人群」，孤獨成為一種「權柄」。至此，我們注意到，這詩人意識並不單薄，而是提拔到更高更廣的層次上，除了對孤獨的探討外，也反映在詩人在作品中對於語言本身的創造性。

且看依然屬於前期詩作的這首，〈遠〉當中的一段：

> 有人吹泡泡有人刺破泡泡
> 有人在夢緣上作詩
> 有人用論述性言語說穿這模稜兩可的空間
> 於是大家都清醒了

「夢緣」這個詞完全是新創，可見詩人對於語言邊緣的創造性試探，對於不可言述或如夢似幻之物的著迷與逼近，這種裂解再重構的靠近方式，以朦朧貼合朦朧，卻使得重疊之處的顏色顯得更鮮明、清晰，使得語言發揮其本身的效力，使萬物獲得立體，以及結晶體般的多元反光（譬如，夢緣的緣，既同時指涉邊緣，也指向緣分，或更多），語言的使命再現為詩人的使命，這即是一種強烈意識。同樣的風格也可以在這首〈時光辭海〉中發現：

> 剩下的空白頁面
> 陸續被新創的語言填滿
> 縱使人類的衰老已成定局
> 我們線裝的歷史
> 永不絕版

在此，詩人更將語言史和人類史作了平行的對照，文明正在衰老，但語言卻不斷更新、湧注，由此可見，詩人對於詩歌已深入為一種信仰，是與日常生活並置的另一套世界觀，以精神嚮往的形而上視角來關照生活。因此，詩歌不只是現實的反映，而是另一種現實，甚至更加有機。然而，詩人對於詩歌本身的思考，出乎意料地，還有更深一層思維，以一種後設手法，將「詩歌創作的狀態」，乃至「詩人」本身，作為詩中被討論的客體。

舉例顯得清楚，請看這首〈審判日〉：

> 法官說：
> 「你謊稱一個
> 未曾有過的國度

在疆界裡擅自獨立
虛構眾多沒有姓名的人物
並與他們私歡
交媾出
虛虛實實的
愛情

遊說路過的人們
探訪你偽造的地方
一同憂傷與嘆息
尚未親臨的
憂傷與嘆息

你吟遊的故事
穿越許多人
與你偶遇後變成了
現實中的失蹤人口」

一連串的指控過後
我沒有想反駁的證詞
只是拿捏著與這首詩
最曖昧不明的距離
下結尾

詩人虛構了一個法官的角色，來審判詩人自身的虛構行為，然而我們
知道，在此局外，一切指控皆屬詩人的自白與自審。最終，詩人放棄

辯駁，而是以俯瞰視角跳脫整首詩的格局，以「曖昧」本身結尾，作為對起初「曖昧之指控」的反擊。這首詩反映出詩人除了意識到自身的角色之外，更有著對於此角隱性的掙扎。這激烈且確實的控訴，詩人以無聲勝過有聲作為回擊，實際上卻透露一種悲觀傾向──對於詩歌的虛構性，詩人能如何為自己辯論？

至此，貴麟已經充分展現出了其詩作的初步面貌，僅僅是探討詩人自身這個動向，便可引發無限前路。

詩人擁有無數細緻的情欲卻不可言述，詩人對於不可言述之物感到興奮與好奇（這不正與愛戀極其相仿嗎？），詩人的興奮與好奇使得詩人確信，孤獨不只是煩悶的孤獨，孤獨成為了特權，用以放逐人群。正如愛一個人，有時是要抗拒全世界的，在其他詩作中，貴麟每每將寫詩與愛戀疊加於一，卻又大於一，然而這勃發的潛力尚未完全顯現。但將在其近期詩作中嶄露鋒芒，以非常刺眼逼人的方式，同時兼溫柔與殘酷。

三　近期

在詩人近期的詩作中，種種風格則彷彿油畫技法，被賦予更豐富的形色以疊加。在探討詩歌語言本身、後設處理等基礎上，延伸出對文明與歷史的思索，疊入身體感、動物性，甚至鄉愁等等色彩。與其將這些色彩認作是混同後的顯影，不妨抽離出來一一視之，才能掌握其景深與當中的複雜性，因為每一點都能是一座帝國而非附庸。譬如動物的元素即是《人間動物園》整本詩集核心的展開點，作者自敘是一種「獸型面孔」，以各種動物的面貌作為敘述體，道出一連串主體的告解、祈禱與綿綿情意。每一個動物都蘊藏不同形象，這自是廢話，然而在其詩中，每一個形象又幻化出不同的語氣和表情。復又，

即便這些萬象是如何繁雜，但卻繞回一圈，直指一個倒影，那就是詩人本身。詩人是隱藏的，是萬千肉身（以及情感）所共享的一個影子，影子本身是沒有面目的，它的面目就是萬象的疊合。

除此之外，身體感、文明與歷史等等，都還能抽出再述，尤其這些元素都還承襲了詩人前期的質素，梳理其流線將會相當有趣，苦於篇幅有限，只能先置之於篇外，也考慮到其詩豐富度之展現，不妨轉向，展示詩人近期詩作的風格蛻變，以及新元素的出現。

在近期詩作中，有許多反覆出現的母題，包括孤獨、童年的回憶、瞬間之捕捉、未完成狀態的哀歌體裁，可見詩人對於生活中的遺憾有著敏銳的感官，並有意化為文字，轉化的方式包括：行旅、書信等意象的擴散，以及虛構、自我族群化、後設等方法，繼承了過往的寫作慣性，卻也找到了新的運動法則。

大部分特徵，只要將幾首詩平行排開，就能清晰地發現，譬如以下。

請看第一首：

> 該如何敘述一本失物，展現
> 焦急尋獵它的企圖
> 約莫是午後班次，第三車廂靠窗
> 放置座位前方網格
> 夾著零食、餐盒與旅遊指南[3]

及下面這段：

---

3 曾貴麟：〈一本未拆封的詩集——寫給未曾抵達的行旅〉，《人間動物園》（臺北市：聯合文學，2019年），頁34-35。

備受期待已久，但尚未拆封的
詩集，被遺落在海岸線的列車
由於素未謀面
對於內文的無知，而變成
一本無限的詩集[4]

和另一首的第一段：

整個下午我們都在解釋
關於寫封回鄉的信：用整個童年當索引
換取日期成為主題？[5]

與最後一段：

下午時光逐漸被攤開、平放
作品完好如初
鄉愁像是剛從日常生活中出走的外遇
盛大空前的體驗尚未被發掘
那般緊張、喋喋不休[6]

同質之處是，兩首詩都以一種「書寫的進行式」為開端，依序展開對
於某種遺憾狀態的補足與敘述，或者，甚至，補足與敘述之疑惑與不

4　曾貴麟：〈一本未拆封的詩集──寫給未曾抵達的行旅〉，《人間動物園》，頁34-35。
5　曾貴麟：〈家書──給年輕、初生，誰也回不去的家鄉〉，《人間動物園》（臺北市：
　　聯合文學，2019年），頁124-126。
6　曾貴麟：〈家書──給年輕、初生，誰也回不去的家鄉〉，《人間動物園》，頁124-126。

可能，都能成為書寫的內容。詩人似乎並不衷於完成的狀態，也可以說，詩人抗拒完成，無論是如第一首，對於「閱讀」；或第二首，對於「書寫」，詩人一致傾向於未完成，不去完成，而處於一種奢侈的閒置，正如散文家安妮·狄勒說：「創造來自奢侈」。

類似的概念在下面這首詩中，顯得更為突出而集中：

> 當思念逐漸被黃昏收編
> 越縮越單薄，僅剩影子
> 採摘老成的作物
> 對於孤獨都還敘述不足
> ……
> 訣別的細雨是季節的漏篇
> 只等待最後一次產季
> 採收捲耳，寫滿詩的原文
> 離別是不忍用的典故
> 致彼此太過漫長的行旅[7]

節錄的是〈捲耳〉的頭尾兩段，我們可以發現，在詩的結構上，詩人並非採用辯證式的推展法，而更相似於繞迷宮一圈之後的狀態，一種暈眩的永劫回歸。不求結局的完美或頓悟的圓滿，而更近於一種無助狀態，也更近於現實：人之本性。敘述孤獨是不可能的，接受離別也是不可能的，所能做的僅是向對方致意、致信，任生活置我們於荒涼地。

---

7 曾貴麟：〈捲耳〉，《人間動物園》（臺北市：聯合文學，2019年），頁90-91，截頭尾兩段。

　　基於篇幅，如果要再談最後一項特徵的話，那必然是詩人對於新潮用語、流行語、年輕詞彙的運用，這也是詩人思考語言本質，在打破與重構的實踐上，所具體呈現的新方向。最明顯如這首〈訊號微弱〉[8]：

> 基地臺散播歡樂散播愛散播穩定的WIFI
> 網路是商業主義的延伸也是百無聊賴的延
> 伸其實我的LINE都是我的貓在回的／
> 升降電梯門即將關上訊號微弱處在一座孤
> 島目前偵測不到網路訊號我養的貓叫大郎
> 在我寫書法的時候一直跳上來／
> 從視窗偷窺你斷網後你就是鬆開手便漂走
> 的島門一關上展出就開始了色塊暗示密室
> 成立你在一種狀態你正存在／

此詩將斷句的形式打破，善用語言轉承間的縫隙，將意義串聯或割裂，產生延續與延異，在蒙太奇式的畫面跳接中，聯想發生而又瞬間打亂，如同網路帶給人的體驗本身，渴望連結的趨近，苦於連結的遠離。究竟網路是使人更親近於人，或相反呢？詩人暗示答案，最終推導向網路時代的存在主義思索，在沒有網路的密閉式金屬空間中，人彷彿才能好好思索自己的存在狀態，而脫離一種漂浮、亂流、串接的不穩定感。

8　曾貴麟：〈訊號微弱〉，《人間動物園》（臺北市：聯合文學，2019年），頁22。

四　結論

　　貴麟的詩作是一座動物園，如他自己所呈現，然而當中路線宛如迷宮巷弄，互相連通、隱藏、延伸，且尚有許多未竟之室等待我們闖入。

　　在貴麟開放《人間動物園》時，時任東華華文系主任的須文蔚老師，也曾擔任動物園的剪綵者，在入口處站臺發言，引用了俄國詩人布羅茨基的一句話：

> 對於一個詩人來說，他的倫理態度乃至他的氣質，都是由他的美學所確定、所定型的。這一點可以說明，詩人為甚麼總是發現自己與社會格格不入。[9]

這段話說明了貴麟詩歌美學之一貫，及其獨立孤獨的壯烈程度。然而未盡之處是貴麟詩中的某種灼熱本質，或得補上同樣是布羅茨基的這段話，才能稍稍說明：

> 促使你寫作的，與其說是擔心你那會消亡的肉體，不如說是迫切需要你的世界——你的個人文明——中的某些事物可以免於陷入你自己那非語義學的延續性。[10]

　　與其說貴麟在寫詩，不如說詩歌是手段，為了保存他自己的個人文明，免於如亞特蘭提斯在時間浪潮下的滅頂之災。而詩歌作為保存

9　曾貴麟：《人間動物園》（臺北市：聯合文學，2019年），頁10。

10　〔美〕約瑟夫・布羅茨基，黃燦然譯：〈文明的孩子〉，《小於一》（浙江市：浙江文藝出版社，2014年），頁102。

手段有著那麼勃發且永恆的效力，貴麟是很早就知道的。

　　而上述布羅茨基的這段話，還有後兩句名言流傳至今，其對於藝術的描述，將使我們更為明朗地聽見貴麟詩歌內核所震盪出的音頻，他說：

　　　　（藝術）是一種心靈，尋覓肉體但找到詞語。[11]

這尋求與轉移的狀態，不正如貴麟的詩歌，在我們面前擺放一張張面具，戴上它們，將逕直走入一個個心靈。貴麟不也寫了「裡面是人間／外面是動物園」[12]這樣的獨白嗎？我們看見一個異化且孤獨的個體（如我們當中的每一個）行走在充滿錯置與取代的文明快景中。而與其苦苦追求穩定，貴麟的詩指向著另類方向——不妨在漫天的混亂中潛入瞬間的激情，不如將肉體化為詞語，將疼痛建成一座荒廢待發掘的文明，獻給尚未顯現的，自遠方遙遙走來的，旅者的身影。

---

11 〔美〕約瑟夫・布羅茨基，黃燦然譯：〈文明的孩子〉，《小於一》，頁102。
12 曾貴麟：〈象說：受困於裝幀的獸〉，《人間動物園》（臺北市：聯合文學，2019年），頁32。

憂鬱成海的圖書館員

——讀蔡維哲詩

謝　銘

詩人

　　他的所思所想常常非以獨白，而是以故事方式甚至是塑造一個人物來特意呈現，就像孜孜不倦建設自己圖書館的管理員。我們看到的故事，或許也是他隱晦的日記。

一　在地球上

　　讀蔡維哲的詩，讓我想起卡爾・雅斯貝斯在《時代的精神狀況》的導言所說一句話——「每一新的一代都是如此。他們面對毀滅的前景戰慄不已，同時卻把某一較早的時期看做黃金時代」[1]這段話主要描寫十九世紀時歐洲的混亂。當時，保守者以為宗教改革會讓上帝拋棄自己。再者，一八三○年的七月革命挑動著體制國脈的敏感神經。民主以無可抵抗之勢崛起，而當時，許多人又把民主看做「蠻族入侵」。人類建構的文明彷彿風中殘燭。他們不由自主想起三世紀中葉

1　〔德〕卡爾・雅斯貝斯：〈導言〉，《時代的精神狀況》，網址：http://ikan.qq.com/bk/xx/xx20017/read.html?bid=25926819&uuid=2。

降臨在羅馬帝國的災禍，繁榮、自由、文化及科學將一併終結。

　　蔡維哲對置身的時代亦懷抱某種焦慮，他在〈城外鏡〉說：「而我站在中間／剛好比鄰柏油和泥土、冷氣和燥熱／玻璃和山岩、／爆炸之後和點燃之前」；「憂鬱成海／島中鏡面回憶／暫留祂哀傷的不久之前／見證我們哀傷的裡面／和杳無人煙的外面」。〈音樂會上的祖靈祭〉他又說：「偉大的祖靈，請問您在哪裡？請您歸來！請您歸來吧！就算是踩踏自己破碎的化身／也請捎來口信／／『那彩虹之上／是否還有我們的家鄉……』」。而〈我們不敢〉也再次抒感：「大地確實妥協了／姿態曲折且不可言語／更加及更加迅速的被踩踏／但我們不敢生病／我們不敢」，與一八三〇年位於現代化進程的歐洲不同，二〇二〇年位於後現代的解放列車，雖然說兩個時代有各自的命題，然而當今的我們，內在徬徨的依舊徬徨，相較於十九世紀，更是背負他們欠下的債，也就是自然反撲的業障。

　　蔡維哲對自然環境的關懷，除了上述詩作的內容，印象深刻還有他某次在讀詩會分享的關於土石流的作品，奈何手邊恰好沒有文本，無緣引薦。蔡維哲對環境議題的興趣，我想，從他的背景可見一端。蔡維哲畢業於臺灣大學「生物環境系統工程碩士」，這科系的宗旨，在於利用工程手段平衡人類與自然的關係；而他目前在水利署工作，窩居於石門水庫旁辦公。提到蔡維哲工程師的身分，就不得不在提一下在《時代的精神狀況》看到的另一段話，那是雅斯貝斯引述司湯達一八二九年的話：

> 在我看來，在一個世紀之內，自由將扼殺藝術的感覺。那種感覺是非道德的，因為它把我們引入歧途，引入愛情的狂熱，引入懶散和誇張。如果讓一個有藝術氣質的人去負責開鑿運河的工程，那麼他將不是以一個工程師所特有的冷靜理智去工作，而會這樣或那樣地把事情弄糟。

看到司湯達的舉例我抑不住地竊笑，他表示不能讓「有藝術氣質的人去負責開鑿運河的工程」。我們再看蔡維哲在一篇詩稿後附上的自介（似乎是他某次讀詩會所用的電子檔而忘記刪），他說自己是：「旋木，本名蔡維哲，畢業於臺大生工所，卸任讀詩會總召及工程師」。目前管理水庫的他，相比開鑿運河也不遑多讓。而他，一個寫詩的人，卻是如何使他工程師的氣質轉化於詩？他又是否切分兩者，使之互不重疊？目前的觀察，僅能確定這讓他在意象選用或作品主題上的偏好，其他有待觀察。而蔡維哲詩內特重於旁觀者視角的非主體抒情性的書寫特徵，如〈論資訊溝通之留變及影響〉、〈認真向上的政治〉等作品，甚至說是帶有點「科學性」的論述感的詩作，相比於將此歸咎給工程師身分的影響，我更傾向那是知識分子的論述衝動，還有當成蔡維哲詩藝發展到一個階段的產物。好比藍藍所說：「好的詩歌會讓渺小的個體和廣大的世界發生聯繫，把巨大的自我慢慢縮小，讓世界進來」——這次維哲傳給我的作品已非他早期關注於個人性的情詩系列，是將巨大的自我慢慢縮小，而將世界引納至的另一個階段與嘗試。

二　擅設路障的詩人

我在一場演講聽騷夏說，她年少寫詩，是為了不被家人看懂——把詩當作日記，迴避了散文化被窺視的危險，仍然能排泄情感。但詩是誠實的，你寫出來、公開、被當作文本，即是把一部分的你暴露於眾，也是公然邀請人分析自己。所以，用詩與世界對話的人的意圖為何？究竟想被理解，或是躲藏？讀者經由詩人的文字，想要接近詩人，這不是條輕鬆的路，而蔡維哲，更是詩人中極度擅設路障的那位。

我與蔡不常碰面，多在讀詩會看他的詩，來來去去也不過數首，這次為了介紹他，便向他索要詩稿。在一列文件的開頭，有六首標註

為「妖怪系列」的作品，是他近期的成果。分別是：〈我知道你不存在〉、〈城外鏡〉、〈輕重〉、〈霄花〉、〈離散童子〉、〈雙生〉。略讀一遍，當下以為那是對妖怪傳說的翻寫。〈霄花〉這麼起首：

> 祁山懷古的丑時
> 四更，紫色襤褸輕薄的雲裳
> 扭腰纏上玄衣亙古的塔
> 蛇瞳蕭瑟
> 塔裡鎮壓風雷太上的思想
> 哀傷裸身的洪荒
> 水照月光

塔與蛇，讓人直覺聯想起《白蛇傳》。《白蛇傳》那怕幾經修改造成多個版本留傳，這些故事卻同樣包含了依金山而建的金山寺，與《白蛇傳》令人印象深刻的反派──金山寺法海和尚。話本中的金山寺位江蘇，於然而蔡詩〈霄花〉內的祁山位於甘肅；那座祁山啊，最廣為人知的故事乃《三國演義》諸葛亮的「六出祁山」，而我也搜尋不到與蛇妖有關的傳說。於是〈霄花〉背後的故事便無法探明。乍看之下，蔡的「妖怪系列」詩都有相對應的故事，然而我依詩句內看似描寫情節或妖怪特徵的各種線索進行搜查，也總找不到相應的內容。這樣的矛盾，特別突兀於〈我知道你不存在〉、〈離散童子〉、〈雙生〉等篇章。

　　〈我知道你不存在〉、〈離散童子〉、〈雙生〉，題目隱隱透出詭譎之意，彷彿各自指向某種妖怪。雖然〈我知道你不存在〉與〈雙生〉，並不像〈離散童子〉直接為內容中的妖怪具名，卻留下不少劇情，與看似線索的筆墨。且看〈我知道你不存在〉起首：

長廊日斜堆滿餘爐

分秒的碎步隱隱然綻放

花／手搖曳、搖曳

半張臉攤開

在掌心笑彎了眉毛

融化、另外印製半邊無可視的自己

孤獨之外沒有別人

詩內的「花」，如果承接了前一句「分秒的碎步隱隱然綻放」，則可以當作純粹的描寫，是具象了時間分秒流逝所造成的質感；卻也可以與下文「手搖曳、搖曳／半張臉攤開／在掌心笑彎了眉毛／融化、另外印製半邊無可視的自己」的語句相連讀，看作這位故事內某個關鍵情節的轉寫。再結合「黃昏、長廊、孤獨之外沒有別人」等元素，彷彿講述了一個只在黃昏出現的妖怪。這妖怪在傳說故事裡較為重要的場景是「長廊」。而它每踏一步，就讓身旁的植物綻放。那些攤開的花瓣，看起就像孤獨的它對你伸出的手掌。而那些花瓣色彩鮮豔卻又透著萎靡，就像用微笑面具遮掩內心虛無的它。

　　蔡的詩句讓人分不清是抽象描寫或是實際寫景，除了妖怪主題本身的蒙蔽效果──讀者難以區分異相是妖怪出場時的特殊波動，或那單純僅是詩人詭譎文字的渲染；就此段落，蔡更利用「／」（斜槓符號，可以間格在散文敘述中引用的詩句之間，以表示此處詩的句與句是分行的。而此段「花／手」卻較像一般「or」的用法）使得花與手兩意象互通，造就了詩句解讀時的曖昧。

　　然而蔡操弄符號所造成的混淆，不光體現在標點之上，他更善於利用角色與人稱來誤導讀者──瀏覽蔡的「妖怪系列」，便發現其中除了〈城外境〉、〈我知道你不存在〉，其餘的詩作的敘事人稱都沒出

現「我」。〈城外境〉帶「我」的句子如下：「而我站在中間／剛好比鄰柏油和泥土、冷氣和燥熱／玻璃和山岩」，此段話的主旨確實是第一人稱的表述，用於講述「我」所處的情境。〈我知道你不存在〉帶「我」的句子則是：「易容虛無的你／也不存在被赦免的事實／夢中生滅不會存在／我知道你不存在」，此處的「我」卻不是此段敘述的主角。此處的我更像小說第一人稱視角的作用，此時的重點或許不是「我」這角色，而是透過「我」的視線所觀看的世界。〈我知道你不存在〉這首詩裡，「我」更像是為了敘述「虛無的你」而存在。再結合「妖怪系列」詩諸多第二人稱「你」的使用，或實際具名的「離散童子」、「霄花」等使用，便造成了某種錯覺——即是蔡的妖怪詩內較少詩人主體「我」，而是著力於客觀對象的觀察「你」、「他者」。

但問題是如此單純的嗎？

我們可以把「你」、「他者」的敘事人稱，單純地當成作者對客觀物的描寫，而不包含作者的抒情嗎？當然，每則敘述都是現象的再詮釋，其中必然包含作者意識。然而相比於第三人稱「他」，同樣作為寫詩的人，在我的創作經驗裡「你」比「他」更容易被詩人當成「我」人稱的代換。我們對「他」較容易旁觀，對於「你」卻暗藏了與之對話的「我」的向度。我的寫作經驗中，某時候會以批判、分析、憐憫的角度書寫「你」，但那不過是一種容易面對自己的視角罷了。寫作時對「你」說話，也很可能是對過去的自己、或是不願被別人看見的自己說話。恰好，蔡維哲的妖怪詩在地具名角色的篇章〈霄花〉、〈離散童子〉內也都包含了「你」的人稱。

此外，〈雙生〉內「影子」的象徵，其實有《地海巫師》式的內涵。《地海巫師》尾聲時主角格得在海上追逐敵人「黑影」，在海域盡頭處兩者浮空互望，格得稱呼「黑影」為「格得」，他們重新合而為一。蔡維哲在〈雙生〉這樣寫：「彼來從來從我習慣的樣子／你我分

裂生殖」；「但都對散落流理台的蛋殼飽含歉意／那是殘次的自己」。不僅如此，〈輕重〉雖然沒有出現第一人稱「我」，但「最後疲憊地踏上／前往月球的班機／這裡／交通混亂但秩序」顯然是詩人的自白。於是發現妖怪系列或許不是僅僅是妖異現象的記敘、妖怪傳說的轉寫，這些內容或許隱含了蔡維哲某部分的抒情。然而維哲為什麼要將這些感情以「妖怪系列」冠名甚至是掩蓋呢？或許在於其中包含的情感較「妖」，此妖或許解讀為妖異。但更深入討探就必須更全面閱讀蔡維哲的作品以找出他「妖怪」內容與其他詩作的重合異同來定位其創作座標了。而他的「妖怪」系列是否會有情詩誕生呢？我拭目以待。

　　蔡維哲的詩作不好解讀，多有異於平常的句式出現，更是多有佳句，如〈離散童子〉：「花瓣飄散在無限遙遠昨天的牽掛／而今天無限的花萼」；〈雙生〉：「佇立冰原中心／影子演化為綠洲／你在倒數第二節消失」……等。蔡維哲詩作的詞語緊緻，常以詩意語言高密度濃縮情節。他的所思所想常常非以獨白，而是以故事方式甚至是塑造一個人物來特意呈現，就像孜孜不倦建設自己圖書館的管理員。我們看到的故事，或許也是他隱晦的日記。

二〇一九風球詩社詩選集《航海家》

無星的夜裡我們讀詩

──讀詩會實錄

陳　琳

詩人

讀詩會實錄前言

　　會加入風球詩社始終是一個意外，應該說，沒有經過太多思考就本能的「好我決定要這樣了」的決定。每個月的讀詩會，總會有一些新面孔，在沒有談論作品時我們輕鬆閒聊，但一翻開作品，往往會進入另一種不同的氛圍中。

　　如果寫作是在無星的夜裡，獨自向前，那加入風球詩社後遇到的其他夥伴，便是一路上透過各種不同物品所獲得的隊友。我們這群深夜不寐的，不論是真文青還是只是無病呻吟的過度自憐者，都在這條沒有明確指引的路上相遇，並且開始向前。

　　然後不知不覺，某些隊友身上散發出來的獨特光芒會隱隱的透出星光，召喚更多迷惘的人，在文學的路上持續向前。這一次的評論，會挑選一些我個人所喜愛、認為他們身上透出獨有光芒夥伴的作品進行撰寫。

　　也期許我們在無星的夜裡，都能持續以穩妥的聲線朗讀文字，就

算最後終將走向不同方向，卻也都還記得：在那樣一個無星的夜裡，
我們曾經一起讀詩、一起掏心的寫出血淚。

貴麟的作品

　　首先，是貴麟的作品。他的作品給我一種不斷追尋的游離、迷惘
之感。從一開始的〈夜間公路〉、〈游牧遷移〉呈現出自我認同、定位
的游離，接著〈鯨語〉開始發現自己真正的模樣，而後來到〈日記〉
中，回憶往昔，最後則是〈書店　致我素未謀面的讀者〉，透過想像
作品被閱讀時的體驗，寫出作者與讀者的互相溝通、理解的過程。

　　在〈夜間公路〉與〈游牧遷移〉裡，雖然都是呈現出認同的游離
感，但〈夜間公路〉所呈現的更著重於內心的迷惘，而〈游牧遷移〉
則著重在一段關係裡的離開。〈夜間公路〉中先是藉由噬煙者，描寫
不論在何時，皆無法隸屬於哪裡的感受：「即使是這個時候，進入深
夜的眼睛／再也沒有月亮／替這星球收編」，而後則是將彼此比喻為
游牧的僑民，只能摸索回故鄉的道路，而無明確指標，最後以這句：
「在脈絡更遠的地方，總愈／趨近記憶的骨骼。」隱隱地指出，若要
找到在夜間回家的路，只能在離記憶遙遠處找尋，那最終，到底有沒
有找到回家的路呢？或許是有的，因為主角內心「仍匿藏的孩童」，
所想的依舊是「被找到後」要訴說的事。

　　接著，〈游牧遷移〉藉著大象、長頸鹿，以變魔術的過程，描寫
兩人在關係初始時，相互刺探的過程：「不，你必須先把內部的／那
頭象，先取出來／（於是你伸手／刺探沒有底的深處）」。但相互刺探
時的小心翼翼，卻比後來，將要離開時的割捨還要輕易許多：「難度
在於如何／如何把你取出房間」。詩人在最後或術／變走自己的眼
睛」。

　　當自我的迷惘、定位漸漸明朗後，〈鯨語〉描寫的則是對另一個自己的認同，以鯨魚的五十二赫茲為引線，開啟了與內心寂寞相互對話的過程：「拍拍，睡吧鯨魚，即使你還沒對誰說晚安」，在對話的同時，也質疑這樣縹緲的寂寞是否真的存在呢？「但這個時代是如此，訊號充足的地方／才算存在（那你是否／在場？在這張開巨大的眼睛）」在沒有辦法將寂寞與他人分享時，寂寞到底是否依舊在場？詩人在現今快速的網路世界中找尋能引起共鳴的其他聲音、其他寂寞的鯨魚，但卻開始質疑這樣的找尋，不斷的訴說內心的寂寞，是否有意義？但其實是有意義的，因為在不斷訴說的過程裡，才能確知自己的形貌：「回音證明你的內耳裡／居住著龐大的自己」，在確知了自己與內心寂寞的存在後，也才能開始接受自身，在冬日早晨的陽光裡，「你終於浮出海面」。

　　在認同了自己心中的寂寞後，詩人以〈日記〉描寫往日的回憶，透過寫日記的過程，召喚幼時的自己，以及某部分的事件真相：「你有權保持沉默，但所有傾訴與洩漏／都將成為證詞，真相在字語與記憶相辯」。而過往收藏、掩蓋起的秘密，也都在敘述的當下，在「你」前來的時刻，重新經歷一次。或許也會有人認為不斷的重溫回憶，往往都是徒勞，畢竟不能改變任何的事物。但詩人卻在最後，認為每一次的重新涉足，隨著記憶的線索找尋，都是有意義的：「足跡沿著流水來向，草本的遞進／重返當時，持續經歷、新譯的當時」，每一次的重返當時，都是為當時賦予了新的意義。

　　而最後，當完整了自身的回憶、寂寞、定位後，便產出了作品。因此詩人在〈書店　致我素未謀面的讀者〉中，寫出了寫作者想像讀者閱讀時的畫面、體驗。先是以「巫祝」、「儀式」為喻，為閱讀的過程拉開序幕。而詩人也想像，讀者或許會和詩中的女主角（不論真實或是虛構），產生某些溝通、模仿。但其實這些都是詩人私人的感

情、故事，但卻也可以同時是讀者的，「雖然那是我的命運但也是你的／我與你隔著走道，相互被攤平、翻閱／逐字宣讀，被剛經過書店的神」。當作者與讀者相互閱讀、理解，先前種種糾結的自我質疑、對寂寞的懷疑等等，或許也就找到了能共鳴的人，進而相互治癒吧。

　　雖然這幾首作品描述的主題不盡相同，依舊可以感覺出貴麟詩句中，那分共同的、期盼被理解的心情，如深海裡潛游的鯨魚，緩緩游過日常中每一個景色，並在適宜的時刻破水而出。

宣頤的作品

　　宣頤的兩首作品〈長途〉、〈組曲：天空的眼睛〉，恰巧都是以注視、觀看作為切入點。

　　在〈長途〉這首作品中，詩中的「我」與「他」相互注視，展開了一段有趣的過程，一開始，是「他」的視角，描寫在醒來的前一刻，所看見的「北方清冷的長浪之地」，而後他才知道自己是流浪的人，沒有「直視銀河的眼睛」。接著是「我」，在南方的所見之景，而也與前面提及的他相同，在醒來的前一刻，目睹了疲憊的人，而這個疲憊的人是誰呢？後面的段落便揭示了答案，疲憊的人便是那個「他」，正沉睡著，同時也乘著木筏，不特地要去哪裡，畢竟這個「他」也是個流浪的人。

　　而後，「我」在醒來之前，彷彿也看見了一場夢境，「彷彿看見那場／荒涼的長夢」，在這場夢裡，「他」與「我」第一次有了交集，這個流浪的他，其實也在他的夢裡、模糊的意識裡，「想及若有人／自某處遠遠望見」。在整個過程裡，都沒有提及為什麼「我」會看見「他」，又是為什麼會有這樣一場長夢呢？但在「我」與「他」的相互觀看之間，讀者也可以看出，他們同時也都在觀看著自身，如：

「他知道自己沒有／直視銀河的眼睛」、「目睹疲憊的人脫去船的外衣／水流牽引著他——如牧童牽領／一群溫順的羊」，在不斷的觀看自身、觀看對方的同時，這個「我」與「他」的界線也就不需要那麼分明了，畢竟在生命的長途裡，若也能有人能遠遠的看見自己疲憊的模樣、維持著舒適的距離，也是一件令人聊感慰藉的事了。

在〈組曲：天空的眼睛〉中，則是以樂曲的命名方式排列詩作。在序曲、暮歌、間曲中，不一定可以看見明確的「天空的眼睛」的模樣，但卻可以看見在天空之下生存的人、動物，以及發生的種種事件。

首先，〈序曲〉描寫了一個冰冷的情境，一開始推箱子的老人，接著在看似許多人的街道上，行人們卻是：「迴避彼此的手肘，環繞冰冷的／擁有一千種面容的幼童」，最後，則是一個年少的父親，想起自己曾疏離冷淡的，看著一整個下午紛擾的人群。看似全然沒有天空的出現，但其實這樣子疏離的、第三者的視角，不正是天空的視角嗎？而最後的凝望舉動，也隱隱的和後續施作有所呼應。

〈暮歌〉所描寫的情境承接著凝望而來，詩中的「我」目睹了時間流逝、在天空裡映照出來的未來影子、在天空之下的蒼都城、在城市裡人們的形狀等等，一切都顯得蒼白且了無生氣：「整座城市成為了一座巨大的荒原／他們薄脆的軀殼／正在曲長的落日裡／往一座座安好的床被靠攏」。但在最後，卻出現了一隻狗，掙扎著跑向他方，縱使拴著鐵鍊，也仍給人無限的狂野，就像「一隻仍在奔跑的灰狼」。這樣的營造，除了讓人對最後的狗印象深刻外，也使讀者更能感受到那種，就算被束縛，但也不願意灰白的迎接最後一日、仍要拚命去跑一跑的放手一搏，而這樣的精神，正是在天空下生活的人們所欠缺的。

接著的〈間曲〉，以短句呈現，令人讀來節奏格外輕快，但描寫的卻是一件無可挽回的事情。詩中的「我」穿過了小道、花朵、樹葉

與影子，最後成了候鳥，內心依舊不斷詢問著自身：「用什麼來回到那座山頭」，並在最後以翅膀碎裂如雪作結，同時代表著似乎無法回到山頭了，又或者其實化為雪，也是回到山頭的另一種方式呢？宣頤在此處沒有明說，留下的淡淡的餘韻。最後是〈終章〉，天空的眼睛在此處才明確的出場，第一段便開宗明義地說：「使他們作為一只世界的眼睛」，在詩作中同樣以觀看、被觀看的角度描寫事件進行的過程，直到第三段的最後將劇情拉到最高點：「他的兒子後來／站上了教堂的第一排坐席，朝他冰冷的眼皮看著」。在一個什麼都正能輕易觀看、被觀看的世界裡，這些人物的互動卻處處透出冰冷的感覺，這樣的一隻眼睛是不帶溫度、不帶情緒的，也因此在最後得出了力道強勁的結論：在這個充滿痛苦的海洋（世界）裡，所有人都在注視著相同的焦點、都在作為一個天空的眼睛，而並非作為一個有血有肉的人，我想這也是在這首詩中，未言明的諷刺意涵。

評貴的作品

如果宣頤的詩句是如厚重雲層裡透出的日光般，幽微的諷刺，那評貴的〈他在哪裡〉，便是夏日毒辣的烈日，赤裸裸地將批判與議題攤在陽光之下，逼人直視。

詩作中非常大膽的使用了一些「真實到幾乎不美」的描寫，如第一段的「樹木的長髮　被推土機一併切齊飛去／土黃色的冰淇淋／變成一球融化的泥泉／夏天的舌頭／舐走了三、四個的部落」、第四段的「下一步就踏入揚弓射出箭尖的頂端／其實只是　大樓的避雷針／刺入山羌的體膚　牠發出哭泣的哀號」。但也是因為這樣大膽的方式，讓畫面清晰地出現在讀者面前，讓人無可迴避。

除了寫實的句子以外，評貴也善於使用意象，使詩意在語彙的跳

躍間，顯得更為豐富。如「扣下板機　槍口餘煙響起／動土大典的聲音」，除了寫出打獵時的槍響，也寫出詩中主角的故鄉，正在被文明的怪手鏟去的畫面。而後續出現的「連母親的搖籃　航向海上的船／也都是組合的」，點出了主角的生活裡其實有許多組合的物件，船、搖籃，現在連屋子都得是組合的，這樣子不明言卻仍深深刺入讀者心裡的敘述口吻，也加強了本詩想傳達給讀者的情緒、詩中主角的無奈感。

　　層層鋪陳下來，主角從一開始，表面上便接受了事實，但讀者可以從每一段都出現的句子：「他本來不會在這裡的」，明白主角的內心仍舊反抗，只是礙於現實，或是其他因素，他不能反抗，只留下濃濃的無奈。在最後，藉由山羌的眼淚，主角輕輕的道出：「懂得哭的時候／你就再也不輕易笑了」。在現代文明的壓迫之下、在不斷進步的社會裡，一股悲涼油然而生。

　　讀完了前一首〈他在哪裡〉蘊含的批判、寫實風格之後，評貴卻俐落的轉換腔調，柔軟地說起了失眠時，內心的無力感。

　　初次讀〈擱淺〉，便有一種寧靜、卻也孤獨的感受，彷彿深夜獨自坐在港口邊，聽著海浪舐著碼頭、沉睡船隻的細微聲響。

　　在〈擱淺〉中，也的確使用了許多與海、碼頭相關的意象。睡眠在詩人筆下暈染成一片無際的海，也因此在首段，才會說：「往失眠的方向醒來」，換而言之，失眠的反向，或許是甜美的睡眠？但在詩中，卻讓人覺得，失眠彷彿是一整片海，不論哪個方向，都逃不開失眠的命運。

　　在燭火的明滅中，評貴娓娓道來使詩中主角失眠的事，又或者我們也可以將其解讀為，失眠後要做的事。「我靜靜的為你沾滿落日／熨一道已黃昏的水痕」，靜靜地沾滿落日，「沾滿」這個動詞不禁使人猜想，詩中主角是否已經等待了一整日、一整個晚上，身上才沾滿了水氣與日光？但不論是如何，從落日到黃昏的水痕，沾滿到熨燙，不

論是場景的轉換，或者是動詞的切換，都令人感受到一種溫暖的哀傷——我願意為你做這些事，但我仍然擱淺了。不論是擱淺在睡眠裡，抑或者是擱淺在任何一段未來得及展開的關係裡。

　　承繼著這樣的口吻，評貴在最後寫出詩中主角內心的絕望：「再淺，我也無力栓起流離的句號／而放棄　卻總是那麼容易」，一個已無能為力的人，不論再怎麼簡單的動作，都無法完成。而一個絕望的情境，不管句號最後是落在哪個對話裡，也都無法挽回結局，領悟了這件事以後，放棄好像比勉力維持來得更容易一些了。

國恩的作品

　　國恩在詩作裡有種節制的傷感，彷彿秋日灰霧的天色，經過拿捏的哀傷營造出一種迷人的口吻。

　　在〈夜雪〉裡，以「腮遺落的時間」與光的意象，寫出了每次看似無關緊要的謊言，卻在時間的流逝裡留下了「每個斷點」，而後，生命彷彿一片荒地，再以命運、輪迴點出了詩中「我們」的渺小，而國恩卻在最後做出翻轉：「以夢呼吸著／遍地的雪」，或許這些遍地的雪、無可違逆的命運與輪迴，到頭來都是一場夢呢？屆時，如果我們醒轉，將會是什麼樣的光景？其中的虛實、夢境與真實，留待讀者慢慢思索。

　　〈散〉相比之下，意象比〈夜雪〉來的更為濃厚一些，同時情緒的渲染力也增加許多。詩作的一開始便言明：「從此影子再也／不能成為光」，隱隱的與詩題呼應，兩人散去後，便沒有誰能在成為誰了，影子也無法再向對方借光。散去以後，迎來的是自由，但也是寂寞，國恩在此使用了「墜落時的旅途」，準確地寫出離去以後，不知該往何處，處處都彷彿不是自己真正的歸處的感受。因此出現了「流

浪者」、「紅燈」、「失溫的哭泣聲」，這些意象都在在的加強了，詩中
那股流浪、不知該前往何處的徬徨感。在詩作的最後，詩人將夢境、
斑點、火，這三個看似無關的意象串聯在一起，成功地營造出不斷受
到干擾的夢境，就彷彿有斑點一樣，而以夢境去「覆蓋在最後的最後
／火的溫度」，彷彿也讓人看見深夜裡一道悲傷的身影，藉由夢境不
斷重回事件現場，最終以夢境緩和了內心沸騰的情緒，在心底默默燃
燒的那把火，才開始緩緩降溫。

延續著火的意象，在〈求火〉一詩中，刻劃的是一個急切求索著
什麼的身影，在一開始便說：「追逐一道閃電／直到劈向枯瘦的骨」，
足見詩中主角在追逐的過程中，不惜犧牲自己的意志。那詩中的主角
是要追逐什麼呢？詩中並未言明，只有在最後描寫「善變的光就躲進
黑暗／焦灼並急切在灰燼裡尋找色彩」，與前面的「追逐一道閃電」
相互對照的話，會發現似乎是在追逐一個具有鮮明色彩的、燦爛光芒
的東西，但具體是什麼，其實也並不重要，在最後，詩中主角並沒有
尋找到那樣東西，但卻仍給讀者一種已然達成願望的感受。「那時我
們都將成為獸／用齒和傷痕證明／自身的存在」，是不是前面那些不
顧一切的追求，都只是為了證明了自身的存在呢？詩中主角在最後並
沒有獲得燦爛、鮮明的物品，只有齒與一身傷痕，但這些，才是能長
久伴著自己的存在。

信益的作品

在閱讀信益的作品時，彷彿在深夜的小酒館，色調昏黃，正聽著
誰細碎低語的傾訴內心秘密。信益善於在意象的跳接裡，穿插精準的
語句，抒發情感，也往往能直入讀者內心最深最柔軟的暗角。不過，
除了書寫情感的幽微面向外，信益的文字有時也有著自傷、自毀的陰
暗面向，使用的精巧譬喻、看似輕盈的轉場收尾，其實也都透出隱隱

的憂傷。

在這次的作品裡，〈衣櫃裡的駱駝〉、〈所有事物相繼失去輪廓〉是比較偏向抒發憂傷情感的篇章，〈小熊〉是溫暖的短小情詩，〈天氣預報〉將天氣與兩人情感做出連結，同時書寫愛情裡相處的過程、感知到的痛楚，最後的〈反覆練習末日〉則是耽溺於哀傷中，但最後卻仍決定要擁抱巨大的哀傷。

在〈衣櫃裡的駱駝〉中，描寫的是有天詩中主角夢見自己死去，在死去後所發生的一連串事情，他看見「黑色黏稠的鬼魅」、「瘀青的蘋果」，而直到死亡他仍無法愛著身體裡的「混亂的颶風」，死後應該要看見愛人，然而他沒有，有與沒有的對比，在第二段相當強烈，也極具巧思。最後，「他只好割破手臂裡的楓葉」，讓自己死去的徹底一點。到了第三段，在主角墜落時，才想到「衣櫃裡的駱駝愛他很多年」，一個隱藏起來的情人，但卻是在將要墜亡時才被主角想起，遲來的意識到愛，比沒有獲得過愛，更讓人心痛。

在〈所有事物相繼失去輪廓〉中，信益採取一種較為直白、清晰的書寫口吻，先是描寫在大雨的公路上，開車的情景，只有煞車燈可信，遠光燈則是曖昧的，不知道對象的車還有多遠才會靠近。將日常的情境賦予情緒，使詩句更為精確，也引起了更大的共鳴。詩中主角在下交流道以後，或者我們也可以看作，在度過了險惡的考驗、環境後，突然哭了起來，原因則是第三段短短的兩行：「（除了這場雨勢／所有事物相繼失去輪廓）」。所在意的事物在大雨中消亡，縱使自己離開了「暴雨的內核」，卻仍然一樣悲傷，彷彿還在暴雨之中，無法逃離。

相較於其他作品，〈小熊〉是格外清新的作品，在詩中信益使用了「水銀質地」、「融雪後」等等具體的形容，讓原先廣泛的「葉」、「小徑」在讀者眼中更具象化，而最後一句「適宜好好擁抱」，雖然

與前面描寫森林小徑的句子有些連結不上，但卻也仍可以與「剛睡醒的小熊」相呼應，讀完後內心湧起暖暖的感受，彷彿在融雪的寒冷裡，收到了一個單純的擁抱。

〈天氣預報〉是由四首小詩所組成的組詩，描寫四種不同的天氣：晴、雨、霧、雪，在這四種天氣裡，晴天對應的到的情感是清晰且乾淨的，是「從未愛過的樣子」，最純淨的時刻，而後的雨對應到不自禁的傷心，霧則是「猜心遊戲」，兩人不斷的捉摸對方想法的階段，最後的雪，則描寫童年的象徵：雪人，在融化以後，「只是一灘髒水」，寫出了美好幻想的破滅。這四種天氣也可以看作是情感裡的不同階段，一開始是晴，接著是猜心的霧，然後在雨裡傷心，最後才發現原來對情感的想像、對情人的美化，都只是一廂情願，終將融化的雪。

〈反覆練習末日〉裡，信益的口吻轉為哀傷，且使用了許多強烈的動詞，如「01」的「枯掉、爛掉」、「死」；「02」的「壓破」；「03」的「切開」、「縫回」；「04」的「褪色、破洞」，這些強烈的動詞都為他們所在的那一小首詩作，增加了重量，令人讀來層層跌落，彷彿是無邊無際的黑洞。但在耽溺在哀傷之餘，最後的「05」，卻作出了翻轉，這些哀傷彷彿身上的刺，就算身上有刺，我們也仍要愛惜自己、擁抱自己。就算這些哀傷時時讓自己末日，但我們也都將要「反覆練習末日」，不論是否願意，這樣心碎但卻堅韌的姿態，是我在信益的詩作中時時可以看見的。

結語

以上這些詩社夥伴的作品，都隱隱的透露出某種面對文學、面對世界的態度，縱使夜裡無星，一片荒蕪灰敗，寫詩的人也都將透過詩作，以時而溫柔，時而尖銳的口吻，將世界、人心的某個面向挖掘出

來，讓更多的人觀看。

當然，更多時候，我們書寫內心的荒原，在憂傷的盡處，點一盞燈，讓同樣憂傷的人共感溫暖。

二〇一九年風球詩社北部讀詩會一景

好燙詩社專輯

什麼是我們心中的好燙的事？什麼是《好燙詩刊》心中的好燙的事？
能探索出來嗎？能得其道嗎？

或許大家都大搖其頭。

但我想起，好燙詩社的創立人之一是「煮雪的人」，很多人不惜焚琴
以煮鶴的時代，他願意以煮雪來獲得人生的清涼，而且還真發現「北
海道真的有人姓煮雪」，天下還有什麼是不可能的嗎？

好燙，或許就是世俗所說的「好火」、「好紅」，也未可知。

就讓「詩」這樣燙著吧！

好燙詩社專輯前言

蕭 蕭

明道大學退休講座教授

　　好燙詩社從來沒告訴讀者，為什麼是「好燙」的詩、是「好燙」的詩刊，臺灣的讀者竟然也這樣接受了她十年了，就像鴻鴻的《衛生紙詩刊》，絕對不是唐詩宋詞的遺緒，更難以在元曲的俗文學中找到類似的雅意。但《衛生紙》真的也在可畏的後生中產生了難以量度的深海震盪式的影響。至少，眼前的《好燙詩刊》的編輯，玩得比《衛生紙詩刊》更離譜，所謂「縱的繼承、橫的移植」的譜，早已丟失！

　　例如他們曾經登錄詩人作品，然後使用Google翻譯機翻譯成作者指定的語言，我們都知道網路翻譯機完全不精準，兩相對讀，有沒有誤打誤撞產生可能的詩意？有沒有重尋文字之外的力量用以代替微笑？再如，《好燙詩刊》曾對照著直行、橫排的詩句，逼讀者思考「雞」「蛋」的孰先孰後的哲學難題；對照「06級字」與「20級字」，誇張放大、縮小字體印刷，產生閱讀障礙，另謀情思表達的出口。又如第九期《好燙詩刊》，以占卜術為名，將屈原的〈天問〉與舊約聖經等觀，探觸臺灣現代詩的宗教性、神祕性，將所有作品分為「大吉、吉、中吉、小吉、南極、北極、赤道無風帶」等七種詩籤，可不可能用來占卜運勢、預測氣溫？詩的原旨，還是詩的餘韻？

　　其實他們也思考臺灣現實，藉著英語體系「be動詞」在中文體系

一律以「是」表徵，加上哲理上"to be or not to be"的交叉辯證，加上時間系列be-fore與be-coming的對映，他們焦急於臺灣現實中的歸屬與認同、主體與邊緣，詩，如何參與？

什麼是我們心中的好燙的事？什麼是《好燙詩刊》心中的好燙的事？

能探索出來嗎？能得其道嗎？

或許大家都大搖其頭。

但我想起，好燙詩社的創立人之一是「煮雪的人」，很多人不惜焚琴以煮鶴的時代，他願意以煮雪來獲得人生的清涼，而且還真發現「北海道真的有人姓煮雪」，天下還有什麼是不可能的嗎？

好燙，或許就是世俗所說的「好火」、「好紅」，也未可知。

就讓「詩」這樣燙著吧！

好燙詩社十周年回顧

煮雪的人
《好燙詩刊》主編

好燙詩社由詩人鶇鶇與煮雪的人創立於二〇一〇年。二〇一一年開始發行《好燙詩刊》，被《聯合文學》雜誌評為鋒頭最健的新興詩刊之一。二〇二〇年《好燙詩刊》轉型為Podcast詩刊。

創社緣由

二〇〇九年我在大學認識了鶇鶇，發現到彼此都有在寫詩，然而我們跑遍了校園就是找不到學校裡的那間傳說中似乎存在的詩社。二〇一〇年我們想說那乾脆自己來創一個吧。於是我們直接在系上活動拿起大聲公說：「我們決定要創辦一個詩社，有興趣的可以來找我們。」現在回想起來有點尷尬，不過幸好還真的有人表示想要加入（只不過當時的草創成員僅剩我、鶇鶇及Tabasco仍然留在社內）。後來想想只在學校裡活動有點無趣，不如就把自己定位為全臺灣性詩社，創辦了公開徵稿的《好燙詩刊》。

當時我們認為檯面上的詩刊除了鴻鴻主編的《衛生紙詩刊》之外，選詩風格大多比較「老派」，因此我們在選詩時傾向選擇風格新穎甚至是讓人毀三觀的作品，也藉此認識了很多後來加入好燙的詩

人：不離蕉、若斯諾・孟（創刊號我把她的名字誤植成本名）、賀婕、林群盛、小令、宋玉文……等等。接著就慢慢形成《好燙詩刊》的編輯團隊。

出版《好燙詩刊》之餘我們也舉辦過「馬拉松讀詩會」、「四格漫畫讀詩會」等等不同於以往的交流活動。此外我們每年都會參與年底的牯嶺街書市，當作一年一度的社員大會（聚餐）。

出刊經過

創辦《好燙詩刊》之際我們參考了《現在詩8妖怪純情詩》的裝幀風格，然而由於是從零開始，社內幾乎沒有熟悉出版或平面設計的成員，從創刊開始就意外不斷。譬如前兩期因為選紙的關係書本厚度與預期落差極大，導致有種廉價感；第三期改用漫畫紙總算符合預期的厚度，卻因為合作的印刷廠不熟悉漫畫紙的關係而在翻閱時會有雪花飛出；第四期為了符合主題改使用銅版紙，結果也在裝訂過程中出了意外。真的要說總算步上軌道應該是第五期的《好燙詩刊：Google翻譯》開始，因此我一直對前四期的投稿者感到有點愧疚（幸好大部分的人都還有繼續投稿）。

出版作業步上軌道後，我們總算敢在排版及裝訂上做新的嘗試──《好燙詩刊：Google翻譯》我們使用Google翻譯機將作品翻譯成世界各國的語言（由作者指定語言），與原作並排刊登；《好燙詩刊：雞》我們把來稿作品拆成兩半（或是由作者自行拆解），分散放置於詩刊的頭尾；《好燙詩刊：視力檢查》我們在同一首作品內使用了不同的字體大小（由作者自行安排或是委託我們安排）；《好燙詩刊：史詩》我們刪去了每首作品的標題及作者，串成一首長詩，不過讀者仍然可以透過頁碼得知哪些部分是誰寫的作品；《好燙詩刊：占

卜術》則是將來搞作品做成詩籤，讓讀者可以一邊讀詩一邊進行占卜遊戲。

　　二〇一七年起我到日本留學，認識了從事平面設計、攝影以及服裝設計的朋友，因而打造出了一本全新風格的《好燙詩刊：精神／運動》。在幾位朋友的幫助下總算做出了一本理想中的詩刊，然而由於人在國外難以處理出版作業，這也是至今為止最後一本《好燙詩刊》。

未來展望──好燙詩刊：Poemcast

　　近年來大眾就連休閒也開始追求效率、眼睛之餘也不想浪費耳朵的任何一刻，Podcast因而開始崛起，今年的疫情更是使其走上高峰。若斯諾・孟因而向我提議要不要用Podcast來延續《好燙詩刊》。正好我目前在日本的研究題目是詩朗讀，於是我們將《好燙詩刊》轉型為Podcast詩刊，並取名為《好燙詩刊：Poemcast》，概念如下：

　　　十四世紀詩與歌分道揚鑣後，由於聲音不像文字可以藉由印刷術大量複製，世人逐漸遺忘詩的口傳性。然而不管是一九五五年艾倫・金斯堡（Allen Ginsberg）石破天驚地朗讀《嚎叫（Howl）》，或是二〇一六年巴布・狄倫（Bob Dylan）獲頒諾貝爾文學獎，我們無時無刻都被提醒詩並非只存在於紙本之上。近日Podcast逐漸崛起，原先隨著收音機一起沒落的大眾耳朵，再一次從視覺中獨立了出來。藉由這個機會《好燙詩刊》開始徵稿詩朗讀作品，投稿者可以沉穩地讀，也可以如美國詩擂臺（Poetry Slam）或是日本詩拳擊（詩のボクシング）般肆無忌憚地讀，最重要的是能讓人重新想起：詩是需要被朗讀的。

《好燙詩刊：Poemcast》橫跨各大Podcast平臺，開始徵稿後出乎意料地立刻收到踴躍的投稿，目前的稿件已排定到二〇二一年二月。《好燙詩刊：Poemcast》暫時沒有排定結束日期，順利的話我們希望可以一直辦下去。

固定成員簡介

煮雪的人

一九九一年生於臺北市，日本法政大學文學碩士。二〇二一年以詩集《掙扎的貝類》入圍臺北國際書展大獎。（取完筆名多年後才知道北海道真的有人姓煮雪。）

鵺　鵺

一九九一年生，新北人。覺得詩壇現況變得無聊許多而數年未發表新作。作品曾數次入選《臺灣詩選》。

李東霖

曾經存在。出版有詩集《終於起舞》、語文讀物《廖玉蕙老師的經典文學・唐朝詩人故事》。

不離蕉

因為聽說邊境牧羊犬的智商很高，所以最近考慮成為邊境牧羊犬。

若斯諾・孟

其實這個人沒什麼好介紹的，自稱最接近臺灣地理中心詩人，最近想出新詩集。

小　令

　　一九九一年生，景美人。臺東大學華語文學系畢，專職侍茶數年，著有詩集《日子持續裸體》。散文作品〈山與木頭人〉，入選九歌一〇九年散文選。

賀　婕

　　臺灣人，曾獲臺積電青年文學獎，優秀青年詩人獎等。任《好燙詩刊》編輯與特約插畫家。出版詩集《賀春木華》（角立文化），《不正》（二魚文化）等。詩作散見臺灣各詩刊及《臺灣詩選》，短文見《印刻文學生活誌》、《幼獅文化》、《聯合文學》等刊物。現旅居英國。雜文、插畫作品見「賀婕手歪」臉書專頁。

社員出版的詩集

《臍間帶》[1]

　　「年輕」是讀完這本詩集最直接的印象，詩句以一種理所當然的姿態宣示自己。然而「年輕」並不表示，這是一本輕鬆愉快的詩集，詩中主題多數是沉重的，荒謬的情境不時伴隨著死亡陰影。幾乎在刻畫年輕的詩句背面，都可以翻到無法融入世界的違和感。詩集中多數的詩都指向一種情境：年輕的獸知道自己很奇怪，周遭的人也覺得他很奇怪。詩歌中的難解之謎加上青春的竊竊私語，即使，只是看著自己的肚臍眼書寫，無可救藥的獨白也不會是沒有意義的，因為它們都是思考下的產物。若斯諾・孟的作品看起來像是在遙遠宇宙角落飛行

1　若斯諾・孟：《臍間帶》（臺北市：煮鳥文明出版社，2011年）。

的小行星，但中心的溫熱、冷色系的光卻完完全全可以暖活身子，那樣的溫柔、撫慰人心。

《小說詩集》[2]

煮雪的人第一本詩集。

《不正》[3]

從小熱愛美術課的詩人賀婕，畫出來的線條總是歪歪扭扭，完全不符合工程圖精準的要求，讓她在大學時學習繪製工程圖的過程中吃盡苦頭。我們的世界，也充斥著無所不在框線。男／女該有的形象，應遵從的道德、價值觀……都有一套既成的想像，超出框線的個體被視為離經叛道的背德者，讓他／她們在人生中也吃盡苦頭。但，框線是不能打破的嗎？你如何能限制一整座熱帶雨林蓬勃的走向？生物的世界是無法以直線來規範的，由人所構成的社會當然亦如是。在社會的價值觀裡或許他／她們被認為是歪斜的、是脫離正軌的，但在詩裡，一切的差異都可以被平行檢視。所以，為自己的歪斜感到驕傲吧！

《三本恕不拆售》[4]

鶇鶇、煮雪的人、若斯諾・孟三位詩人於二〇一一年開始「三本恕不拆售」寫作計畫，光明正大地合寫，光明正大地相互影響（與誤導）。經過三年的寫作（與偷懶），計畫持續至二〇一四年底，隔年獲國藝會贊助出版為《鶇鶇》、《煮雪的人》與《若斯諾・孟》三本詩

2　煮雪的人：《小說詩集》（臺北市：煮鳥文明出版社，2012年）。
3　賀婕：《不正》（臺北市：二魚文化出版社，2015年）。
4　鶇鶇、煮雪的人、若斯諾・孟：《三本恕不拆售》（臺北市：煮鳥文明出版社，2015年）。

集，採用「三本恕不拆售」的銷售方式，詩集各自獨立，作品卻相互依存，讓你搞不清楚自己究竟是買下了一本還是三本詩集（因為出版社也不清楚）。

計畫分成兩個部分：

第一部分：三位詩人使用相同的題目與首句寫詩（題目與首句由三人輪流發想）。

第二部分：三位詩人以上一首詩的末句當作首句，分別完成（上）、（中）、（下）三首詩，讀者可以這樣讀：

1　一本一本讀。

2　按照書中（上）、（中）、（下）的指示閱讀。

3　自由發揮（三種方式恕無法同時使用）。

《掙扎的貝類》[5]

煮雪的人自第一本詩集《小說詩集》到這本《掙扎的貝類》，煮雪的人依舊琢磨自身詩意在「小說詩」的營造與定義上，將小說用詩的方法來寫成，是虛構性與非目的性的，以「無」為「有」的虛構本質，散發著哲學式的命題與思維。有劇情、對白、人物性格，在短小的篇幅裡，製造戛然而止的高潮。煮雪的人詩作情緒平淡如水，但驚愕感是浪，從不停歇：是夢的語言，是荒誕的劇情，是黑色幽默令人發噱，是怪異的人事物……煮雪的人所營造的詩，是一個潔白卻並不純潔的世界，但讓人讀到的也有深深的絕望與空無。日常的反常，往往最可怖。不自知。像在鏡子中看到自己的背面。

5　煮雪的人：《掙扎的貝類》（臺北市：有鹿文化事業公司，2019年）。

相關論述

楊宗翰：〈〈詩的盛事〉以後〉，《吹鼓吹詩論壇》十四號，2012年3月。

陳建男：〈接著講——我們所說的這些名字〉，《人間福報》，2012年4月。

孟　樊：〈詩刊之必要，肯定之必要〉，《吹鼓吹詩論壇》十五號，2012年9月。

陳建男：〈接著講——保鮮期限〉，《人間福報》，2012年7月。

陳夏民：〈2012，臺灣獨立出版大鳴大放之年〉，《聯合文學》第338期，2012年12月。

楊宗翰：〈還要新世代多久？〉，《聯合報》，2012年12月。

陳政彥：〈臺灣現代詩概述〉，《2012臺灣文學年鑑》，2013年11月。

林禹瑄：〈青年詩人的憂鬱〉，《幼獅文藝》第720期，2013年12月。

輕痰讀書會：〈救亡圖存的刊物們〉，《凵（凵ˊ）006：鹽鹼地》，2013年12月。

蘇紹連：〈詩刊編輯大會談〉，《吹鼓吹詩論壇》十八號，2014年3月。

鴻　鴻：〈互相交流的方向　七年級後詩人創作與行動備忘錄〉，《聯合文學》第360期，2014年10月。

林育萱、翁儷庭、賴祐萱：〈顛覆新詩的縱火犯——煮鳥文明〉，《北一女青年》第113期，2015年1月。

陳義芝：〈用詩記住我們曾有過的《2014臺灣詩選》〉，《2014臺灣詩選》，2015年3月。

林德俊：〈出版線上／兩岸詩聲啼不住〉，《聯合報》，2016年1月。

編輯部：〈好燙詩刊——純潔、活躍與破壞的詩〉，《Dpi設計插畫誌》第204期，2016年4月。

秀　赫：〈詩歌復興〉，《印刻文學生活誌》第154期，2016年6月。

編輯部：〈撼動一切的火熱——煮鳥文明好燙詩社〉，《新活水Fountain of Creativity》，2016年9月。

印　卡：〈「口語」見聞錄〉，《秘密讀者》，2016年12月。

洪崇德：〈誰是新世代？全國大學詩社座談會觀察〉，《重讀者》，2017年06月。

楊佳嫻：〈詩歌節：文學、生活與社會的n種相遇方式〉，《haveAnice 有質讀誌》，2017年10月。

柏雅婷：〈疫情間，持續藝術生活：嚎哮排演online〉，獨立出版聯盟網站，2020年8月。

附錄　《好燙詩刊》歷年大事彙報

（煮雪的人、Tabasco 整理）

《好燙詩刊》

由煮雪的人、鵜鶘於二〇一一年共同創辦，煮雪的人擔任主編。至二〇一七年為止一共出版十一期。二〇二〇年轉型為Podcast詩刊《好燙詩刊：Poemcast》。

創刊號：《好燙詩刊：微波請按一》

出版日期：二〇一一年一月。

作　　者：李東霖、馬克杯、鵜鶘、茸茸、煮雪的人、蘋果核、Tabasco、波戈拉、陳建安、不離蕉、阿米、天錚、楊書軒、林孝謙、楊景翔、劉雅婷、若斯諾・孟、水蚤、劉劭箴、Shao Dada、康旗琳、泡泡、黃羊川、童暄雅、鹹性

人、馬列福、陳柏言、廖啟余、假樂、陳衣華、夜兔子、劉義、無名、林榮淑、鄧文瑜、殷小夢、憂、盧韋志、李雅婷、飄雨、周平、鄭琮墿、余小光。

第二期：《好燙詩刊：拷問》

出版日期：二〇一一年八月。

主　　題：拷問。

作　　者：鄭聿、白依璇、不離蕉、李東霖、若斯諾‧孟、賀婕、煮雪的人、Tabasco、鶇鶇、小縫、黃羊川、水蠆、波戈拉、莊仁傑、陳克華、解昆樺、憂、阿米、沈眠、黃里、瑭瑤、吳昀慶、林柏蒼、負離子、塗沛宗、湖南蟲、單元旭、彭世學、楊書軒、gitarou、神神、無名、鴻鴻、藍丘。

第三期：《好燙詩刊：□□□□□□□□□□□□□□□□□》

出版日期：二〇一二年二月。

主　　題：馬賽克。

作　　者：沈眠、喵球、煮雪炒肉絲、錫蘭饅頭果[6]、咚咚隆冬嗆、優赫晨蓁、噗通、賀卩、奶昔大哥、氤氲氣‧氣、李東霖、蹲蹲、陳昱文、李顯宗、達瑞、宇傑、風耳、塗沛宗、崔寧、方夏、馬見愁、陳柏言、蔡昀庭、Peter. C、小縫、康旗琳、秦量扉、黃羊川、梁匡哲、eginbon、eL、木焱、蔡仁偉、沉戈、解街、阿米、張志瑋、莊仁傑、京哲、百良、昱君、睿齊。

---

6 長綠中喬木，小枝平滑，葉長橢圓狀卵形，長約八至十一公分，銳成鈍頭，鈍基，蘋果壓縮球形，直徑約七點二公釐。

第四期：《好燙詩刊：週休二日吃喝地圖》

出版日期：二○一二年九月。

主　　題：週休二日吃喝地圖。

作　　者：若斯諾‧孟、煮雪的人、Tabasco、不離蕉、李東霖、蹲蹲、鵝鵝、賀婕、呢呢、平哪哪、宋玉文、eL、沉戈、京哲、水蚤、潘家欣、總總、沈眠、百良、陳偉哲、黃羊川、小縫、莊仁傑、梁匡哲、蔡仁偉、陳蘼、腹鰭、A-wei、陳昱文、鵬撈、林林。

第五期：《好燙詩刊：Google翻譯》

出版日期：二○一三年四月。

主　　題：收錄多位詩人的作品，並另外使用Google翻譯機翻譯成作者指定的語言，希望能透過網路翻譯機的不精確來產生詩意。

　　　　　較多人懂的語言（如英文、德文、日文等等……），讀者可以在對照閱讀下發現翻譯過程對作品的破壞與重建；較少人使用的語言（如意第緒語、印度古哈拉地語等等……），更直接、大膽地拆解文字的語意和符號象徵，讓讀者在看不懂文字意義的情況下，重新思考現代詩經常被解讀為「難懂」的拼貼邏輯和各種情感數列。《好燙詩刊：Google翻譯》考驗讀者的語言能力，同時突破現代詩的桎梏，充分體現「畫中有詩、詩中有畫」的意趣。

作　　者：Ron Winkler、不離蕉、宋玉文、若斯諾‧孟、鵝鵝、煮雪的人、Tabasco、林群盛、賀婕、濱崎愛、小令、平哪哪、梵耳、eL、陳蘼、梁匡哲、阮文略、鄭琮墿、沈眠、

　　林夢媧、許赫、莊仁傑、小縫、陳昱文、陳少、A-wei、
　　也思、小巴、左惱、Bei、邱懋景、蔡昀庭、Sona、沛
　　子、歐陽兄弟、周過、雨諄、洪國恩、千千派、徐坤、魷
　　魚羹人、翰翰。

第六期：《好燙詩刊：雞》

出版日期：二〇一三年十二月

主　　題：《好燙詩刊：雞》為第六本好燙詩刊，採用橫書／直書合
　　　　　併印刷。書中的每首作品皆由詩人親自拆成兩半，分別收
　　　　　錄於橫書排版的《好燙詩刊：雞》與直書排版的《好燙詩
　　　　　刊：蛋》，打破詩作原有的結構，讀者可以自行決定先有
　　　　　雞還是先有蛋。封面為《好燙詩刊：雞》，翻至封底側即
　　　　　為《好燙詩刊：蛋》。

作　　者：宋玉文、賀婕、煮雪的人、Tabasco、梵耳、若斯諾・孟、
　　　　　鵜鵜、不離蕉、沈眠、夏魚、蔡好、陳廲、梁匡哲、小
　　　　　縫、阿布、蔡昀庭、鍾宜芬、阜京九、陳少、蔡凱文、陳
　　　　　怡秀、二言、沛子、莊仁傑、よし子、趙俐雯、邱哲、嗯
　　　　　嗯、王小三、阮文略、趙文豪、蔡方瑜、單浩哲、無夕暮
　　　　　陽正徯、eL、蔡仁偉、安邑、Could You、劉玠旻、張饅
　　　　　頭、玟雯、MAYA WANG。

第七期：《好燙詩刊：視力檢查》

出版日期：二〇一四年九月

主　　題：《好燙詩刊：視力檢查》為第七本好燙詩刊，採用「06級
　　　　　字」與「20級字」印刷，試圖誇張地放大和縮小字體，產
　　　　　生閱讀上的阻隔，使作品的感受超越字面意義本身；同時

我們也希望重新思考圖像詩的多種可能，增加與讀者的感官連結並創造新詩意。

作　　者：賀婕、Tabasco、不離蕉、煮雪的人、小令、吉爾、梵耳、若斯諾・孟、宋玉文、鯨向海、陳克華、熒惑、莊仁傑、陳怡秀、夏魚、蔡琳森、巴子、牛鬼、鹼性人、曹尼、沈眠、MALO、文遠、葉子鳥、P.F、蝦蝦、也思、謝旭昇、Pnin、小縫、徐亞禾、陳少、蔡昀庭、梁匡哲。

第八期：《好燙詩刊：ἐπύλλια 史詩》

出版日期：二〇一五年四月。

主　　題：英國藝評學者艾偉（Laurence Alloway）於一九五六年提出波普藝術的概念，認為藝術作品可通過各種破碎化，傳達新的藝術思想，換言之，文字或繪畫本身可能只是表現形式上的符號，波普風格藝術品更要表達的是一種對整體文化的反制。臺灣詩壇吸收了西方哲學思潮及各種詩學的美學觀點，多元詩體不斷在創作中變形和流動，近年來短小詩和圖像詩更是普及於現代詩作品中，以拼貼式、破碎的感官印象描寫和鋪陳詩意，似乎自成了現代詩創作一種「波普化潮流」。

　　對此，好燙詩刊決定反轉現代詩「小詩化」的趨勢，串聯每首作品的「正文」、「題目」與「作者」，打通詩語境和詩意，分別成為〈正文〉、〈題目〉與〈作者〉三首詩，除了在文字風格上產生互通，更為了回歸和強調詩的敘事性。ἐπύλλια（Epyllion）指歷史與戰爭外較為生活化的史詩（Epyllion）指歷史與戰爭外較為生活化的史詩，而《好燙詩刊：ἐπύλλια　史詩》所要重現的即是經典史

詩敘事的深邃、緩慢和浪漫，卻依舊不脫好燙詩刊慣有的遊戲性。

　　閱讀方式：

（A）一氣呵成將整首長詩讀完。

（B）透過書中的編號表與長詩中的編號（編號位置代表該作品的首句）來得知作品的詩題與作者，將史詩般的長詩轉換為拼貼式的作品。

（C）忽略編號表，閱讀編號與編號之間各自獨立的作品，抹去每一首作品的詩題與作者。

作　　者：不離蕉、小令、宋玉文、若斯諾・孟、賀婕、Tabasco、梵耳、皙果、煮雪的人、潘家欣、小縫、紀小樣、駱駝、德尉、熒惑斯多德、不清、小貘、許赫、沈眠、陳霖、陳少、梁匡哲 x 小縫、王小三、徐漾、EnziAnn、鴻喜菇、佐久間、翁書璿、陳怡安、夏魚、明月昌善、王斑、塗沛宗、小西、P.F.、也思、容泠、趙俐雯、退之、非白、Pnin、樓軒、蔡凱文、胡旻、陳霖、林瀚文、關天林、葉文、羊角錘。

第九期：《好燙詩刊：占卜術》

出版日期：二〇一六年一月

主　　題：《周易》將萬物分成六十四卦，每一個卦象都代表特定的符號、某一個心理狀態，詩學衍生其義，「立象以盡意」，詩表現的不僅有詩意，詩甚至再現了自然界與現實生活的各種徵狀。屈原的〈天問〉既是政治社會詩，又像一部與蒼天的對話錄；希伯來文明敬稱詩人先知，舊約聖經和先知文學都呈現了詩的雛形；十三世紀以來的伊斯蘭文學，

也常透由詩傳承文化的內在精神和價值。也因此,詩作是詩人結合生活經驗與哲思、文明發展型態的顯影。

　　臺灣現代詩多少也具備某種宗教性或神祕性,但更能確定的是,現代詩是詩人對於過往的情感連結、是生活的真實層面、同時他給予未來的提示;《好燙詩刊:占卜術》這次決定擴大現代詩的神聖地位,將來稿作品分為「大吉、吉、中吉、小吉、南極、北極、赤道無風帶」七種詩籤,這會是一本多功能詩集,你可以隨手翻頁來占卜運勢、預測氣溫,當然也可以讀詩。

作　　者:不離蕉、若斯諾・孟、賀婕、煮雪的人、鶇鶇、Tabasco、小令、梵耳、宋玉文、楊瀅靜、黃羊川、文遠、陳蘦、駱駝、不清、李柚子、楚狂、黃有卿、YEN、劉哲廷、果果、鹼性人、劉維人、P.F.、東予青、梁匡哲、陳子雅、黃子揚、不零那、夏魚、Jummi、潘家欣、德尉、熒惑、趙詠寬、陳少、Genet、吳文、善靈、徐祥弼、沈眠、野菜小薇、聿少、小縫。

第十期:《好燙詩刊:be動詞》

出版日期:二〇一六年十月。

主　　題:中文是極少數沒有詞性變化的語言,「be動詞」一律譯成「是」,沒有你、我、他之別,混沌不明的語詞狀態,分外有種你儂我儂的浪漫情調。我們所處的環境卻不那麼理想,不論是藝術家、社會觀察家、革命家,你(你群體)與我(我群體)在現今社會裡的分化依舊鮮明。有認同的群體,往往難免也有體制外的、不被包容採納的邊緣分子,世界因此不像表面語意顯示得那樣美好與整齊,一個

人的歸屬與認同甚至已成為充滿問題的命題。

　　群體與個體的認同隨時都在進行著，隨時可能帶來希望、轉圜、危險或災難。《好燙詩刊：be動詞》遂以be動詞為核心概念，徵求寫給你、我、他或社會群像的詩。它可能是"to be or not to be"、一首自我身分追尋的詩，也可以如電子音樂般懂茲懂茲，獻給所有離散於各種狂歡派對裡的陌生人，甚而可以是一首抄給未來的詩（becoming），或者一種追憶過往的詩（be-fore）。

　　《好燙詩刊：be動詞》試圖在中文限縮的語意中，創造出最多種關於「你是誰／什麼」和「你是誰／什麼，很（不）重要嗎？」的詩意聯想。

作　　者：鵜鶘、不離蕉、煮雪的人、若斯諾·孟、梵耳、賀婕、Tabasco、eL、夏魚、楊澄靜、鄒政翰、陳少、jummii、李船槳、陳蘖、淤積、Pnin、鍾旻育、郭家瑋、黃羊川、傅紀鋼、邱甜、劉哲廷、Qorqios、狼尾草、沒有方的象、小縫、林海峰、古昊鑫、Altia、藍朗、楚狂、莊仁傑、趙詠寬、質南、梁匡哲、瓦西麼三、韓毅、柯嘉智、沈眠、YC、藍鋼筆、也思。

第十一期：《好燙詩刊：精神／運動》

出版日期：二〇一七年六月

主　　題：臺灣人因為里約奧運而更加關注運動協會及運動員權利；世界各地的詩人則藉由四年一度的奧運，懷念起古希臘領袖克洛諾斯和兒子宙斯的戰爭、追悼多數人遺忘的神話世界。現今的奧運儘管不再強調對眾神與自然的崇敬，運動卻依然與生活息息相關，而運動競技中不斷提倡的「運動

精神」究竟是何種精神？甚至怎樣的活動和比賽才算是「運動」？似乎有了更多重的涵義。

　　《好燙詩刊：精神／運動》將「運動精神」這項口號更細膩地拆解，我們相信不同的運動都有它獨到的精神信仰，運動的發生可能源自於某種想要反叛、革命的力量：女權運動的初始點與克服陽具中心論有關、社會運動可能是長期的政治不公導致，當然運動後，這些「動物」也各有不同的情緒和精神支柱。我們希望能收集人們運動後產生的抑鬱、激昂、焦慮、歡快等各種情感反應，主旨並不是重新定義運動精神、亦非比賽競爭，而是邀請各位參與《好燙詩刊》的寫詩運動，創造詩壇一股新的寫詩精神。

作　　者：不離蕉、煮雪的人、Tabasco、若斯諾・孟、梵耳、鵜鶘、阿芒、李雨答、陳少、驀地、楊瀅靜、余若、林宗翰、陳曜裕、夏魚、jummi、ㄩㄐ、梁匡哲、小縫、eL、莊仁傑、Enzi Ann、旋轉花木馬、三峽夢、也思、盂蜜、溶、蕭圓、彭依仁、YC Huang、Altia、柯嘉智、沈眠、不清、Pnin、瓦西麼三。

《好燙詩刊》封面

回想好燙

不離蕉

《好燙詩刊》編輯

　　我在大學時，因為寫詩被好燙注意到。我意識到好燙是因為他們收錄了我投稿的詩，很少有刊物會收錄我的詩，這狀況持續到今日。因此在好燙——或者說鵜鵜、煮雪的人、塔巴——邀請我加入時，我不假思索就加入了。儘管我們幾乎不談詩，但我們的眼神、肢體動作、語言以及不斷流動的生活，確實一一印證著詩是個人精神的展現，還有察覺那展現的影響。

　　若斯諾・孟經常跟我提起，加入好燙令他有所轉變。雖然我還是不明白好燙跟若斯諾・孟的淵源何在，但這並不妨礙我知道，好燙拓展了若斯諾・孟心中的某一塊神秘所在。即使到今日，我撰寫此文的當下，若斯諾・孟也在臺灣的最中心下筆介紹好燙是怎樣的一群人所組成。

　　我雖然身處好燙內部，偶爾會有外面的朋友問我，好燙下一期的規劃如何之類的問題。但其實我幾乎不過問這類事情。大多時候，下一期要做什麼根本還是一片迷霧，但突然一瞬間有人看見了什麼，像宇宙最初誕生的模樣，開始著手去做。如果什麼都很明朗，或許連想靠近的動力都沒有吧。在這方面，煮雪的人、塔巴、若斯諾・孟是主要的推手。

　　每當新的一期截稿，煮雪的人會將來稿收集起來做成PDF，交給大家評分，從零到三分。雖然是分數，但我更喜歡把它命名為點數。喜歡誰的詩，就在他身上貼上一點，實在太出色或著迷再貼上一點或兩點。至於這個機制公平嗎？我認為，詩並不是付出多少心力，就能拿回多少回報的東西。但它可以在用與無用之間轉換，你需要用到它的時候就知道了。

　　隨著時光變化，詩刊出版後，或交到世人手中，或留存倉庫不再面世。對踏入社會的好燙來說，行銷這個概念似乎不再那麼朦朧。但可能也是這個原因，令我們遲遲不再出版實體刊物。當人們有需求時，我們會作為詩刊出現。但若人們不渴求，我們也沒有必要去刺激大家產生欲望。話雖如此，好燙現在也有經營Podcast，也算是遵循人的期待。

　　寫到這裡，也該告一個段落。假如有人問起，好燙成立至今最大的遺憾是什麼的話，「沒拍過大合照」無疑會是最多人選的選項吧。

沒有什麼是不可以的，
新詩就該有自己的新美學[*]

李東霖
臺北教育大學語文與創作學系碩士

在現今臺灣，這個開放的時代，哪還有美醜之分？花景的確愈來愈繁盛，世界無疑愈來愈繽紛。

放眼看去——

性別特質上，女人們試著愈來愈雄壯，男人們也顯得愈來愈溫柔，髮型與服飾的變化，已經不足以為奇，性傾向與性認同的態度，也不再是令人大驚小怪的話題。世代之間的關係上，師長與父母們開始學著不那麼威權，解放高高的姿態；孩子們也開始變得理直而且氣壯，以及嗆聲要求自主與人權。左派和右派漸漸向中間挪移，黑與白不再／也不必繼續那麼分明，就算模糊到幾乎不能辨識的地步，也沒有關係。（辨識，原就只是從外在給一切事物「貼上標籤」的動作。新世紀的價值判斷，只要認同自我——「自我感覺良好」，好像也沒什麼不好。）

一切價值觀向中性與模糊的地帶位移，走出原本二元標準的框框。然而，這樣的「移動」，並非將原處於兩端的標準「再集中」到

---

[*] 作者按：原載《人間福報》，二〇一一年三月二十三日。

單一的中間點；相反地，因為有人靠近中間，也仍有人謹守極端，而更多的是散落在折衷點與極端點之間的大眾，以致當今花景如此繁盛，世界如此繽紛。

新世紀的文學與文化表現，更是如此。「去標準化」（dis-standardization）的主張隨處可見。我從來不覺得哪一種詩不好，或者嗤之以鼻地說：「那才不是詩！」我認為，樸素或者花俏、浪漫或者畸形，都只是風格的不同。如同有人不喜歡吃苦瓜、有人不喜歡吃芹菜、有人不喜歡吃秋葵，但無可否認，這些都是具有營養價值的蔬菜，買不買它，只是因為讀者／評論者／其他人喜歡或者不喜歡。詩人可以披掛著前衛的叛逆的玩具向前直衝，突破既有觀念；也可以書寫沉重的、偉大的家國歷史，深刻或者諷刺都好；當然也能描繪真實的土地的面容，誠實道出胸臆之間滿滿的情感。這些的的確確都可以是詩哪！

這個花景繁盛、世界繽紛的社會，真的已經沒有什麼是不可以的了。

原來被尊崇為美好的那些，已經夠美了；我想我們更需要的是，養成一種從平淡中見新奇的新新美學，於是近日《好燙詩刊》推出「我很醜但是有人愛」的活動，徵求不討喜的詩。而活動至今，我亦發現，「絕對不討喜」這回事兒仍難（被）定義──詩，真的再醜也會有人喜愛，這的的確確打破了討喜與厭惡只能是非黑即白的二元規則。真好，我想，既然是新詩，就該有自己的新美學。

最美好的時代

——若斯諾・孟《臍間帶》讀後[*]

鶇　鶇

好燙詩社社長

　　若斯諾・孟的詩作總是可以帶給我一種六〇年代的想像，但絕對不是因為她的詩作有六〇年代的風格。六〇年代眾所皆知是個搖滾樂的盛世，當時The Beatles一邊踩著腳跟搖擺一邊走紅、The Beach Boys唱著比沙灘上的拖鞋更懶的歌、Jefferson Airplane嗑了藥才上臺演奏、The Doors則是因為想脫褲子所以在臺上脫褲子。那是個公認的美好搖滾年代，而六〇年代之所以美好，是因為當時的樂手都是發自內心唱出所想唱的音樂，每一首歌都是誠實的。

　　若斯諾・孟的詩作也是那樣的誠實美好。相較於其他同年紀的詩人來說，可以發現若斯諾・孟並不抱持著太大的企圖心。無論從各大刊物中的發表量或是詩作的形式上都是如此。部分的年齡相近的年輕詩人第一本詩集中都可以見到發覺他們過於重視意象的營造、語句的組合，那些完成度相當高的詩作乍看會讓人有一種完美的錯覺，然而深究其中卻會發現充其量那只是文字疊成的白淨瓷器，冷、且毫無感情。

---

[*]　作者按：原載《創世紀詩雜誌》，二〇一二年六月。

　　總之我想表達的是：要說若斯諾・孟寫了美好的詩，不如說她寫
出了美好的青春。她的詩作不只是紙張上的價值。文字從無所見的孔
進入你、深入你，並參與你粉紅色腦汁裡頭的每塊古老到幾近結晶的
記憶。換言之，它們有讓你笑或哭的能力。像「從課桌椅出發的旅人
／忘不了操場上的石子，雖然／他不能完全拾起，一顆一顆／刻著大
大小小／開花或死去的芽」（摘自〈月臺〉）這樣一個不願丟失卻無法
將過往完全保留的旅人、「你臨走前對我說：『打電話給我。』／像杯
子破碎一聲，匡啷/門開了／門內，我看著紙片飄在／上面還有糖粒
的水杯上／不夠甜」（摘自〈播一個電話給嘆息的愛〉）那樣的的青春
情愛極短篇、或是「他問每一個路人／他的傘究竟掉在哪裡/他的鞋
破了，腳濕了／路燈開始閃爍／『我要消失在夜裡了』／他說」（摘
自〈未命名〉）一種快要被虛無跟孤獨感吸進根本不存在的地洞的可
怕感受。每件事幾乎都是這個世代的共同體驗。

　　從《臍間帶》的命名上來看：在印度教中有脈輪一說，而臍輪對
應的精神即是情感、自我、渴望、羞恥、恐懼、厭惡、妄想、愚昧與
悲傷等，最赤裸原始的感情都聚集於此。

　　我想，若斯諾・孟或許想藉由詩創作來對自我進行更深度的剖
析，但無意間她卻達成了另一項成就，即是書寫出這個時代——孤
獨、彆扭、矛盾——以一種毫無造作的姿態。換言之，她抓住了七年
級末段的共通心聲，像帶著帽子的小學生一樣老實地對讀者敘述，雖
然用詭譎的語法詞彙但卻不狡詰。讀起來像咀嚼剛採收的小黃瓜，脆
度直接地反映在牙齒上、甜分中肯地與舌尖接觸、當然偶爾也會傳來
泥巴的味道，但沒關係，泥巴的味道是必然需要存在的。

　　讀畢《臍間帶》，已經是出版而後三個多月的事情了，像是自己
跟自己賽跑一樣，幸好過往的自己終於在終點前不小心把鞋子弄掉
了。至今〈小春〉跟〈小秋〉常安靜的小立在牛奶綠的夢境裡：

〈小春〉

在那樣一個春日
我迷失在第19個迷宮
遺失了聲音、眼神
以及一件白色的嶄新外套

懷疑有沒人有人知道我的外套
最後去哪
我安安靜靜的靠站
四周空無一人

誰認識了一個這樣的我
度過了一個小春日和？

〈小秋〉

還記的妳的指紋嗎？
那小巧又突出肉塊上的愛
蓋在葉片上的血色
凸顯出你的面色蒼白
纖瘦的天空
有人在看著妳似的
你的秋千還有晃蕩、餘溫
你空出手掌的位置
接住落下的雨聲

妳無法找回了

在冬天將來時

在《失落的彈珠玩具》一書中，村上春樹曾對他的時代有這樣的說法：「世界上有什麼不會失去的東西嗎？我相信有，最好也相信。」[1]，大概就是這樣的感覺吧。在青春年華捨棄的東西幾乎多到無法一一清算，這當然是為了繼續安穩往未來前進的緣故。然而有什麼東西不會消失的嗎？我也不太確定，畢竟那些記憶雖然感覺十分久遠，在實際上曆法的計算卻也不遠，但它們確實已經減少、變質、變成可憐的無形體無機物了。

《臍間帶》的讀後，它們回來了，雖然有些曾經呼吸過的空氣讓人不快，但相當懷念，那是我個人存在過的證明。像六○年代的搖滾樂一樣，忠實地把那些東西帶回來，不必疑惑它們存在的可能性。我想，《臍間帶》是足以成為這個世代表率的詩集。連痛苦也顯得美好。

---

1 村上春樹著，賴明珠譯：《失落的彈珠玩具》（臺北市：時報文化出版企業公司，1992年2月）。

我們都是　煮雪的人

——讀煮雪的人《小說詩集》*

沈　眠

詩評人

　　煮雪的人：連總是象徵美和詩意的雪都煮來吃了，我想這位詩人除了具備某種實用、反美學性格外，應該有更強烈的意願隱匿其後，以致於我不免要懷疑他的筆名其實藏著「（我們都是）煮雪的人」的意涵，也就是說，這個地球上的雪，作為整個生態自然的象徵表現的雪，正活生生地被人類整體耗損、浪費的行為煮熟——的確，我們都是煮雪的人。

　　煮雪的人，似乎單單是這個筆名，就讓我們不免要意識到破壞之普遍性存在地憂愁起來，尤其是煮雪的人身為《好燙詩刊》的主編，同時也是該詩刊的出版者煮鳥文明的負責人之一（旗下還有《消防栓小說報》），煮和好燙的關係不言可喻（請想像幾十億人都在煮沸了水的熱鍋裡慘叫的畫面），而文明居然是建立在煮鳥之上，彷彿那些天空中的飛翔物種最終都被工業廢氣汙染的大氣、烈日烤焦落地，於是世界再也沒有飛翔的可能，讓人在噴飯之餘，也意識到人類文明所含蘊、恐怖究極的悲劇力量。

---

* 　作者按：原載《人間福報》，二〇一二年四月十一日。

　　而煮雪的人這本不分輯的《小說詩集》裡，充斥著以什麼什麼的人為名的詩篇（如〈造雲的人〉、〈下雨人〉等），散落詩集各處，夾雜於以各種場地、場景為名的詩（如〈東京車站〉、〈廢棄遊樂園〉、〈要是地球也來泡溫泉〉等）之間，在目次編排上就巧妙地顯現當代人類生存處境的隱喻：在夾縫之中。他的用心和精準的意圖，讓我著實驚異、感動，這麼青春肉體的詩人（據說他才二十一歲）居然可以如此清晰、專注地去思索人的本身，特別是人在世間的條件與位置，不但推翻年輕世代幾乎零關注他者、土地的傾向，更在大舉演練各種社會、生存議題的殘酷以外，難得的在詩藝和小說技法上也有所發展、成全，不被討論主題的現實性壓縮、限制，反倒顯得游刃有餘，語法輕盈宛如滑翔般切入控訴精神的核心。

　　有關煮雪的人對存在提出各種質疑與悲慘笑聲的小說異境，實在讓我起雞皮疙瘩，譬如〈還有很多個〉，主人翁打開廁所的門突如其來淹來大水他便搭上一台電冰箱跟著船夫一起在大海漂流，最後收尾於「走吧　老船夫說／我們去載下一個兇手」，你怎麼能不為這樣一點都不聲嘶力竭呼告、卻讓人領會到全球肉食、畜牧問題的高超技術按讚；或者〈把爆米花吃完〉，先是寫和小貓一起路上撿到爆米花，後來是「我們的身上開始長出爆米花／最後變成一大一小的綿羊／我先把牠吃完／牠再把我吃完」，沒有詩化的語言，全是乾淨、冷漠的詞句調度，但詩意自然浮現，使吞食的殘暴感畢現，卻又飽含戲謔的滋味；〈電影院裡的遙控器〉則是描寫看電影時能以遙控器調整音量的超現實畫面，中間插入「最後只好對準別人按靜音」的微妙意願，且銀幕在進行男女主角互訴情愛時，忽然有人轉台，變成戰地轉播：「年輕的記者被流彈貫穿腦部／電影院裡一陣／哄堂大笑」，最後的大笑，又寫實又暴虐，正表演出人的龐大無知與集體惡意。

　　或者我們來讀組詩格式的〈展場內自由參觀〉，分三首，乍看是

重複一樣的字句，只是一的十一行到二拼接成更緊湊的六行，在三則濃縮成所有標點符號都刪除的五行，不過實際上二比一多了出幾個字，一又比二多出了十餘字，這種限定規格的寫法卻叫作「自由參觀」，讓人不由莞爾，且反覆的敘事中又有著延續，而三的最後還告訴我們，主述者在展場的漆黑放映室看的是「我昨晚還沒有夢完的夢」，真是具備戲劇性情節啊；還有〈日光燈書店〉亦有類似效果，「顧客的頭全部被換成球型日光燈／沉默地站在書架後面／雙手都捧著一本書／但是沒有人翻頁／他們的頭大多閃爍不定／有的甚至已經熄滅」，天馬般的異想而又貼切摹寫當代人的閱讀奇觀，宛如閱讀已經成為一種展覽而逐漸黯淡寂寞似的。

另外，還有我個人認為殺傷力凶猛的〈廣島名物〉，在出遊廣島時一心想著要買什麼特產，最後只購得一隻紀錄當年原子彈爆炸時分八點十五的手表，且回國以後敘述者在免稅店裡看見：「所有的人都戴著廣島的手表／上面滿是歷史的傷痕／但是他們的指針／還在動」，他的手表是壞的，恐怕是停在八點十五分，但其他人的手表還在運轉，歷史的傷口輕易地被遺忘了，名物終究只是名物，它對購買者而言，並不具備旅遊外的意義，我讀到最後，和敘述者一樣差點就要掉下眼淚，還有比輕忽、漠視更悲劇性的悲劇嗎？

我認為，煮雪的人在詩裡大玩小說的幻術操演，而且玩得極為出色，他節制而準確、不耽陷於敘事情感的客觀與抽離態度，使得他的詩不同於一般常見的社會詩，有著超然但非常沉痛的作用，讓淡淡薄薄的悲傷的膜鋪展開來，覆蓋我們的呼吸，令我們感受窒息，令我們生起以後再也沒有雪可以煮了的深切憂愁，而我們茫茫四顧——這可親的世界啊，是不是終將被遺忘與洪荒湮滅，而無有人的立足之地呢？

《好燙詩刊》封面

虛與實相煎，詩與說互溶

——讀《掙扎的貝類》

向　陽

臺北教育大學臺灣文化研究所榮譽教授

　　煮雪的人要出第二本詩集了，距離他的第一本詩集《小說詩集》[1]問世，已有七年之久。七年前，他出版《小說詩集》時，很清楚地將自己創作的詩定位為「小說詩」，藉以區辨他的詩和臺灣現代詩「抒情傳統」（一個被建構的「傳統」）的差異，同時也藉以區辨他和當代其他詩人的差異。這樣的企圖，顯現了他開拓臺灣現代詩心的路數的雄心。出生於一九九一年的他，當時才二十一歲，已經是《好燙詩刊》的主編，也以小說創作榮獲當年度教育部文藝創作獎短篇小說優選，詩和小說的雙軌創作及其衍生的創意，應該是他創生「小說詩」的動力。

　　《小說詩集》出版後引發了詩壇的矚目與討論，在「傳統」的文類區分體系下，詩是詩，小說是小說，兩者如何並存？可能是部分「傳統」論者的質疑。二〇一三年，煮雪的人在《文訊》十二月號為「小說詩」做了一個簡單的定義：「不以敘事為目的，而是以虛構故事為手法的詩。」這個定義強調「虛構故事」的手法，可以區別以真

---

[1]　煮雪的人：《小說詩集》，臺北市：煮鳥文明出版社，2012年。

實事件或歷史為題材的「敘事詩」，但仍無法解釋小說與「小說詩」、詩與「小說詩」的分殊。以虛構情節（或故事）寫的詩，在臺灣現代詩壇其實是存在的，只是不以「小說詩」為名，而是以它的散文（不分行）形式被稱為「散文詩」，個中好手如商禽、蘇紹連均有不少佳篇，都以「虛構故事」為內容──那麼，又該如何分別「小說詩」與「散文詩」的差異呢？這本《掙扎的貝類》或許可以提供我們一些解答。

　　《掙扎的貝類》共收四十六首詩作，單就題目來看，就可發現一個綿貫其中的特色：無。

　　「無」表現在〈無法自殺的城市〉、〈沒有海的世界〉、〈沒有雨的人〉、〈不存在的東北角〉、〈沒有沒有的雜貨店〉這些詩篇的命題及虛構的故事中，也隱藏在沒有「沒有」題目的詩作之中（如〈廢棄高速公路〉、〈印象房間〉、〈沉默的便利商店〉、〈月球博物館〉、〈夜晚沙漠中的華麗餐廳〉等），它們組成了煮雪的人「小說詩」以「無」為「有」的虛構本質，散發著哲學式的命題與思維。這是煮雪的人的「小說詩」和當代臺灣散文詩最大的差異。

　　從「無」出發，也結束於「無」，延伸這些內容和情境的，則是「夢」。不僅詩題帶「夢」（如〈夢中警察〉、〈夢中圖書館〉、〈夢境中的魚頭鍋店〉、〈吃夢的人〉等），整本詩集諸作也都可視為眾多的夢境組成的一個夢境。在夢境中，煮雪的人以他巨大的想像力，虛構在現實中不存在的故事和情節，演繹看似荒誕卻又真實的生活面相，並以之戲擬或諷刺現代社會和都市文明的違常。〈廢棄高速公路〉寫西元二○××年新型交通工具問世後，報廢公車緩緩駛過遭淘汰的高速公路旁，司機與乘客面對「他們早已遺忘／如此迅速的海風」說「這樣就好。」最終結束於「我輕聲說：『讓我們於焉成為，』『自身的故鄉。』」──預言般的喃喃自語，凸顯了後現代工業文明將人阻隔於

自然（海和海風）的殘酷，以及最終的崩解（人的孤立無援）；〈沒有海的世界〉也是夢境，詩從「我划著小船出海／卻身陷陸地」著筆，結於「最後我看見海鷗／但是海鷗不該存在於／沒有海的世界」，寫出人類與海爭地的荒謬。這一批以夢境為內容的「小說詩」，也是當代臺灣散文詩較少觸及的題材。

煮雪的人從《小說詩集》時期創發的「小說詩」，來到這本《掙扎的貝類》才有了明晰的面貌，也才有了異於敘事詩，也異於散文詩的體態，若說他是獨闢蹊徑，開創臺灣小說詩的第一人，亦不為過。這本詩集中的佳構甚多，如〈印象房間〉以「印象中的□□」形構的不確定；〈帝王蟹〉中異化為帝王蟹的我「揮舞著雙螯，想要找出答案／卻只能聽見一輛車子／帶走積雪的聲音」的荒謬；〈不存在的東北角〉結局，「老闆告訴我／這裡是不存在的東北角／你我早已不復存在／只有胃中的生魚／記得你的名字」的虛無；〈夢中警察〉追緝通緝犯，最後卻因兩人都「無處躲藏／只好對準太陽穴／朝自己開槍」，法醫最後決定讓他們成為雪原的戲謔；〈夢中圖書館〉找到的煮雪的人的六百零二萬本詩集，醒來後只剩「手上握著一頁／毫無印象的〈夢中圖書館〉」的自嘲……等，都令人發噱，也引人深思。

煮雪人的《掙扎的貝類》從「無」出發，而以「夢」建構情境，最後返歸於無。這也突出了這本詩集的思想性。他寫的詩雖然都以虛構出之，發展引人入勝的荒謬情節，卻能映現當代後工業文明對於自然和人文的摧殘，以及人類終將面對的預言／寓言式命運，似虛似實，亦虛亦實，沒有高度的語言操作技巧，實難為之。他讓虛與實如豆與豆萁相煎，讓詩與小說互為溶劑，解構了向來詩與小說涇渭分明的界線，也為臺灣現代詩指出另一條新路。期望他繼續燃豆煎貝、煮雪烤鳥，為他力倡的「小說詩」建構更寬更廣的美學空間。

文學研究叢書・現代詩學叢刊 0807020

新世紀新詩社觀察（一）

主　　編　蕭　蕭、劉正偉
責任編輯　林以邠
特約校稿　宋亦勤

發 行 人　林慶彰
總 經 理　梁錦興
總 編 輯　張晏瑞
編 輯 所　萬卷樓圖書股份有限公司
　　　　　臺北市羅斯福路二段 41 號 6 樓之 3
　　　　　電話 (02)23216565
　　　　　傳真 (02)23218698

發　　行　萬卷樓圖書股份有限公司
　　　　　臺北市羅斯福路二段 41 號 6 樓之 3
　　　　　電話 (02)23216565
　　　　　傳真 (02)23218698
　　　　　電郵 SERVICE@WANJUAN.COM.TW
香港經銷　香港聯合書刊物流有限公司
　　　　　電話 (852)21502100
　　　　　傳真 (852)23560735

ISBN 978-986-478-475-2
2021 年 7 月初版
定價：新臺幣 420 元

如何購買本書：

1. 劃撥購書，請透過以下郵政劃撥帳號：
   帳號：15624015
   戶名：萬卷樓圖書股份有限公司
2. 轉帳購書，請透過以下帳戶
   合作金庫銀行 古亭分行
   戶名：萬卷樓圖書股份有限公司
   帳號：0877717092596
3. 網路購書，請透過萬卷樓網站
   網址 WWW.WANJUAN.COM.TW

大量購書，請直接聯繫我們，將有專人為您
服務。客服：(02)23216565 分機 610

如有缺頁、破損或裝訂錯誤，請寄回更換

國家圖書館出版品預行編目資料

新世紀新詩社觀察（一）/ 蕭蕭，劉正偉主編.
-- 初版. -- 臺北市：萬卷樓圖書股份有限公
司, 2021.07
　　冊；　公分. -- (文學研究叢書；807020)
ISBN 978-986-478-475-2(第 1 冊：平裝)

1.臺灣詩 2.新詩 3.詩評 4.臺灣文學史

863.091　　　　　　　　　　　110008341